HONEY

ISABEL BANTA

HONEY

O APLAUSO TRAZ O MELHOR DAS EMOÇÕES

TRADUÇÃO
CLARISSA GROWOSKI

FARO EDITORIAL

Diretor editorial PEDRO ALMEIDA
Coordenação editorial CARLA SACRATO
Assistente editorial LETÍCIA CANEVER
Tradução CLARISSA GROWOSKI
Preparação DANIELA TOLEDO
Revisão ANA UCHOA
Capa e diagramação OSMANE GARCIA FILHO
Imagem de capa GROUND PICTURE | SHUTTERSTOCK

Dados Internacionais de Catalogação na Publicação (CIP)
Jéssica de Oliveira Molinari CRB-8/9852

Banta, Isabel
Honey / Isabel Banta ; tradução de Clarissa Growoski. — São Paulo : Faro Editorial, 2025.
288 p.

ISBN 978-65-5957-717-0
Título original: Honey

1. Ficção norte-americana I. Título II. Growoski, Clarissa

24-5117 CDD-813

Índice para catálogo sistemático:
1. Ficção norte-americana

FARO EDITORIAL

1ª edição brasileira: 2025
Direitos de edição em língua portuguesa, para o Brasil, adquiridos por FARO EDITORIAL

Avenida Andrômeda, 885 — Sala 310
Alphaville — Barueri — SP — Brasil
CEP: 06473-000
www.faroeditorial.com.br

Para Collin. E, sempre, para minha mãe.

Eu já conhecia a história, sabia que estava ajudando a construí-la usando meu próprio corpo como ferramenta.
— Melissa Febos, *Girlhood*

Preciso cometer erros simplesmente para entender quem sou.
— Britney Spears, *Overprotected*

2002

Nova York, NY

VAMOS COMEÇAR PELO MEU CORPO. OLHE PARA o Oeste, esquina da 42nd Street com a 80th, onde uma menina está pegando uma revista em uma banca de jornal. A seu redor, arranha-céus decapitados pela névoa, o fedor de uma cidade se despedindo do verão.

As mulheres se exibem como barras de chocolate, prontas para serem desembaladas. A menina pega a última edição da *Rolling Stone* e me reconhece na capa. Estou coberta por um tecido da cor do mel, do caramelo, do lodo. Ela folheia o papel grosso e encontra o artigo "Fomos todos capturados por Amber" aninhado entre propagandas de perfume e cigarro. Sonny disse que eu devia uma explicação, e aqui vai: "Amber Young passa a língua nos lábios antes de falar. Agora, estão úmidos como seiva. Seu cabelo ruivo é da cor das sequoias, seus olhos, castanhos da cor do mogno. Ela fala tão baixinho que tenho que me aproximar para poder ouvi-la. É isso que ela quer, não é? Quando ela ergue os olhos com cílios volumosos para me olhar, não posso evitar de pensar se os boatos são verdadeiros. Como um cavalo de Troia, será que um piscar desses olhos fez a grande cidade vir abaixo? A cidade, nesse caso, o relacionamento entre Gwen Morris e Wes Kingston."

Se a menina ficar enrolando demais, o homem atrás do balcão pode acabar perguntando se ela quer comprar alguma coisa. Ela vai recolocar a revista na pilha; as páginas vão se fechar como pernas. Ou talvez ela acabe comprando.

Quando imagino o que essa menina supõe a meu respeito, o modo como posso oscilar no plano de fundo da vida dela, quero aspirar tudo o que já fiz, remover o que manchei.

ESTROFE 1

1990-1992

1990-1991

Morristown, Nova Jersey

NA NOITE ANTERIOR AO SHOW DE TALENTOS DE Natal, não consigo dormir por causa dos grilos. Dezenas escaparam da gaiola do nosso lagarto e agora estão cantando. Se não fosse pelos flocos de neve nas janelas, poderia ser verão, o ar está denso com vibração e música.

Quando nos mudamos para cá, meu irmão e eu pedimos um cachorro, não um lagarto, mas minha mãe disse que nosso apartamento era pequeno demais. Onde o cachorro correria? De início, não entendi — passamos de carro por casas bem-cuidadas com gramados aparados e bicicletas largadas nas entradas das garagens, cachorros de pelo reluzente que nos perseguiam até a beirada das cercas elétricas. Mas aí nosso sedan entrou no terreno atrás do complexo de apartamentos, bem perto do consultório do ortodontista onde minha mãe trabalha como recepcionista. Logo entendi o que ela quis dizer. A escada estava suja com bitucas de cigarro, os corredores, mofados pela negligência. Não haveria espaço para um animal ali. Nem espaço para abrir os braços. Para abrir a boca e sair algo dela.

Acho que é por isso que escondo minha voz. Empurrei todos os meus desejos goela abaixo, passando pelas costelas e chegando ao intestino, porque tenho medo dos pelos crescendo entre as pernas, dos bicos duros no peito. Quando perguntei sobre essas mudanças, começando cedo demais, minha mãe disse: *Você está se tornando mulher*, e eu comecei a chorar.

Então os grilos não me deixaram pregar os olhos. Posso muito bem praticar junto com eles. Fico em frente ao espelho, fingindo que a escova de cabelo é um microfone. Escolhi *Tell It To My Heart,* da Taylor Dayne, para o show de talentos e, quando começo a cantar, entendo o propósito dos deuses. É a crença tomando forma. Algo que não consigo nomear se move dentro de mim; algo finalmente magnetiza. Solto tudo o que está reprimido, que ansiava irromper. De todos os cantos do apartamento, os grilos cantam.

★

Na noite seguinte, subo no palco — uma coisa instável com uma pilha de colchonetes de ginástica empoeirados no canto. Uma cortina vermelha pendurada sobre minha cabeça feito uma guilhotina. Fileiras de pais e avós com pulôveres de Natal que pinicam e flores compradas no mercado. Minha mãe, mascando seu chiclete de nicotina, e Jack Nichols, sentado na segunda fileira com Lindsey Butler e Rachel Morrow. No fim de semana passado, um grupo se reuniu no porão da Lindsey e colocamos *O Silêncio dos Inocentes* no videocassete, mas, na verdade, ninguém assistiu; a televisão era apenas cor e som ao fundo. Dentro de mim, um brilho semelhante. O primeiro lampejo de desejo. Toda a minha luxúria disforme atirada contra Jack Nichols, deformada, depois retornou para mim. Ele é o menino que todo mundo da escola quer; todos os olhares sempre se voltam para ele. Então, quando a garrafa apontou para mim e ele pegou minha mão e me levou para o armário, todas as outras meninas visivelmente murcharam, e eu expandi. No escuro, ficamos pertinho um do outro. Um calor floresceu entre minhas pernas, mas o deslizamento dos lábios dele foi como a passada de um cartão de crédito na maquininha. Atrás da porta, dava para ouvir os outros respirando, alguém segurando uma risada. E depois, Lindsay me levou para o banheiro. Disse:

— Já sabe por que ele gosta de você, né? Ele só gosta de você porque seus peitos são grandes.

Olhei para o meu peito.

— Quer namorar com ele? — Lindsay perguntou. — Tipo, você tem uma quedinha por ele?

— Tenho.

Ela saiu do banheiro e voltou um minuto depois e me disse que tinha falado com Jack.

— Ele não gosta de você. Lamento. — Ela tentou não rir, mas escapou um pouco. Ela não é do tipo que empurraria alguém, mas ama apontar para a pessoa que já está estatelada no chão.

Essa humilhação ainda está fresca. Agora eles vão ver minha apresentação. Ótimo. Estou desesperada para mostrar como eles estão errados.

Fico embaixo do holofote, as mãozinhas ao redor do microfone. Meu coração martela nas costelas. A plateia está sussurrando. Quero arrastar os olhos deles para mim e manter todo mundo no lugar.

Quando começo a cantar, não faço ideia de que uma agente de talentos chamada Angela Newton está em algum lugar na última fileira. Ela veio da cidade para ver o sobrinho fazer uma apresentação de mágica. Sua irmã lhe prometeu que a apresentação seria de apenas uma hora, mas agora já está se estendendo por mais uma hora, um comboio sem fim de sapateadores, e balizadores de banda, e cantores estridentes. Então a luz viaja do palco até seus olhos. Ali... quem é aquela? Ela vê uma menina cambaleando com pernas tortas. Ela vê uma menina que botaria fogo no palco se pudesse, só para ir além dele. Pega uma caneta na bolsa e circula meu nome na programação.

Me lembro dessa apresentação como se fosse ontem. Lembranças como essa se entranham na terra em condições perfeitas, fossilizam e se transformam em uma vida.

Dias se passam. O ano se embola. Muitos meses depois, em outubro, o telefone toca. Minha mãe bate os dedos com impaciência na calça jeans. Há uma lasanha no forno, o depoimento de Anitta Hill, acusando de assédio sexual um candidato ao Supremo Tribunal Federal, chia em nossa pequena televisão.

Ela coloca um dedo no ouvido e se aproxima do telefone.

— Desculpa, com quem estou falando?

— Angela Newton — diz a voz do outro lado. — Trabalho para a Newton and Croft Management. Já faz meses que estou tentando falar com você. Deixei mensagens. Você recebeu? Estou ligando porque quero que sua filha participe de uma audição conosco.

— Desculpa, o quê? Audição pra quê?

— Para representação.

— Representação do quê? Não autorizei receber ligações suas ou algo do tipo, autorizei?

— Eu vi a apresentação da sua filha no show de talentos em dezembro. Gostaria que ela viesse para Nova York. É claro que é só uma audição. Não posso oferecer a representação no momento, mas gostaria de vê-la de novo.

1992

Nova York

DEPOIS QUE ASSINO O CONTRATO COM ANGELA, minha mãe pega atestado médico para o trabalho e me leva para as audições. A maior parte é para atores, não cantores, que é o que eu realmente gostaria de ser. E são todas em Manhattan, a uma hora e meia de distância num dia bom, duas horas com trânsito.

No pedágio, ela vasculha a carteira, puxa uma nota de um dólar. Então xinga, procurando moedas perdidas embaixo do assento e no porta-copos. Quando estamos na estrada de novo, ela diz:

— Tenho que pegar seu irmão na escola logo depois disso, viu? Olha só. — Ela aponta para a pista que vai para a outra direção. Carros se movem vagarosos, como formigas carregando folhas pesadas. — É o caminho de casa. — Ela suspira. — Você trouxe suas fotos 3x4?

Trouxe. Puxo da mochila a pesada pasta de documentos. As fotos dentro dela são espessas e brilhantes. O fotógrafo que as tirou ficava me pedindo para colocar suéteres diferentes, e troquei várias vezes, mas sempre ficava uma pequena fresta na cortina enquanto me trocava, os olhos dele sempre pousados ali.

Agora passo as mãos pela borda das fotos. *Amber Young*, está escrito. *Newton and Croft Management*.

Como sempre, temos dificuldade em estacionar na cidade. O fedor de fritura e pilhas de lixo que estremecem com ratos. Minha mãe xinga de novo, vira em uma via de mão única.

— Vamos ter que deixar num estacionamento — ela diz. O que não fica dito: não podemos arcar com todos esses estacionamentos.

A porta do carro bate com força, tiro a calcinha enfiada na bunda, endireito a saia jeans comprida para que fique abaixo dos joelhos. Minha mãe lambe a mão e ajeita meus fios arrepiados com a saliva. Uma camada de *gloss* na minha boca, melequento e doce, que é lambido enquanto procuramos o local da audição: uma porta imperceptível ao lado de uma bodega que vende fatias de pizza por um dólar.

Na sala de espera, meninas se mexem, inquietas, enquanto suas mães olham revistas: *Ladies' Home Journal*, *Redbook*, *McCall's*, as bíblias da mulher branca suburbana. Michelle Pfeiffer em uma capa. Estrategicamente ao redor de seu rosto, a manchete diz: "O que ela fez para se tornar uma estrela", "A vida sexual da esposa americana", "AIDS e a mulher da porta ao lado", "CARAS LEGAIS: O que os excita". Cada filha é a miniatura da mãe, e posso ver muito bem como o nariz delas vai ficar, como os membros irão se desenvolver. Acho que filhas devem residir dentro das mães como bonecas russas. Potes empilhados, um em cima do outro.

Em vez de pegar uma revista, minha mãe tira a bolsa do ombro e puxa um livro reluzente de Danielle Steel chamado *Joias*. Na semana passada, procurei uma cena de sexo, olhos disparados como beija-flores nas flores, mas então ouvi as tábuas do piso chiarem e recoloquei o livro na mesa de cabeceira dela.

Chamam nomes. Os olhos da minha mãe se movem rápido pelas páginas; eu cutuco uma cutícula. Então, meu nome. Está na hora. Entro em uma sala branca, onde uma diretora de elenco e sua assistente me encaram com desinteresse. A assistente pega minhas fotos 3x4, olha para elas e as joga em uma mesa já repleta de pilhas de meninas, todas nós brancas, magras, radiantes. Do topo da pilha, sorrio com o meu suéter verde, os dentes separados de adolescente. A boca e os olhos grandes demais para o meu rosto.

— Nome, idade. — A diretora de elenco estala o chiclete. É o som de uma massa úmida sendo sovada. — Olhe para a câmera, por favor.

Ergo a voz em duas oitavas.

— Meu nome é Amber Young e tenho doze anos.

— Ótimo. Agora, o que quero que você faça é olhar aqui. — Ela aponta para um pedaço de fita no chão. — É aqui que o Forninho Easy-Bake vai ficar. Finja que o forno é tudo o que você mais queria na vida e agora você tem. Você está em choque total. Não consegue nem acreditar. Tá bom? Pode fazer isso pra mim?

Eu me ajoelho no chão e coloco as mãos ao redor do Forninho Easy-Bake invisível. Migalhas do almoço delas se entranham nos meus joelhos. Dou um golpe no ar e me inclino para frente, arregalando os olhos:

— Uau! Um Forninho Easy-Bake! Que legal!

A diretora de elenco balança a cabeça, confusa.

— Não, querida. Pode começar de novo, mas desta vez finja *surpresa*. Finja que seu pai surpreendeu você com um forno. Você queria de Natal e *finalmente* ganhou um. Está bem?

— Uau! Papai, este é o melhor presente do mundo. Sempre quis um Forninho Easy-Bake!

A diretora de elenco e a assistente trocam um olhar.

— Obrigada, querida. Já é suficiente.

Meses depois, a propaganda vai ao ar durante um episódio de *Barrados no Baile*. Reconheço a menina linda da sala de espera. Está eufórica com o Forninho Easy-Bake que ganhou do pai; ela o queria mais do que tudo. Faz bolos, e biscoitos, e *brownies* que estão pingando de chocolate derretido. E eu quero enfiar tudo de uma vez na boca. Imagino a maciez do bolo, meus dentes estourando a cereja em cima dele, o suco descendo pela garganta.

Me sinto uma fruta balançando em uma árvore. Redonda e de coloração intensa, esperando ser colhida.

As audições deixam marcas por dias. São arranhões por todo o meu corpo. *Saio* da escola mais cedo na maioria dos dias, não entrego os trabalhos no prazo, volto de mãos abanando. Fico boiando dentro de mim mesma. Antes das audições, observo as meninas mais velhas nas salas de espera. Algumas delas são tão lindas; à noite, rezo para trocar de rosto com elas.

Seguro a escova de cabelo na altura da boca. O gravador de fitas velho do meu pai está empoleirado em cima da cômoda. Rebobino a fita. Começo de novo.

Meu irmão, Greg, bate na parede.

— Dá pra calar a boca?

— Hã, não! — grito de volta. Será que ele não entende? Não posso parar. Porque a única coisa que funciona em mim são meus pulmões. Amo esta parte do meu corpo mais do que qualquer outra. Mais do que as coxas, o peito. Os olhos, que trepidam como um motor cada vez que pego outro homem me encarando. Mas os pulmões, as cordas vocais? Eles não mudaram. São confiáveis em um tempo de grande traição.

Minha mãe escancara a porta. Ela está sempre emburrada depois do trabalho.

— Que barulho é esse? — ela balbucia. — O que você tá fazendo?

— Uma fita de audição.

Seus olhos reparam as roupas no tapete, uma toalha molhada pendurada na cadeira da escrivaninha. Ela pega cada uma das coisas, uma por uma, as deixa cair e se amontoarem de novo.

— Eu lá pareço uma empregada? Arruma isso.

Coloco tudo no cesto.

— Este lugar parece um chiqueiro — ela murmura baixinho. A porta bate com força. Então ela bate à porta do Greg, e suas vozes vazam pelas paredes. *O papai foi embora por sua culpa. Então, vá embora. Eu te odeio. Você é um babaca. Vaca. Suas notas estão uma merda. Você é uma péssima mãe.*

Respiro fundo e aperto "gravar". Quando minha voz me protege do mundo exterior, é mais forte do que nunca. Meu canto me envolve numa armadura prateada, num líquen resistente que rasteja em uma rocha vulcânica. Esta é a fita que Angela vai enviar para o *Star Search*. Até termos um retorno, tenho que esperar ser escolhida em uma pilha.

Mais tarde, Greg se senta na minha cama, rosado e enfurecido por causa da discussão.

— Vou embora para nunca mais voltar — ele diz. — Vou pra uma faculdade do outro lado do país, na Califórnia, ou Novo México, ou Arizona.

— Vai procurar o papai?

Ele ri. E me faz sentir uma idiota por ter sugerido a ideia.

— Pode ser que morar com ele fosse melhor do que isso — digo.

— É — Greg concorda. — Pode ser.

Greg e eu nunca fomos muito próximos; nós dois nos refugiamos atrás de portas fechadas. Aos dezessete anos, ele está cultivando um tipo de masculinidade de que eu, particularmente, não gosto, se deslocando com um bando de meninos da loja de bebidas para o parque. Se nossa mãe está fora bebendo, ele traz meninas para casa. Algumas são alegres e atléticas, outras têm cabelo preto e piercings. Cada uma fez uma escolha nítida de como se apresentar. A maioria fica irritada quando está com ele — crueldade que não passa de flerte —, mas dá para perceber que é só para própria proteção; o que elas querem mesmo é que ele ultrapasse essa fachada e encontre a delicadeza. Greg é burro demais para entender isso.

Às vezes, dá para ouvi-lo transando com elas. Nessas noites, caio no sono ouvindo o *walkman* da minha mãe, no volume máximo.

Por hábito, aperto o botão para ouvir as mensagens enquanto procuro pão e pasta de amendoim no armário. É Angela. Ela teve notícias da equipe do *Star Search* sobre a minha fita e está gritando na secretária eletrônica.

Orlando é grudenta. Tufos se espalham pelas minhas axilas. Ficamos em um hotel com lençóis pêssego que pinicam, uma piscina cheia de moscas boiando. Uma manhã, vou nas montanhas-russas da Disney sozinha, já que minha mãe diz que usou as férias do trabalho para a viagem e quer ficar deitada na praia. Quando volto, ao meio-dia, eu a encontro roncando e fedendo a álcool. Pratico minhas músicas na frente do espelho do banheiro, usando seu secador como microfone enquanto ela dorme.

Nos bastidores dos estúdios da Disney-MGM, há um bufê de asinhas de frango e outras frituras. Uma assistente de produção nos guia pelos corredores de concreto para um camarim, onde sou colocada em uma cadeira de maquiagem. Há paletas de sombras coloridas como pedras preciosas, bastões, e pincéis, e pós, os mesmos objetos que minha mãe acumula. Mas as paletas dela são baratas e frágeis — compradas na farmácia. Fecho os olhos e aproveito, enquanto uma máscara de feminilidade endurece em meu rosto. Estou vestindo meu macacão favorito com uma camiseta *baby-look*, uma flanela vermelha amarrada na cintura, esmalte roxo borrado nas unhas. Tentei pintá-las no voo que o *Star Search* pagou, mas fiz merda durante uma turbulência.

Um homem de meia-idade, comediante, aparece atrás de mim. Nós dois vemos meu reflexo mudar no espelho.

— Você deve estar num grupo de dança — ele diz. — Parece uma dançarina.

Balanço a cabeça e digo que sou vocalista júnior. Cantora. Estranho dizer isso em voz alta. Me assumir.

— Aposto que sua voz é suave — ele diz, mas a voz dele não combina com seu olhar. Ele é um daqueles homens que elogia e consola, mas tem cacos escondidos atrás de uma camada exterior macia. E seu olhar é tão íntegro, tão suplicante, parece até que eu deveria sair da minha própria pele e entregá-la como um presente.

Ele se afasta assim que minha mãe chega, parando apenas para apertar a mão dela.

— Boa sorte! — ela grita para ele, mas faz uma careta assim que ele desaparece. Ajeitando o cabelo no espelho, ela diz: — Descobri quem você vai enfrentar. — Sigo o olhar dela. *Quem?*

Ele parece mais velho que eu, mas não muito. Um maquiador está dando batidinhas para espalhar a base embaixo dos olhos dele, e ele morde o volumoso lábio inferior. O cabelo dele é escuro e escorrido. Toneladas de espinhas nas bochechas, uma cadeia de montanhas vermelhas. Ele deveria ser um encrenqueiro na escola — um dos meninos com sorriso malandro que solta bombinhas no estacionamento e desafia o outro a pular sobre as faíscas, que leva canivetes só para se exibir, sem a intenção de usá-los.

Nossos olhos se encontram no espelho dele, e eu logo desvio o olhar.

Sinto como se tivesse sido presa em uma montanha-russa. As barras de metal estão pressionando muito fundo na minha pele e quero me soltar. Mas o carrinho já está vibrando; está prestes a se atirar no céu, e não há nada que eu possa fazer agora. De que outra maneira nos tornamos outra pessoa? De que outra maneira é possível ser finalmente escolhida?

— Para encontrar nossa próxima desafiante, viajamos até Nova Jersey — Ed McMahon diz. — Bem-vinda, Amber Young!

O teatro está estrelado com milhares de olhos. Eles piscam para mim, com expectativa. Câmeras se inclinam e circulam na minha direção quando piso no palco. Minha mãe está nos bastidores, os lábios apertados. E o meu competidor, Wes Kingston, me assiste em um monitor. A mãe dele segura firme seus ombros, apertando.

Nunca cantei diante de tanta gente e me sinto como uma estátua nua em um museu, avaliações vêm de todos os ângulos, mas também estou num pedestal. A luz é emitida de cima. Amo isso mais do que tudo — ver bocas se abrirem de encanto, ouvir o coro de aplausos e gritos quando alcanço uma nota alta.

Então, é minha vez de assistir. Assim que Wes começa a cantar, sei que acabou, é o fim. Ele sabe como entreter o público — deve fazer isso há anos. A apresentação dele é muito mais ensaiada do que a minha. Eu tinha pensado, toda ingênua, que se eu simplesmente estivesse ali e cantasse do fundo do coração, poderia ganhar, que não precisava de floreios, de coreografia, só da minha voz.

Depois que Ed McMahon revela as notas — 3,75 estrelas contra 3,25 —, sou levada para fora do palco. Ali, me encolho num canto. Meu corpo não consegue se sustentar de pé; meu peso cede. Lágrimas quentes deslizam por minhas bochechas. Eu não fui boa o bastante — que humilhante descobrir uma coisa dessas a respeito de si mesma.

Sinto um tapinha gentil no ombro. Eu me viro.

— Você foi incrível — Wes diz para mim.

Pisco para ele.

— De verdade — ele insiste. — Achei que você ia acabar comigo. Quando você começou a cantar, achei que era o meu fim.

É gentil da parte dele. Me faz chorar ainda mais.

— Obrigada.

Ele chuta a parede com o tênis branco, arranhando a parte da frente.

— Devo acabar perdendo na próxima rodada, de qualquer maneira.

Uso a manga da camiseta para recolher mais lágrimas.

— Só queria te dizer. Você deveria ter ganhado.

Quando ele sai, e a cor dessa lembrança desbota, ainda vou me lembrar da textura da voz dele, da gentileza, do jeito que sua cabeça apareceu na minha frente como um satélite refletindo o sol.

Minha mãe diz que as audições precisam acabar. Talvez eu não sirva para isso. O que ela não vai admitir: meus seios são grandes demais para papéis infantis agora. Tenho corpo de mulher.

Além disso, ela diz, não consegui nenhum papel. Lembra como chorei quando não consegui a propaganda do McDonald's? Ou do musical off-Broadway? E depois de dois retornos. Que perda de tempo. E não temos dinheiro para aulas de dança, aulas de canto, aulas de teatro, todos esses pedágios e estacionamentos na cidade. Será que não sei o quanto tirei dela? Ela nunca vê as amigas, nunca faz absolutamente nada para si — e tudo isso para nada.

Então, concordo em desistir, e ela faz a ligação. Desta vez, não escuto a conversa ao telefone com Angela. Ouço apenas o clique do telefone no gancho, o que significa que acabou.

A maioria dos cantores diz que amou se apresentar quando criança. Há fitas de VHS com imagem granulada deles usando boá de penas, requebrando pela sala com os irmãos. Gwen era assim, e Wes também, mas eu não gostava de me apresentar. Gostava de ser amada.

Mas agora? Acho que essas duas coisas têm origem no mesmo desejo: ser inflada. Ter ar quente soprado para dentro do corpo pelos lábios de outra pessoa; para o hélio erguer nossos ossos até ficarmos presos em galhos pontudos.

PRÉ-REFRÃO

1997-1999

1997

Nova York

O ESCRITÓRIO DA ANGELA AINDA É NO CENTRO DE Manhattan. Na caminhada a partir da Estação Penn, as pessoas serpenteiam em torno das outras como mãos trançando um cabelo. Táxis buzinam, e zanzam, e fumegam. Não lembro muito da agência e, por alguma razão, espero uma recepção impressionante, um homem no balcão que me guia até um elevador, que sobe como um míssil. Através da vidraça, haverá uma diversidade de prédios até as Torres Gêmeas, que sofreram um ataque de carro-bomba quatro anos atrás.

Em vez disso, o escritório fica em um prédio caindo aos pedaços com pintura descascada na escadaria. A sala de espera fede a cinzeiro. Arquivos estão jogados por toda parte em pilhas desordenadas. A recepcionista me encara, inexpressiva, depois diz que Angela irá me receber em um minutinho, ela está numa ligação com um cliente no momento, mas por que não se senta? Folheio uma revista enquanto espero.

Quando sou chamada, Angela ainda está ao telefone. Ela levanta um dedo para mim e aponta na direção da cadeira de couro descascada em frente à mesa. Depois de bater o telefone no gancho, diz:

— Oi, querida, me desculpe. — Ela vira o pescoço para a sala de espera. Franze a testa. — Sua mãe está com você? Ela quer entrar?

— Ela não sabe que eu tô aqui.

Seus olhos percorrem meu rosto, o mesmo brilho que pousou em mim quando eu tinha dez anos e me marcou para sempre. Fico imaginando o que ela esperava ver em mim, o que vê agora, qual a diferença entre essas duas coisas. Algo estava sendo construído antes, cada átomo acumulava energia cinética, mas agora resta apenas potencial desperdiçado. Agora tenho dezesseis anos, quase dezessete, e essa idade é uma dobradiça — posso ir para frente ou para trás.

— Você pintou o cabelo — ela observa.

— Ah, não pintei não. Só ficou mais escuro com o tempo. — Quando eu era mais nova, era mais ruivo, com mechas do sol a cada verão. Agora, todos os tons avermelhados desbotaram. Agora, tem o mesmo tom de castanho da minha mãe.

— Muito bonito.

Pego uma mecha entre os dedos e a penteio.

— Obrigada.

— Os meninos estão todos doidos por você? Já tem namorado?

Dou risada.

— Hã, não.

— Lembro de quando te conheci, sabe. Tanto talento. Quase derramava de você.

É. Ela entende. Mas quando nos conhecemos, eu era tão porosa, tão facilmente ferida, uma esponja de fracasso. Mas nada vai acontecer comigo a não ser que eu peça. A não ser que eu me incline para a frente aqui, sobre a mesa dela, e diga:

— É por isso que estou aqui. Quero participar das audições de novo. Cometi um erro... quando desisti, sabe. Não deveria ter desistido. Na verdade, não queria ter desistido.

Ela franze a testa.

— Não dá para você fazer testes para os mesmos papéis, querida. Agora é diferente.

Juntas, olhamos para o meu corpo. Queria poder exibir minha vida diante dela para que ela entendesse de que maneiras a vida se apartou das minhas esperanças.

— Acho que não posso te aceitar de novo — ela diz.

— Não quero atuar. Quero cantar. — Ingênua mais uma vez, penso que cantar não tem nada a ver com aparência, que só é preciso habilidade vocal.

Ela se reclina na cadeira.

— Você quer cantar — ela repete.

Concordo com a cabeça. Quero cantar, sim, mas é mais do que isso: também quero ser ouvida. Quero que pessoas específicas escutem.

— Bem, já faz anos que não ouço você cantar.

— Aqui — digo. Entrego as fitas que enfiei na mochila para ela. — Eu melhorei.

Ela tamborila com a unha na mesa.

— Por que você desistiu, Amber?

— Minha mãe quis que eu desistisse. Ela achava que não fazia sentido. E doía demais. — Ela não se lembra das ligações depois de cada audição? Eu corria para o telefone e Angela dava a notícia: o papel era de outra pessoa. Tantas meninas talentosas, ela dizia. Amber precisa praticar mais. Amber é nova demais. Velha demais. Entusiasmada demais. Tímida demais. Ela não tem a aparência necessária.

Agora, ela concorda com a cabeça.

— A maioria das crianças que aceitamos não consegue nada. Um comercial, quem sabe. E durante toda a vida delas, alguém, os pais, uma professora, talvez, enfim, alguém ficou dizendo para elas que eram especiais. Esse mercado é particularmente cruel para elas. Particularmente brutal.

— Mas ninguém nunca me disse isso — digo. Pelo contrário. Anos atrás, ninguém me escolheu depois de centenas de audições, mas ainda estou desesperada por elogio, esperando que alguém importante vá dizer: "Sim, é *você* que queremos." E nesse momento, eu finalmente vou deixar de ser uma coisa gasosa e virar uma sólida.

Angela me observa, de braços cruzados.

— Bem, vou escutar. Se isso aqui for bom, vou entregar para um ex-colega meu. Acho que ele conhece umas pessoas de A&R, Artistas e Repertório, nas gravadoras. Talvez ele possa te aconselhar.

Ela desliza as fitas para dentro da gaveta.

É assim que minha voz chega até o meu empresário Sandy Anderson, embora eu sempre vá chamá-lo de Sonny. Ele já trabalhou para diversas agências de talentos — por um breve período com Angela —, mas agora espera poder agenciar músicos e bandas de maneira independente. Sou sua primeira e única cliente. Sonny tem a pele corada, queimada de sol, que não descasca nunca, não importa a estação do ano. Uma risada audaciosa capaz de estremecer uma sala.

— Sabe como é o sucesso, querida Amber? — ele vai dizer. — Você só vai saber quando chegarmos lá. É uma coisa que só pode ser sentida.

Mas antes da minha fita chegar em Sonny, nada acontece. Reprovo no terceiro ano do ensino médio. Festas em porões, fins de semana de emoções descontroladas e humilhantes que reprimimos de novo na segunda-feira na escola. Provas deslizam sobre a minha carteira, notas medíocres circuladas em um vermelho gritante. Abrir a porta do apartamento a cada noite e encontrá-lo escuro. Mas quando minha mãe não está, sei que posso colocar meus álbuns favoritos no volume máximo como quero. Tiro os CDs da mochila e ponho no aparelho na sala. Eles ficam girando e girando e o tempo passa. E a música me atravessa, a água esculpindo minha pedra, até que sou alargada e aprofundada por outras vozes.

Em maio, Lindsey leva Rachel e eu para a praia em seu carro novo. Somos amigas porque os meninos mais velhos prestam atenção em mim: isso é moeda de troca para essas meninas, então agora sou rica. *Dreams* do Cranberries está tocando. Encosto a cabeça na janela, fecho os olhos, a estrada golpeia os pneus. É verdade — *I want more, impossible to ignore (Eu quero mais, impossível ignorar)*. Às vezes uma música soa exatamente como queremos que a vida seja. Às vezes nos faz acreditar que podemos mudá-la.

Levamos a cerveja quente que compramos em uma loja de conveniência para o mar. O mato nas dunas de areia dança com o vento; um guaxinim escava à procura de ovos de tartaruga. Quando Lindsey e Rachel começam a fofocar sobre a lista de vadias encontrada embaixo de uma carteira (*Número dois: Amber Young*), caminho pela orla e atiro pedras na água. Cada choque: *mais, mais, mais*.

Mais tarde, nos arrumamos na casa de Lindsey para um baile da escola. Estamos sempre lá, já que a casa dela é a maior, mas hoje ela não foi convidada e está emburrada por ter que ficar em casa. Ela está passando as faixas de um CD — *Jagged Little Pill*, de Alanis Morissette —, sem esperar tempo suficiente para escutar uma música inteira antes de mudar para a próxima.

Lindsey começou a fumar, mas, na real, ela só gosta de segurar o cigarro entre o dedo indicador e o do meio, inalando uma ou duas vezes antes de apagá-lo. Agora ela dá uma tragada e se debruça na janela, observando preguiçosamente a fumaça escapar.

— Aqui — ela diz, oferecendo para mim. Eu pego. — Você vai usar isso aí de novo?

Olho para minha roupa, a jaqueta de couro e o vestido preto justo. Os grampos no cabelo cutucam meu crânio. Ela gosta de lembrar que não tenho muitas roupas. "Você não usou essa roupa aí na segunda?", ela diz na sexta-feira. Eu espaço as roupas pelo menos três dias, torcendo para que ninguém note, mas ela sempre percebe.

Cinzas caem no tapete dela. Digo que sim. Esqueci que tinha usado a mesma roupa no fim de semana passado.

Vejo os olhos dela inalarem essa resposta, mas ela decide não insistir mais. Ela sabe que pode, e que vou permitir, o que é suficiente.

Eu me inclino em seu ombro para verificar a estrada. Há uma carga de expectativa, uma corrente viajando através do circuito do meu corpo. Hoje à noite, alguma coisa vai acontecer. Ficamos todas olhando para fora, esperando um clarão de metal, e então um carro estaciona, cheio de meninos do último ano, as mãos esticadas para fora, *Bop Gun*, de One Nation, vaza do rádio.

No carro, Rachel se senta na frente com seu par. Os outros três meninos estão espremidos atrás, coxa com coxa. Meu par, Nathan, me puxa para seu colo porque não há lugar para todo mundo. Suas bochechas e pescoço estão corados. Ele fede a cerveja, odor corporal e suor — tudo por baixo de um perfume. É como uma pilha de folhas cobrindo cocô de cachorro.

O par de Rachel, Colby, tira a mão do volante para passar uma garrafa de bebida para Nathan. Ele dá umas goladas por alguns segundos, então segura a garrafa na minha frente, com sobrancelhas erguidas. Um desafio. Pego a garrafa entre as mãos e a levo à boca, desesperada para mostrar meu valor para ele. A vodca queima minha boca e garganta. Meu rosto todo se contrai.

Nathan roça a mão na minha perna.

— Ruim?

— Horrível.

— Aqui, comprei uma coisa pra dar uma quebrada. — Ele estende a mão para baixo do assento, procurando por algo: um pacote de sucos de maçã, da mesma marca que minha mãe costumava comprar para mim quando eu era pequena. Cada caixinha tem um canudo transparente embalado com plástico, a caixinha de papelão vermelho e verde.

Enfio o canudo na parte de cima e chupo o suco, que está quente por ter ficado no carro durante dias.

— Melhor? — Nathan pergunta. Ele coloca meu cabelo atrás da orelha. O álcool começou a se acomodar no meu peito. É bem mais fácil levantar a mão agora, rir das piadas de Nathan. A noite voa, cercas e casas embaçadas como asas de insetos.

Faz só uma hora que estamos no baile, talvez duas. O ginásio está decorado com bandeirinhas brancas e prata, e há uma mesa com pretzels, batatinhas, ponche de suco em pó. Mãos afundam nas tigelas. Copos de plástico são jogados como lixo. Na pista de dança, meninas balançam com *Rhythm Is a Dancer*, do Snap!, em movimentos sincronizados, olhando de propósito por sobre os ombros. Sentamos em uma mesa no canto e servimos álcool nos copos por debaixo da toalha de mesa de vinil.

— Você é de boa — Colby observa. — Não é como as meninas da sua série.

— Como assim? — Rachel pergunta.

— Elas não transam — Colby diz, e Nathan dá um tapa no braço dele, como se ele tivesse revelado um segredo terrível: somos apenas um cálculo que eles fizeram. Quais meninas têm a maior probabilidade de serem levadas para a cama?

Mais tarde naquela noite, Nathan me coloca em cima da pia do seu banheiro e eu passo as pernas em volta de sua cintura. Nathan diz que se fizermos silêncio, ninguém vai ouvir.

Quando seus dedos se atrapalham com meu sutiã, pulo de cima da pia e mostro para ele o que fazer.

— Assim — digo, e de repente eu o abro.

Ele me puxa pela porta, revelando seu quarto esvaziado, sem graça. É desprovido de personalidade. Quem é Nathan Ross? Sei tão pouco. Um cara do último ano, popular, admirado pelos outros meninos por sua altura. Agora, ele está deitado na cama embaixo de mim, com as mãos nos meus seios.

— Meu deus — ele diz.

Ele os pressiona juntos e solta, e os peitos balançam.

— Nathan.

— Oi?

— Nunca transei antes.

Ele dá de ombros.

— Sem problema.

Percebo então como não significo quase nada para ele. Mas alguma coisa já foi colocada em movimento, luzes zumbem, e nunca me ocorre que posso mudar de ideia. O que ele diria se eu mudasse? Espero pela facada, o empurrão. Mas ele é pequeno. De início, é um choque, mas aí ele está dentro de mim e não há dor como minhas amigas ou revistas disseram que haveria, mas também nenhum prazer. Ele não sabe muito bem o que está fazendo; nem eu. Só consigo pensar que *estou transando, isto é sexo, estou fazendo, estou fazendo agora.* Exploro a máquina estranha que é meu corpo e aciono todas as alavancas dentro de mim para satisfazê-lo. Quando ele arqueja e desaba no meu peito, eu me lembro de gemer.

— Você gozou? — ele pergunta.

Digo que sim, e ele concorda, satisfeito consigo mesmo.

Todos dizem que há um limite ultrapassado, um antes e um depois. Eu me tornei algo novo. Quando foi que isso aconteceu? Foi quando ele usou a língua, que pareceu um peixe molhado se debatendo na terra, ou foi quando ele entrou em mim? Ou foi anos atrás, quando me explorei pela primeira vez, me movimentando em meu próprio terreno? Só sei que, hoje, Nathan Ross não causou nenhum desabamento, nenhuma inundação.

Uma semana depois, estou assistindo a *Daria*, um novo programa na MTV. Minha mãe entra na frente da televisão e faz cara feia para o desenho.

— Odeio essa porcaria — ela diz. — Tem alguém no telefone pra você.

Dou um pulo e corro para o telefone fixo.

Antes de colocar o telefone no ouvido, fecho os olhos e respiro fundo. Digo para mim mesma que poderia ser qualquer um — Lindsey, Rachel, telemarketing. Mas meu coração é um punho insistente batendo numa porta.

— Alô? — digo, baixinho.

— É a Amber Young? — A voz do outro lado tem um sotaque de Long Island e é meio mastigado.

— Sim, é ela.

— Aqui é Sonny Anderson da Anderson Management. Querida, preciso te dizer, esta é a melhor fita que ouvi em um bom tempo.

— Sério?

Ele ri.

— Nem me venha com essa falsa humildade, meu bem. Você sabe que canta.

— Muitas pessoas cantam. — Não estou de onda, nem perto disso. Muitas pessoas têm o mesmo talento que eu. A tragédia é desperdiçá-lo.

Sonny então diz que minha fita está com um agente de A&R na Siren. Artistas e Repertório, ele esclarece. Essas são as pessoas no mercado da música que arquitetam as carreiras. Elas descobrem os artistas, escolhem os compositores e produtores, criam os álbuns.

— Ele está procurando o último membro de uma banda de meninas. Vai precisar de uma fita demo de vocês quatro.

— Mas eu não tenho uma fita demo.

— Bem, você vai fazer a audição em Nova York para a gravadora antes. Basta gravar uma lá.

— Hoje?

— Semana que vem.

— Tenho aula.

Sonny ri.

— Pra que serve a escola se você quer cantar? Vai tirar dez no coral? — E a linha fica muda.

Bem cedinho, sou acordada por um estrondo na cozinha. É minha mãe, caída no chão. Uma mancha marrom escura de seu batom cruza seu rosto. Há um corte na testa. Uma garrafa de vinho repousa reverentemente junto às costas do sofá, que separa a cozinha minúscula da sala.

Estamos sozinhas agora — Greg está no Arizona, o lagarto morreu, e ela não tem mais ninguém além de mim. Despejo o vinho na pia. Me debruço sobre ela e passo uma pomada antibiótica no corte, depois a coloco na cama de lado para que ela não engasgue com o próprio vômito. Ao fechar a porta, digo que a amo, mesmo sabendo que ela não me ouve. O apartamento faz seus barulhos: o aquecedor murmura; as tábuas do piso rangem sob meus pés. Tento voltar a dormir, porque é só mais um dia, e minha mãe vai ficar sóbria e brilhar, assim como a luz reunindo a força por baixo das minhas persianas.

Mais tarde naquela manhã, relaxo na banheira, deslizo as mãos pela água morna. Tenho que estar no trem em 30 minutos para a audição. Os futuros diante de mim: último ano do ensino médio com Lindsey e Rachel, ou a possibilidade de uma vida diferente. Uma vida que vem com cobrança. Minha mãe quer que eu seja prática — considere faculdade, uma carreira —, e perseguir um talento até o fim não é nada prático. É um tipo de insanidade persistente. É acreditar em algo superior e desconhecido — um deus —, enquanto todos a volta estão balançando a cabeça, confusos. "É que não consigo enxergar", dizem, várias vezes, até que ficamos nos perguntando se estamos sendo iludidos pelo fanatismo. Será que estou iludida?

Mergulho. A água se fecha. Agora, acho, algum caminho irá se abrir para mim. Mas não cogito que, para derrubar uma floresta, preciso cortar e queimar.

Quero que este momento — o antes — se estenda para o sempre. Agora. Não, *agora*. Minha cabeça rompe a superfície.

Em uma sala de vidro, uma dezena de homens grisalhos estão sentados de frente para uma mesa hostil e me observam cantar. Seus olhos são famintos. Esses homens querem outra música, então pigarreio e canto outra coisa à capela. Minha voz é o único som na sala fora os cliques das canetas, o manuseio de papéis, meu próprio pulso carente e insistente. Sonny tamborila os dedos no joelho. Os lábios de minha mãe são uma linha fina, e sua bolsa caiu, o conteúdo espalhado no chão. De início, estou ciente do meu tom, a leve falha na voz quando transitei entre tons. Um homem se contrai um pouco. Então, tomo as rédeas da própria voz, encurralando-a, e vejo que assim gostam mais. A aprovação deles é uma sinalização, e está na cara que eles querem que eu me contenha. Tudo bem. Em seus olhos, vejo meu reflexo: alguém elástico, alguém que eles podem pressionar.

Lá fora, arranha-céus são como estalagmites espalhados no horizonte. Este é o prédio mais elegante em que já estive, e sei que estou tremendo. O prédio também está; a esta altura, estamos balançando e chiando com o vento.

Depois que termino, enfio as unhas nas palmas das mãos.

— Vamos colocá-la numa sala com as outras meninas — o gerente da gravadora diz. Suas sobrancelhas são muito mais claras do que seu cabelo. — Vamos hospedá-la num hotel e amanhã veremos.

Olho para Sonny. Quer dizer que não vou para a escola amanhã? Tenho uma prova de História para a qual não estudei. Rachel ia me emprestar suas anotações. Mas o gerente da gravadora é vago de propósito. Sem promessas, claro. Não alimente as esperanças. Ele força um sorriso no rosto e me pergunta em que série estou. Ele tem uma filha, diz, bem da minha idade.

Depois de um bate-papo para lá e para cá, um dos homens mais jovens nos conduz para fora da sala.

— Me chamo Simon — ele diz, apertando nossas mãos. Seu rosto é fino e os olhos, vermelhos e lacrimejantes, a aparência de alguém que nunca faltou ao trabalho por doença, mas que deveria. — Sou o agente de A&R que viu sua fita.

— Então, por que você escolheu ela? — minha mãe pergunta. Ela não teve tempo de guardar as coisas de volta na bolsa, então vai enfiando tudo enquanto andamos.

Simon diminui o passo para respondê-la, errando ao supor que se trata do tipo de mãe que precisa impressionar, a bateria que fornece energia para todas as minhas ambições.

— Eu estava escutando tantas fitas, de empresários, agentes e tal — ele diz. O elevador emite um som; entramos. Meu estômago embrulha com a velocidade da queda. — Esse cara... — E ele dá um tapinha no ombro de Sonny. — Ele mandou a fita da Amber e eu só... bem, a menina que ela substituiria não consegue nem atingir algumas daquelas notas.

— Por que essa menina saiu? — pergunto. Não consigo visualizar alguém que não deseje isso tanto como eu.

— Ela era meio complicada e tinha dificuldade em fazer parte de um grupo. — Ele diz isso às pressas, quase sem parar para respirar. Então, sorri para mim, porque sente o que todos aqueles outros homens naquela sala já farejaram: sou o oposto. Farei qualquer coisa, qualquer coisa que eles quiserem que eu faça, e é por isso que sou perfeita.

Vamos costurando por meio de fileiras de cubículos até outro conjunto de elevadores. Ele diz:

— Amanhã você estará aqui de novo. Minha assistente vai cuidar de tudo. Leslie, pode vir aqui? — Ele acena para uma mulher à mesa. — Leslie vai ajudar vocês. A questão é que estamos tentando acelerar as coisas, senhora Young, para ser bem honesto com a senhora. Precisamos estar no topo das tendências, entende? A garotada quer ver grupos. Querem se identificar com diferentes personalidades. E acho que vão almejar ser exatamente como sua filha.

— Quem vai almejar? — minha mãe pergunta.

Simon sorri.

— As outras meninas.

Quanto me deito na cama do hotel naquela noite, fico me revirando por causa da pressão do meu coração contra o travesseiro. Insetos rastejam pelo meu corpo, o esforço da minha respiração. O ronco prazeroso da minha mãe na cama ao lado. Lá fora, uma cacofonia urbana — sirenes, gritos, buzinas, uma gargalhada. Camada sobre camada de som, aumentando e colapsando, e soa bem como vozes.

Encontro Gwen Morris pela primeira vez no banheiro do estúdio de gravação. Há um estrondo repentino, depois a porta se abre e balança na dobradiça. Chinelos sobre o piso de azulejo. Uma torneira se abre e a água esguicha para fora da pia. Pela fresta da cabine, eu a vejo pela primeira vez, mas só em fragmentos. Um pedaço de uma coxa pálida, mechas de cabelo escuro.

Olhando para o reflexo, ela se curva e beija os lábios. Então começa a puxar os cílios tirando grumos de rímel, esfregando a gosma preta na borda da pia. Os lábios estão separados em concentração, e uma língua rosada se revolve dentro da boca.

Faço um barulho e seus olhos saltam para a minha cabine. Levo um susto, me limpo rápido e dou descarga, depois levanto a calcinha e abro a porta.

— Desculpa — murmuro. Não sei mais o que dizer para ela. Ela é a menina mais linda que já vi. Seu rosto tem uma proporção áurea. Não há marcas de sol nem sardas, só uma pinta escura acima da sobrancelha esquerda. Os olhos são azuis-piscina e os membros, esguios como os da Linda Evangelista. Aperto o reservatório para pegar sabonete e fico na ponta dos pés para alongar meu reflexo ao lado do dela. Minha beleza precisa de mais convencimento do que a dela. Todas as minhas feições são maiores.

— Oi — ela diz, um pouco relutante. — Me chamo Gwen.

Eu me apresento.

— Nome bonito — ela diz. — Sempre quis um nome assim.

— Hum, você não ia querer não. Parece nome de *stripper*.

— Vamos ver como você dança, então. — Quando sorri para mim, percebo que seus dentes estão cobertos de manchas de placa. Uma imperfeição. De algum modo, isso me conforta.

Na cabine acústica, nós quatro ficamos alinhadas em frente a partituras. Gwen Morris, Claudia Jeong, Rhiannon Walsh, eu. Os produtores e Simon estão sentados atrás da mesa de mixagem na sala de controle, com os braços cruzados. Só Gwen não demonstra o nervosismo. O restante de nós está irrequieto e se cutucando.

— Vamos cantar uma música que todas vocês conhecem — Simon diz. — O hino nacional. Vamos ver como fica. Tá bom? Ótimo. — Ele bate palma.

Antes de começarmos, antes de tudo começar, Rhiannon se inclina na minha direção e sussurra no meu ouvido:

— Eles esperam que a gente saiba cantar a porra do hino nacional?

Engulo uma risada. Sugamos ar para dentro dos pulmões. Nossas vozes são hesitantes de início, depois intensas. Rhiannon cantarola a maioria das palavras, enquanto o resto de nós se agarra à letra. Quando alcançamos a nota final, nós quatro nos entreolhamos e começamos a rir. Acho que todas estávamos ávidas por fazer parte de alguma coisa. Até este momento, estávamos sozinhas, enquanto o mundo começava a olhar para nós de modo diferente, dando uma espiada por cima do ombro.

— Temos algo aqui — Simon diz, batendo palma. — Temos algo. De novo, meninas. Vamos de novo.

1997

Los Angeles, Califórnia

LOS ANGELES SE RESUME A DIAS LONGOS DE UM calor seco. Caio na cama à noite, exausta de horas de coreografias e aulas de canto. A Siren envia carros pretos para nos levar para todos os lugares, nos fazendo acreditar que somos especiais. Claudia aumenta o volume do rádio toda vez que *The Rain* (*Supa Dupa Fly*), da Missy Elliot, toca, o sol nos atinge através do para-brisa, a rodovia joga ar quente no carro. A sensação, por mais que passageira, de que estamos vendo nossa vida acender. Ao mergulharmos na piscina do hotel, quando os biquínis ficam encharcados sob as camisetas que usamos por cima, estampando luas novas em nossos peitos, tudo é dourado.

Minha mãe tira alguns dias de folga do trabalho para ir comigo para a Califórnia, mas logo volta para Nova Jersey, confiando em Sonny para cuidar de mim pelo resto do tempo. Depois que ela vai embora, Simon, nosso agente de A&R, oferece um jantar em um restaurante italiano na Sunset Strip. Todas as outras mães estão ali. A senhora Morris, uma mulher loira e pequena, não para de falar um minuto sobre as conquistas de Gwen, se gabando como se fossem dela, como se estivesse mesmo puxando a alavanca dentro da filha como uma empilhadeira.

— Gwen poderia ter sido *qualquer coisa* — ela diz. — Era boa em tudo o que tentava. Era conhecida na cidade pelo talento. Minha nossa, ela ganhava tudo. Poderia ter sido jogadora de futebol, se quisesse. Ganhou concursos de beleza pelo estado inteiro.

Simon interrompe, erguendo o copo.

— Às meninas. À Cloud9.

A senhora Morris arregala os olhos como se tivessem puxado seu freio e todas as coisas que ainda não disse estivessem espremendo seu rosto.

A luz do lustre irradia dos nossos copos. Há uma quietude, um silêncio sagrado. Tudo está apenas começando para nós, é o que a noite parece dizer. O barulho não está distante. Está aumentando, e logo não conseguiremos ouvir além dele. Mas, primeiro, a gravadora irá ouvir nossas demos, depois decidir se quer nos contratar como um quarteto. Pergunto para Sonny o que isso significa — Simon chamou de contrato de agenciamento. Sonny diz:

— Significa que eles têm 30 dias para decidir se querem investir em vocês e, se não quiserem, acabou. Voltamos pra casa de mãos vazias.

Nossa coreógrafa me muda de lugar da frente para trás durante o ensaio de dança, dizendo que não estou colocando as mãos nos lugares certos. Observo Gwen, com a calcinha visível acima da cintura da calça de moletom. Seus membros são fluidos, espontâneos. Os meus não se mexem do mesmo jeito que os dela, não importa o quanto eu tente.

Sonny está assistindo de uma das cadeiras dobráveis ao lado do espelho. Essas cadeiras também receberam executivos da gravadora nos últimos dias. Simon também. Estão todos pensando a mesma coisa: será que devemos apostar nessas meninas? Elas são um bom investimento?

Quando fazemos um intervalo para tomar água, Sonny levanta um CD.

— Vocês sabem o que é isto?

— Ai, meu deus — Claudia solta. Ela pega o CD. Arranca a embalagem transparente. A arte da capa mostra cinco meninos de pé em uma montanha. Estão usando sobretudo preto e têm o rosto levantado para o céu. Ao longe, relâmpagos formam o título do álbum: *Tempestade em uma Garrafa.* Embaixo, em letras garrafais douradas: ETA.

— Você ouviu *The One I Want*? — Sonny pergunta. Todas fazemos que sim com a cabeça. Está nas rádios todos os dias; Rhiannon muda de estação quando ouve no carro. A batida é incessante, como o zunido de uma mosca: *É óbvio para mim / Deveria ser óbvio para você / É você quem eu quero / O que mais posso fazer? / Menina, eu imploro / Sou louco por você.*

— Esse é o álbum completo deles — Sonny diz, apontando para o CD. — É isso o que queremos capturar.

Claudia dá um sorriso.

— O quê? Relâmpagos numa garrafa? — Ela está usando uma sombra verde-limão hoje, mas seu suor fez a sombra borrar.

Sonny balança a cabeça.

— Não.

O que, então? O que precisamos fazer?

Disciplina, é a conclusão. Ele diz que o ETA foi formado pela mãe de um dos membros da banda. Ela os caçou em competições de talentos, torcendo para encontrar meninos da mesma idade do filho. Eles acabaram sendo contratados pela SMG, uma das concorrentes da Siren, dois anos atrás. Dois anos, nenhuma música de sucesso. Vendas medíocres. Várias vezes, a gravadora ameaçou largá-los. Agora, sucesso repentino. Sonny semicerra os olhos e diz que pode ser que a gente precise ter paciência. Temos que ser determinadas. Vejo Gwen absorver a informação. Posso ver que sua ambição é uma bala de canhão; ela já quer estourar, assim como eu.

Tarde da noite, já passa das duas da madrugada. Ainda estou no estúdio, praticando a coreografia. Observo meu reflexo no espelho e tenciono os punhos de frustração. Levanto a camiseta e enxugo o suor do rosto.

Enquanto danço, faço a contagem para mim mesma, e uma sombra se alonga através do estúdio. O reflexo de Gwen é um espectro pálido no espelho, me observando em silêncio. Quando já viu o suficiente, ela joga os chinelos em um canto e se posiciona na minha frente.

— Quando cantamos *Você me lembra o calor do verão,* é aí que você tem que começar a girar. Você fica olhando pro seu reflexo. Não fica se olhando. Vai ficar sempre descompassada se fizer isso.

— Mas eu sou horrível.

— Não é não. Você só tá uma batida atrasada. E tem a melhor voz de todas nós.

— Não minta. — Tenho medo de que sua gentileza seja apenas um depósito para ganhos futuros. Mas pode ser que ela esteja sendo franca. Não entendo: ela não precisa rebaixar os outros para se içar.

— Não tô mentindo — ela insiste. — Juro. Vamos começar do começo. Você vai conseguir.

Mais uma vez, essa gentileza. Tento também.

— Você é a melhor dançarina, sabia?

— É, eu sei. — É um conhecimento que está tão fundo dentro dela que ela nem tenta negar. Admiro sua honestidade.

— Também sei. Que sou a melhor cantora.

Ela sorri e me diz que isso é bom. Então começa a fazer a contagem para nós.

— E um, dois, três e quatro... — Ela se vira para ajustar o meu braço e depois se volta para o espelho.

Essa é a Gwen — não como a mídia irá retratá-la, nós duas, como se fôssemos apenas uma face de um prisma. Ela é linda, e gentil, e determinada — todas as coisas que irão querer que ela seja —, mas ela também é as contradições que todos temem. Para mim, ela sempre vai ser o amanhecer surgindo lá fora na janela, me coordenando na coreografia por horas, até que eu finalmente acerte.

Este momento parece sagrado. Não como o ensino médio ou as amizades que eu valorizava por razões desconhecidas para mim agora. Já faz dias que Lindsey e Rachel não atendem minhas ligações. Quando finalmente atendem, me dizem quem dormiu com quem atrás das arquibancadas do basquete, que foram até a orla e acenderam uma fogueira na praia. É estranho me dar conta de que não ligo para esses dramas antigos. As meninas do Cloud9 veem o mundo como eu, com fome de todas as coisas de que estou faminta. Aqui sou parte de algo acolhedor e íntimo, uma comunidade sentida no corpo.

Uma tarde, nós quatro juntamos as camas de solteiro no quarto de hotel da Gwen.

— Você não contou nada sobre o seu namorado ainda, Gwen — Rhiannon diz. Ela é tão sardenta, é como se um pintor do pontilhismo tivesse trabalhado com pintas douradas sobre uma tela de pele. Deitada, apoiada nas mãos, ela assopra a franja repicada na frente dos olhos.

— Tipo, ele era meu namorado só onde eu morava — Gwen diz, na defensiva. — Terminamos quando eu vim pra cá.

— Mas você transou — Rhiannon diz.

— Paguei um boquete pra ele, mas a gente não transou. É diferente.

Rhiannon ergue a sobrancelha.

— Você é vadia por dentro? Total, não é?

Esta palavra: vadia. Uma faca arranhando a carne. Minha mãe usa essa palavra para descrever outras mulheres, mas nunca tinha ouvido Rhiannon usá-la. Acho que todas pegamos essas palavras de nossas mães de início: vadia, e megera, e puta, até mesmo pudica. O gosto delas é amargo na língua, mas doce quando as soltamos, pelo menos se não formos as pessoas que elas descrevem. Rhiannon já devia ter me chamado dessas coisas pelas costas, mas não sei qual; a maneira como ela modifica as pessoas e as definições é obscura para mim. Em sua cabeça, parece que há uma quantidade perfeita de sexo que não classifica a pessoa como uma coisa ou outra, mas ela não é capaz de determinar bem qual é essa quantidade. Parece que varia de pessoa para pessoa. Gostaria que houvesse uma resposta universal, aí eu saberia o que fazer.

Aperto os joelhos no peito e afundo os dedos dos pés no lençol. Uma melhor versão de mim mesma talvez defendesse Gwen, mas não digo nada. Claudia diz:

— Boquete é uma subcategoria de sexo. Está, tipo, sob o mesmo guarda-chuva.

Concordo com a cabeça, pensando nos anéis no tronco de uma árvore, como o sexo e meu próprio entendimento a respeito dele expandiram com o tempo. Quando eu era mais nova, achava que era possível ter um bebê se ingerisse o DNA de outra pessoa — cabelo, unhas, até mesmo flocos de pele. Uma vez, engoli um cabelo em um pedaço de pizza e fiquei convencida de que estava grávida do homem grande e peludo que trabalhava na pizzaria.

Rhiannon então pergunta tudo o que já fizemos.

Claudia diz que só deu uns amassos. Gwen retruca: "Eu já falei." Digo que já transei, mas só uma vez. Fico orgulhosa de ter uma informação para compartilhar, como se isso me tornasse mundana, uma mulher de verdade, mas também tenho o cuidado de evitar a carnalidade da coisa. Minha falta de familiaridade com o corpo de Nathan, a falta de familiaridade dele com o meu, a maneira como seu pinto murchou depois, como se todas as cordas em seu interior tivessem sido soltas.

Rhiannon diz que já fez de tudo, mas que particularmente adora o sexo oral.

— Como é? O que a gente tem que fazer? — Claudia pergunta para ela.

Rhiannon levanta um dedo e chuta o lençol. Ela volta com duas bananas, uma toranja, uma faca. Pega a banana primeiro.

— Então, isso aqui é ele. — Ela lambe da base para a ponta. Sua boca vai boiando para lá e para cá. — É assim. Sempre fiz assim.

— Mas e se você morder sem querer? — Claudia pergunta. — E se os dentes...

— Você *não* vai morder se usar os lábios. Assim. — Rhiannon enfia a banana mais fundo na garganta, depois a retira. Ela a coloca ao lado e pega a toranja e corta a fruta ao meio. — E quando ele faz em você, é assim. — Ela passa a língua pela polpa. — Fica mais gostoso mais pra cima. — Ela vai para cima, dando voltas e mais voltas, a língua é uma chama crepitante. Por fim, ela joga a toranja de volta na cama.

— Falando nisso, eu é que não vou comer isso aí — Claudia diz. Suco transparente escorre da fruta em frangalhos, manchando o lençol.

Nosso ensaio é ruim. Quando Gwen sai correndo da sala, o resto de nós faz alongamento na barra, aliviando os músculos tensionados. Rhiannon se vira para mim.

— Ela está se fazendo de difícil.

Será que está mesmo? Eu também acho que as músicas que estamos gravando são cansativas e medíocres, mas tenho receio de pressionar por medo de que tudo desabe, tendo minha única oportunidade esfacelada como borracha e pó. Me contenho dentro do punho da gravadora porque lembro o que Sonny disse sobre ir para casa de mãos vazias. Só temos duas semanas até decidirem se nos contratam ou não, e Gwen é vital para essa escolha.

— Vou falar com ela — digo.

Rhiannon concorda com a cabeça.

Encontro Gwen lá fora no corredor, perto de uma máquina de venda automática de alimentos. Ela está encurvada sobre os joelhos e vejo que está desenhando contornos em si mesma do jeito que eu faço. Em que será que está pensando de verdade, sentindo?

— Rhiannon te mandou? — ela pergunta.

— Aham.

Me sento a seu lado, tentando ficar parada, porque ela pode acabar se assustando. Eu preciso dela. Ela é a tempestade, e nós somos os mastros de muita sorte por ter sido pegos por ela, todas tremulando na mesma direção que ela.

— O que foi? — pergunto casualmente.

— Se Allegra mudar a coreografia de novo, vou ficar maluca. — Gwen odeia Allegra, a coreógrafa contratada pela Siren, e a desautoriza nas poucas horas livres que temos, rearrumando o quarto de hotel para ter espaço para nos ensinar. — Minhas ideias são melhores. Simples assim. A gente pelo menos tem que ter coreografias legais pra que ninguém preste atenção no que estamos cantando.

Encosto a cabeça na parede. Fecho os olhos.

— Você quer isso?

— Só quero ter controle. Quero tomar decisões sem ninguém duvidando de mim, sabe? — Ela levanta o braço acima da cabeça e o solta no colo. — Isso é meu cérebro dizendo pro meu corpo o que fazer. Ele envia um sinal e meu corpo reage. É coisa de um segundo. É *isso* que eu quero.

— Pode ser que, depois que formos contratadas, a gente acabe trabalhando com gente melhor.

Ela solta uma risada de escárnio.

— Talvez. Talvez não. Só não quero voltar pro Arizona. Pra minha cidade. Não acontece nada lá. De vez em quando, tem essas tempestades gigantes de poeira, chamadas *haboobs*. Quando chegam, fica tudo escuro, como se fosse noite. Não quero que tempestades de areia sejam a única coisa interessante que acontece na minha vida. — Ela apoia a bochecha no punho. — Fico com medo de falar as coisas, porque, e se não contratarem e a gente tiver que ir embora? E se eu tiver que terminar o ensino médio? E esse é o problema... não posso nem mexer minha própria mão.

— Você faria faculdade?

Ela balança a cabeça.

Apenas alguns meses atrás, eu pensava que a minha vida era um tédio. Um caminho para a faculdade comunitária, como Greg.

— Talvez eu fizesse — digo, apesar de ela não ter perguntado. — Não sei o que mais fazer se isso aqui não der certo.

— Para com isso. Vai dar certo. — Ela se levanta e me puxa para eu ficar de pé. — Vamos ensaiar. Não consigo pensar parada.

De vez em quando, fico observando Gwen e sei exatamente quem ela vai se tornar. Não há dúvida. Ela tem dezesseis anos, mas já traça um caminho longo e decidido com um único destino: ela mesmo, a própria vida, a vida que nasceu para habitar.

Uma noite, ficamos acordadas até tarde assistindo *The Price Is Right* no quarto dela. Ela grita para a televisão:

— Sério, são 730 dólares? Por isso? — Virando-se para mim, diz: — A gente tem os programas de TV mais esquisitos. Quem é que inventou isso aí? Já parou para pensar nisso?

Dou de ombros.

— Você já participou do *Star Search*?

— Já.

— Eu também.

— Chegou a ganhar?

Ela balança a cabeça.

— Eu *também* não!

Isso reenquadra todo o meu fracasso passado como algo que nós duas tivemos que superar, o que faz eu me sentir um pouco melhor.

Um pouco antes de dormirmos, mas depois que já desligamos a televisão, ficamos conversando. É a parte sussurrada de quando vamos dormir na casa de alguém, quando as pálpebras já estão pesadas, mas lutamos para segurá-las abertas, porque é nesse momento que a intimidade entre meninas é realmente construída.

Conto para ela sobre a primeira vez que transei, falando baixinho na escuridão. Por um tempo, ela fica em silêncio. Depois diz que ele parece ser um merda.

— Pode ser que seja. Sei lá. Talvez seja culpa minha. Imaginei que fosse ser diferente, aí ficaria frustrada de qualquer jeito.

— Como você imaginou que seria? — ela sussurra de volta.

— Com alguém por quem eu estivesse apaixonada. E achei que seria sexy, ou algo assim. Que a coisa iria esquentando até a gente não aguentar mais.

— Hum. Falando sério, nunca imaginei nada. Pra quê? É perda de tempo pensar numa coisa dessas, já que a vida vai acontecer de outro jeito.

Olho para ela, a luz azul da televisão delineando seu perfil. O cabelo enrolado nas pontas como uma coluna grega. Ela é tudo o que eu queria ser quando finalmente me tornar eu mesma. Quando eu preencher uma sala, em vez de perambular por ela. Apesar de ser um ano mais nova do que eu, o mundo não desaba sobre ela do modo que vive desabando em mim. Tudo o que leio, escuto, vivencio, é uma ferida nova, mas ela descobriu os próprios gostos e valores há muito tempo, e eles já cicatrizaram, solidificaram.

Vamos abrir para o ETA no SeaWorld de San Diego. Quando passamos pelos guichês de venda de ingressos e somos levadas para a área isolada onde o público está reunido, eu suspiro. Parece gigantesco demais para nós. Os fãs são ferozes; dá para sentir o desejo fumegando na pele deles. Cotovelos vão dando pancadas em peitos conforme eles se movem para frente, todos esses membros parecem uma pilha enorme de varetas. Já que há a expectativa de uma chuva inabitual, uma lona foi colocada sobre o palco improvisado. A maioria da multidão não está sob essa proteção, então, quando a tempestade começa, tintas de caneta escorrem pelos posteres, toda a devoção agora está ilegível.

Eu seria uma dessas meninas em outra vida. Fantasiando com esses meninos, nem tanto querendo sexo, e sim ser escolhida. É da natureza humana ir com tudo quando há uma grande distância a ser superada. O vão em si é o atrativo: o espaço entre o palco e a multidão, onde uma mão quente pode içar você.

Quando Gwen se dá conta do público, seus olhos também se arregalam e ela não para de esfregar o dorso da mão nos lábios, que estão manchados de pirulito.

— Ainda está azul — Claudia diz.

— O ETA vai achar ela sexy de qualquer jeito. — Rhiannon dança ao redor de Gwen e coloca as mãos no rosto dela. — Quem é essa criatura deslumbrante?

— Cala a boca — Gwen diz, empurrando-a. Mas ainda assim, ela fica corada.

— E não podemos esquecer desses aí — Rhiannon diz apontando para os meus seios.

Por instinto, cruzo os braços sobre eles.

Sonny nos chama e o seguimos. Verificamos os dentes uma da outra para ver se não há comida, ajeitamos os tops justos sem alça e as calças capri. Enquanto esperamos o céu limpar, somos apresentadas aos meninos do ETA sob a cobertura da praça de alimentação, onde as equipes pegaram várias mesas. O empresário deles, Mike Esposito, aperta a mão de Sonny. Mike é um sujeito puxa-saco, baixinho e seboso, com uma velha regata que não cobre os mamilos. Os meninos tiram os olhos da comida para nos cumprimentar, mas todos eles parecem agitados — pela chuva ou por Mike, é difícil dizer. Me sento a uma mesa próxima com Claudia, analisando os meninos de uma distância segura. Para os padrões, eles são atraentes. Alex Kowalczyk é o mais velho e o mais confiante. Suas pernas e braços estão estendidos, ocupando a maior parte do espaço da mesa. Sua mãe, Hanna, é a co-empresária do ETA, junto com Mike, e foi ela quem avaliou todos os outros membros. Ao lado de Alex está Ty Jefferson, o mais bonito entre eles. Ele é negro, alto, tem o cabelo encaracolado, seus membros são graciosos e os cílios incrivelmente longos. Ele passa uma batata frita no ketchup do menino a seu lado, surrupia pedaços de frango do prato de todo mundo. Devagar, com os olhos brilhando, vai lambendo a gordura dos dedos. Depois há Cam e Gabe Barone, os primos loiros de olhos azuis. Cam é baixo e tem cara de bebê, enquanto Gabe é um pouco mais magro, como um cachorro de rua sentado ao lado de outro bem-alimentado da mesma raça.

O último membro da banda está olhando para todos os lados, exceto para mim, como se eu fosse um facho de luz em seu para-brisa. Esse rosto. Eu reconheço. Às vezes, a memória é como uma mão embaixo d'água, e apenas formas vagas permanecem. Ele é uma dessas formas para mim e, por fim, o passado fica mais definido, se torna mais claro. Meu coração não palpita, não, quase salta do peito. É o menino do *Star Search*, Wes Kingston.

Tudo nele se intensificou. Está mais alto, maior. Músculos definidos surgiram por baixo do suéter justo. E conforme meu olhar o varre, tudo dentro de mim diz sim, sem parar. Os ombros largos. O punhado de pelos escuros abaixo da clavícula, as sobrancelhas espessas.

— Falando nisso — ele está dizendo para Gwen, acariciando a barba irregular por fazer. — Foi uma brincadeira. Perdi uma aposta e agora tenho que deixar o bigode crescer.

Sua voz é uma pá — pega algo pesado quando ele fala.

Eu me espremo na mesa de piquenique ao lado de Gwen, e ela aponta para o Wes com o queixo.

— Ele perdeu uma aposta — ela repete, mesmo que eu já tenha ouvido.

— Que aposta?

Wes coça a bochecha. Ty se inclina para frente, interessado em uma conversa nova. Ele dá um tapa no ombro de Wes e fala por ele.

— A aposta era quem conseguia ficar mais tempo sem se barbear. Wes perdeu fácil, porque ele é um menino muito bonito e liga pra aparência mais do que a gente. Aí agora tem que sofrer.

— Parece que não tem nem como os outros deixarem o bigode crescer — reconheço.

Os olhos de Wes finalmente saltam de Gwen para mim, e seu rosto inteiro se ilumina com uma deliciosa constatação.

— Finalmente descobri. Eu *sabia*!

Ty olha para nós.

— Descobriu o quê?

Wes balança a cabeça.

— *Star Search*. Isso mesmo, eu sabia. Que massa. — Ele desenha uma linha no ar com o dedo, nos ligando. — A gente competiu um com o outro no *Star Search*, um milhão de anos atrás.

— Ele ganhou — explico.

Ele balança a cabeça.

— Nem deveria ter ganhado. Lembro de ter ficado em choque quando ganhei, porque você era muito boa.

Ficamos todos em silêncio. Meu corpo está fervendo. Abro a boca para falar, mas antes que consiga, Sonny bate palmas e gesticula para os microfones, para o palco. Nós nos despedimos dos meninos e nos enfileiramos, com passos escorregadios, a chuva caindo mais forte, mais rápida, um lembrete de que não somos bem-vindas. Como vamos abrir o show, temos só duas músicas, ambas meticulosamente coreografadas, mas, na chuva, nossos movimentos serão amenizados.

Da área coberta, os olhos de Wes perfuram a chuva. Levo apenas terríveis segundos para me dar conta de que é para Gwen que ele está olhando, não para mim. Enquanto ela espera o verso, lambe um fio de saliva nos lábios. Depois inspira e começa a cantar, inclinando a cabeça para trás, exibindo um pescoço comprido e pálido. Sua voz evoca uma mulher com o dobro de sua idade: dá para visualizá-la apoiada em uma janela, apagando um cigarro num cinzeiro, uma onda do mar violenta ao longe.

Mas durante a ponte da música, canto a harmonia um terço acima da melodia. Ao longo do refrão, fico esperando por esse momento. Esperando para ser observada. Há algo perverso e prazeroso nisso, quando sinto os olhos saindo dela e vindo para mim, quando espero por um par de olhos em particular. Porque ver Wes novamente me faz perceber quantas vezes voltei para Orlando, para aquele momento, e o acariciei em busca de consolo. A menina que chorou nos bastidores ainda está olhando para ele. Ela existe nas camadas profundas em mim, tremendo de emoção, toda a sua esperança renovada.

O ETA se move em sincronia como peças mecânicas. Gwen diz que eles são todos iguais para ela.

Ofendida, Claudia faz careta.

— Só os primos são parecidos. Os dois loiros: Cam e Gabe.

E entre todos eles, há mais diferenças, se Gwen se dispusesse a olhar melhor. Cam dança bem. Com precisão, assim como ela. Ty dança ainda melhor. Alex é claramente o menino que a gravadora está preparando para ser o líder, já que está sempre no meio, mas a voz de tenor de Wes é o que dá força aos versos. Fico pasma com o controle que ele tem, a maneira como flexiona a voz como se fosse um músculo.

— Tem mais um loiro — Gwen reclama.

— É, o Alex — Claudia diz. — Ele está de boné.

— Viu! Eles se fundem.

Não percebo muito essas similaridades. Por outro lado, estou interessada nas diferenças entre nossos grupos. Eles se apresentam com blusas de manga comprida e gola rolê, cobertos como presentes para as meninas desembrulharem, enquanto nossa embalagem já está jogada no chão. Eles empolgam a plateia, alimentam a ferocidade, nós não. A apresentação deles me faz querer gritar, me faz querer ficar pulando, me faz querer rasgar os pôsteres deles das revistas, me faz querer morrer. Nossa música não me faz nem sentir viva. E, pela primeira vez, isso fica claro para mim. Me viro para Gwen. Eu a observo observando, e sei que ela se deu conta da mesma coisa.

Depois do show, Wes pergunta para Gwen se ela quer ver as águas-vivas. Gwen lança um olhar desesperado para mim, e vejo que não quer ficar sozinha com ele, então vou junto, ciente de que Wes a prefere. Eles são da mesma altura para se olharem nos olhos enquanto conversam, e eu sou forçada a esticar o pescoço. Me sinto um vale entre as montanhas deles.

O espaço das águas-vivas é circular para que os visitantes consigam ver o tanque cilíndrico de todos os ângulos. Lá dentro, a iluminação é fraca. Com luzes azuis e verdes ondulantes. Tentáculos de águas-vivas se arrastam vagarosos pela água. Vou até o tanque e apoio as mãos no vidro. Wes e Gwen vão para o outro lado e, através da água, seus corpos parecem ficar congelados. Ele nunca fala sem gesticular, e dá para ver os arcos que suas mãos estão fazendo. Então, uma cabeça desponta.

— Amber — ele diz, acenando para mim. — Olha essa aqui.

Dou a volta pelo vidro até onde duas águas-vivas estão flutuando uma sobre a outra. Elas balançam com muita facilidade, tentáculos entrelaçados. Wes gruda o nariz no tanque.

— E aí, o que você andou fazendo nesses anos todos? — ele pergunta. Apenas seus olhos se viram para mim.

— Ensino médio.

— Sério? Como foi?

— Estou aqui, então está na cara que não foi muito bom.

— Que bom. Que você está aqui. Fico feliz, porque se você tivesse virado contadora ou algo do tipo, e sem querer ofender os contadores, teria sido um desperdício enorme.

Meu rosto fica quente e brilhante.

— Na verdade, meu pai é contador.

Ele faz uma pausa para ver se por acaso me ofendeu e depois, vendo que não, pergunta:

— De quem você puxou a voz, então? Da sua mãe?

— De ninguém. — A verdade é que meu pai vivia cantando, pelo menos é o que minha mãe diz. Eu era nova demais para lembrar. Mas parte de mim fica imaginando se ela odeia minha voz porque é como a dele.

Wes se afasta do vidro e se vira para Gwen, guiando-a para o próximo tanque, onde uma tartaruga-marinha nada entre um amontoado de peixes prateados. Ele está apontando, se inclinando para sussurrar alguma coisa, baixinho demais para que eu consiga ouvir. O olhar dele a percorre como o feixe de um farol, e ela é o navio que ele está guiando para casa.

1997

Los Angeles

AS CADEIRAS DOBRÁVEIS NAS SALAS DE ENSAIO abrigam mais executivos, uma rotação de ternos. Seus olhos seguem enquanto ensaiamos uma coreografia após a outra. Dá para supor que eles escutam nossas demos em uma sala de reuniões estéril e assistem à fita da nossa apresentação no SeaWorld, mas também precisam inspecionar danos no produto pessoalmente.

Dois dias antes do fim do nosso teste de 30 dias, Simon nos reúne. Ficamos piscando para ele, apertando as mãos. Suor frio nas costas. Depois de um momento de silêncio, Rhiannon solta:

— Fala logo, Simon.

Ele levanta a mão paciente, limpando o nariz com a manga. A Siren gostou da nossa música, é o que ele diz devagar, mas não estão convencidos de que temos um álbum.

Rhiannon leva a mão à cintura.

— Como assim?

— Eles não veem nenhum sucesso neste lote de demos. Querem uma extensão.

— De quanto tempo?

— Mais um mês ou mais. Nada com o que se preocupar.

Claudia expira, aliviada. Nós todas trocamos olhares. Sou a única que percebe a falsidade no sorriso de Gwen. E é nesse momento que fico sabendo: ela vai largar, mas ainda não criou coragem para dizer. Ou ela tem muita coragem, mas pouca consideração por nós. De repente, fico cheia de raiva — não dela, mas de mim, por ter sido uma boba, por pensar que o sucesso chegaria para mim em uma tacada poderosa, como um feitiço jogado sobre a minha vida.

Encontro Gwen no salão de beleza naquela tarde. Ela teve permissão para pintar o cabelo de rosa-chiclete, e o processo leva cinco horas. Ela gira na cadeira, enquanto a profissional vai cobrindo as mechas com papel-alumínio. É claro que esse será seu visual característico nos próximos anos. Milhares de meninas irão comprar tinta de cabelo rosa na farmácia para ficarem exatamente como ela. Irão cortar o rosto dela das revistas, e em cada foto, ela terá uma aparência etérea, alienígena, uma fada ou um espírito vindo de algum planeta feito de poeira estelar.

Ficamos nos olhando em silêncio. Quero que ela me diga, mas não quero pedir que me diga. Quero que sejamos o tipo de amigas que passam informação espontaneamente, sentindo a necessidade da outra.

— Dei meu número pro Wes Kingston. — Ela mexe os dedos no colo. — Bem, Sonny deu pro Mike, que vai dar para ele.

Dou de ombros, tentando forçar passividade. A verdade é que eles são as duas pessoas mais bonitas que já vi. Dá para visualizá-los morando juntos sem dificuldade nenhuma.

— Mas não quero namorar ninguém — ela continua. — Tem muita coisa rolando.

Estou impaciente agora. Decido perguntar de uma vez.

— Então você não vai ficar com a gente, vai?

Ela olha para as mãos.

— Por que não?

A profissional a guia para o secador. Vou atrás.

Os olhos dela estão lacrimosos. Ela não fica bonita quando chora — e é uma das coisas que visualizo quando quero aliviar a inveja. Ela passa o dorso das mãos nos olhos.

— Minha mãe acha que eu deveria participar de audições para as gravadoras como artista solo. Mike Esposito disse que pode arranjar para mim. Ele é meu empresário agora.

Mordo a bochecha por dentro. Ela me observa. E aí diz algo que muda minha vida, um empurrão forte com as duas mãos nas minhas costas:

— Você deveria partir pro solo também, Amber.

— É, tá bom.

— Estou falando sério. Por que não?

O que ela está dizendo é que eu não corro atrás das coisas para mim mesma. Nunca fiz isso. O que sou eu comparada a ela? O que é minha insipidez ao lado do brilho dela?

— Por que não? — ela repete. — Por que você quer fazer parte de um grupo?

— Porque foi o que me ofereceram.

As mãos dela estão no papel-alumínio. Ela verifica a cor, depois cobre o cabelo de novo.

— Nunca me vi num grupo. É que sinto que estou tão perto do que eu quero *de verdade*, não posso me acostumar com uma versão menor disso. Faz sentido?

Faz. Mas será que ela consegue detectar meu medo, como um animal é capaz?

— Além disso, Simon estava sendo tão vago. Alguns meses? Esse álbum não vai sair, Amber.

Sinto gosto de sangue na boca, da bochecha cortada.

— Quando é que você vai contar pra Rhiannon e pra Claudia?

— Assim que assinar o contrato. Temos outra reunião com a SMG amanhã.

— Achei que você tinha dito que o Mike ia arranjar algumas reuniões pra você, não que já tinha arranjado.

O papel-alumínio emoldura o rosto dela como uma coroa prateada. Ela pisca para afastar mais emoções. Sua mandíbula está tensa.

— Você me odeia?

Balanço a cabeça. Estou sendo sincera. Como poderia odiá-la? Tenho inveja dela. Queria ter tido a coragem de fazer isso antes dela. São emoções bem diferentes.

Ela enxuga os olhos mais uma vez.

— Que bom. Mas e você?

— O que tem eu?

— O que você quer?

— Nada.

— Não minta.

Balanço a cabeça.

— Vou ficar no Cloud9. Não quero nada diferente disso.

— Quer sim.

— Gwen.

Ela semicerra os olhos.

— Amber.

Então, eu reconheço. Que alívio. Porque a profundidade do que quero parece uma trincheira na qual tenho medo de entrar, fria e sem fundo. Dou nome aos meus desejos para ela. Primeiro, digo que quero ser artista solo. Uma potência real nessa indústria. O que mais? Para que meu pai me ouça no rádio e se arrependa de ter me abandonado. O que mais? Criar músicas que façam eu me sentir viva. O que mais? Meu nome na capa de um álbum.

O que mais? Há sempre mais alguma coisa se eu procurar direito. Talvez eu nunca me sinta saciada. O que mais, o que mais? Wes Kingston. Mas não digo isso em voz alta, e o nome dele me atravessa.

Rhiannon está andando de um lado para o outro no estúdio de dança, inflamada e cuspindo fogo. O nome dela foi inspirado em uma música do Fleetwood Mac, mas pode ser que ela imagine que é a rainha da história galesa. A mulher mítica. O cavalo branco. Ela acredita na própria grandeza, mesmo com pouquíssimas evidências indicando tal coisa. É capaz de confundir mágoa com permissão para ser cruel.

— Ela que se foda — Rhiannon diz. — É uma falsa, mente o tempo todo. Estou de saco cheio disso. Ela me disse que o ex-namorado chamava Brian, mas aí falou pra Claudia que o nome dele era Ben. — Ela gesticula para Claudia, que concorda. — Na real, acho que ela nunca teve um namorado. Lembram quando brincamos de "eu nunca"? Ela disse que tinha transado com alguém no mar nas férias. Aposto que inventou isso também.

Claudia franze a testa.

— Mas *por que* ela iria mentir?

— Porque não fez merda nenhuma, Claudia. — Rhiannon coloca o cabelo atrás da orelha e espera nossa reação. Nós duas ficamos quietas. Diante do silêncio, ela continua forçando a barra. — E o Mike Esposito tá tão apaixonado por ela. É o empresário dela agora. Já falei pra vocês?

A pele da testa da Claudia se contrai como um acordeão.

— E se ninguém quiser a gente sem ela?

— Vão simplesmente achar alguém pra substituir ela. Todo mundo é substituível — Rhiannon diz. Sem outro caminho para seguir, ela dirige a frustração para mim. — Você não vai dizer nada? Fica só aí, parada.

— Estou pensando.

— Tá, beleza. Você tá tipo… — Ela arregala os olhos, inclina a cabeça e abre um pouco a boca, imitando minha expressão vaga. — Alguma vez você já teve opinião sobre as coisas?

Rindo para si mesma, ela começa a se alongar. Olho para meu reflexo manchado no espelho sujo. *Todo mundo é substituível.* Estou em um molde onde milhares de outras garotas poderiam estar. Os executivos da Siren já nos disseram isso diversas vezes. Meu corpo é o corpo de outra menina. Meus quadris, os quadris dela. Meus olhos, os olhos dela. Porém, um molde é só um objeto contido em um dado momento. Eu quero fricção. Movimento. Começar aqui e terminar lá do outro lado.

Ligo para minha mãe, o que é um erro.

— Qual é o interesse do Sonny nisso? — ela pergunta. — O que a gente sabe de verdade a respeito dele?

— Ele vai cuidar de mim. Vamos participar de audições para gravadoras como a Gwen fez.

Ela suspira.

— Eu não deveria ter ido embora. Você não vai fazer faculdade e agora recusa um acordo em potencial pra ir atrás de nada? Quanta imprudência. Você não é a Gwen. A mãe dela é irresponsável, na minha opinião. Você acha mesmo que outra gravadora vai te contratar como artista solo? Está pedindo demais. A Gwen? Tudo bem. Ela é um caso à parte, uma menina diferente. Você não. Por que não vem pra casa, Amber? Está na hora.

Ela acha que estou destinada a levar uma vida ordinária — e para minha mãe, é uma coisa boa, uma coisa natural. Ela é do tempo em que cinto de segurança era uma sugestão, e a devassidão do final dos anos 1960 e começo dos 1970 era um bumerangue para seus princípios, atirando-a em outra direção. Depois que engravidou, largou a faculdade e teve meu irmão e eu, decidiu reescrever a vida e se agarrar a algum tipo de dignidade. Então, quando contei para minha mãe que não era mais virgem, ela pegou meu braço e me puxou para o seu quarto. O chão estava uma bagunça com suas roupas. Lençóis marfim manchados com marcas marrons desbotadas de antes da menopausa. O cheiro intoxicante de seu perfume amadeirado.

— Não quero ouvir isso nunca mais — ela disse. Sua mandíbula se contraiu. — Acha que saí por aí me gabando de ter transado no ensino médio? Não. Não saí. Todas as suas amigas são umas vadias, Amber. E agora você quer ser como elas? Elas são da galerinha do fundão. Você pensa que eu não sei? Sei o que tá rolando. Você chega em casa fedendo cigarro. Chega em casa vestindo isso aí. Acha que eu me vestia assim? — Seus olhos percorrem minha meia-calça arrastão, uma marca da vergonha. Senti um novo ódio pelo meu corpo. Percebi que nunca tinha sido meu; sempre tinha sido dela.

Agora ela diz:

— Coloca o Sonny na linha. Quero falar com ele.

Entrego o telefone para Sonny.

— Donna — ele diz, coçando a cabeça. — Achamos de verdade que é isso que devemos fazer. Não grite comigo, Donna. Amber tomou a decisão. Se quer meu conselho… Sei que não. Tudo bem. Vou ouvir. — Ele estala os dedos. — Se quer meu conselho, Donna, acho que o avanço será muito maior para Amber se ela se tornar artista solo. Vejo uma abertura para ela. A SMG acabou de assinar com a Gwen, e…

Ele fecha os olhos, andando pelo quarto do hotel. Quando bate o telefone no gancho, balança a cabeça.

— Mas que pessoa difícil do caramba. Sua mãe é outro nível. Já tomou meia garrafa, pelo jeito.

— Não se preocupa. Se ela se importasse mesmo, não teria ido embora.

Para desestressar, Sonny nos leva ao McDonald's. Pedimos hambúrguer, batata frita e McFlurry. A comida está espalhada no meu colo, o sorvete enorme está no porta-copos. Sonny fala enquanto mastiga:

— A Cloud9 é um navio afundando. — Pesca uma batata no pacote. — Então vamos fazer as audições com a Epid, a Columbia e a Lolli. — Ele dá outra mordida no hambúrguer, joga a batata na boca. — Mike sabe o que tá fazendo. Aquela menina vai vender milhões de discos.

Dá para ver dinheiro em seus olhos, moedas que piscam sob a luz enquanto ele as empilha.

— Sonny — digo.

— O que, querida? — Ele lambe a gordura do dedão.

— Você acha mesmo?

Ele faz que sim.

— Claro que vai. Mas você também pode chegar lá. A gente só precisa fazer uma demo nova e te levar para as salas certas de novo. Eu faço as ligações, você faz o resto. Olhe só pra você. Vai ser moleza.

Lá fora, um fluxo contínuo de metal quente. Um morador de rua de barba grisalha segura um cartaz no estacionamento. Os prédios estão assando como bolos; o céu é de um azul límpido. Um raio de sol bate no painel e doura minha pele. Olho para Sonny e digo:

— Rhiannon e Claudia vão me odiar.

— Elas vão odiar mais ela.

— Por quê?

— Porque ela saiu primeiro. E vai estar em todas primeiro.

Não é verdade, é claro – em 1998, é Monica Lewinsky que está em todas primeiro.

Assisto ao discurso de Bill Clinton no palco com uma gravata vermelha ao falar para o povo americano.

— Eu não tive relações sexuais com aquela mulher, a senhorita Lewinsky — ele diz. Aquela mulher. A parte "senhorita Lewinsky" vem apenas alguns segundos depois, um pensamento tardio.

A audição na Lolli é a quinta e última. Enquanto os executivos deliberam, Sonny e eu dizemos para eles que temos que ir para outro lugar e ficamos dando voltas no quarteirão.

— Para mostrar que estamos sendo solicitados — explica Sonny.

Uma estátua de Atlas carrega o mundo. Uma igreja com portas espessas de madeira divulga uma festa da congregação. Sonny fuma nos degraus da escada. Eu entro, por nenhuma outra razão a não ser ter um pouco de silêncio enquanto aguardo. Cabeças estão curvadas sobre os bancos. Velas de promessas tremulam, faiscando com preces sussurradas. Não acredito em nenhum deus, mas quero acreditar em mim mesma, acreditar que momentos de silêncio talvez existam para que eu os preencha. Eu me sento. Olho para cima. E é muito bonito, de verdade, mesmo que não seja para mim. Não consigo evitar me sentir emocionada em um lugar como este: sua grandeza simplesmente eleva a gente. E quando volto para Sonny, ele está de pé nos degraus, sorrindo.

CLOUD9

Este artigo é um esboço. Você pode ajudar a expandi-lo.

Cloud9 foi uma banda de meninas formada em 1997 pela Siren Records, desfeita em 2001. As componentes originais foram Gwen Morris, Amber Young, Rhiannon Walsh e Claudia Jeong. Depois que Morris e Young deixaram o grupo, foram substituídas por Janice Lacy e Maisie Borello. Uma quinta componente, Casey Dane, fez parte do grupo em 1999.

DISCOGRAFIA

Singles

- *Sonho de Verão* (1998)
- *Bop* (1999)

Álbuns

- *Cloud9* (2000)

CHICLETE

Gwen Morris Faixa 4 em *Chiclete*

Produzida por

Axel Holm

30 de outubro de 1998

[*Introdução*]
Odeio estourar sua bolha, baby

[*Estrofe 1*]
Você achou que isso ia durar pra sempre?
Lamento, mas é agora ou nunca
Tem que ter as conversas difíceis
E a hora é agora

> **Comentário Genius**
> **3 contribuições**
> Ela estava começando um relacionamento com o integrante do ETA, o **Wes Kingston**, que simboliza uma coisa nova e fresca para ela.

[*Pré-refrão*]
O gosto está ficando azedo
A sensação costumava ser fresca na minha boca
Mas já faz um tempo
Tenho sentido que está tudo errado

> **Comentário Genius**
> **3 contribuições**
> Estourar minha bolha é um trocadilho com estourar "meu hímen".

[*Refrão*]
Não vou deixar você estourar minha bolha
Porque você está ficando sem sabor, baby
Que nem chiclete
Você está perdendo a graça pra mim, baby
Que nem chiclete

[*Estrofe 2*]
Você achou que ia se apaixonar por mim?
Como um amante
E agora sei que preciso encontrar outro
Tenho pensado muito mesmo
Você me deixava tão maluca
Agora estou apostando minhas fichas

[*Pré-refrão*]
O gosto está ficando azedo
A sensação costumava ser fresca na minha boca
Mas já faz um tempo
Tenho sentido que está tudo errado

[*Refrão*]
Não vou deixar você estourar minha bolha
Porque você está ficando sem sabor, baby
Que nem chiclete
Você está perdendo a graça para mim, baby
Que nem chiclete

[*Ponte*]
Te jogar no lixo (Ah, não)
Te jogar no lixo (Ah, não)

[*Refrão*]
Não vou deixar você estourar minha bolha
Porque você está ficando sem sabor, baby
Que nem chiclete
Você está perdendo a graça pra mim, baby
Que nem chiclete

[*Refrão*]
Não vou deixar você estourar minha bolha
Porque você está ficando sem sabor, baby
Que nem chiclete
Você está perdendo a graça pra mim, baby
Que nem chiclete

INFORMAÇÕES

COMENTÁRIO GENIUS **3 CONTRIBUIÇÕES**

Chiclete é a primeira música de divulgação do álbum de estreia de Gwen Morris de mesmo nome (1999). Foi um sucesso mundial no lançamento e a música vendeu mais de 12 milhões de cópias. O clipe da música, com Morris de cabelo rosa em uma loja de doces, foi um sucesso no *TRL* da MTV e virou sinônimo da era pop adolescente.

O QUE ARTISTAS DISSERAM SOBRE A MÚSICA?

"Para mim, a música fala sobre nos escolher, reconhecer as próprias necessidades. Tipo, o fato de ter se tornado um hino de término de relacionamentos... É incrível que esteja empoderando as pessoas." — Morris para *The Rosie O'Donnell Show,* 1999.

REFRÃO

1999-2000

1999

Nova York

DEPOIS QUE O CONTRATO DO MEU DISCO É ASSInado, meu novo agente de A&R na Lolli, Patrick Mackey, nos convida para o escritório em Midtown para discutir a direção do meu primeiro álbum. Ele começa:

— Então, você já transou.

Troco um olhar com Sonny. Confirmo com a cabeça, confusa. Já confessei. Estava com medo, mas Sonny disse que era uma coisa que meu novo time deveria saber.

Pat coça o pescoço. Hesita só por um instante.

— Exato. Achamos que é o único outro jeito de entrar na jogada. Savannah Sinclair é virgem. Gwen Morris está no quase lá. Elas não transam, você transa. É um ou outro. Você já fez e não tem vergonha disso. Não é?

Meu corpo fica tenso. Há muitas bandeiras fincadas em corpos famosos. Mas também há uma parte de mim que desfruta do empalamento. A cada vez, uma emoção estranha. Isso me deixa inquieta, porque não consigo conciliar estes desejos contraditórios: enfiar mais fundo, arrancar.

Gwen masca um chiclete, enfia a mão numa jarra de balas de ursinho. Um colar de balinhas de açúcar aperta sua garganta.

Não consigo tirar os olhos dela enquanto ela dança. O poder de seu corpo, a intensidade de seu olhar. Sei que ela deve ter aperfeiçoado a coreografia durante semanas de ensaios, mas parece que ela nasceu para as câmeras, para este momento, gerada com perfeição da cabeça de algum deus.

Quando ligo para seu celular, ela atende ao terceiro toque.

— Você viu? — pergunta sem fôlego.

— Claro que vi. Está em todos os lugares.

— O que achou?

— Você é incrível.

— Agora eles ficam repetindo minha música com a da Savannah Sinclair, como se a gente fosse a mesma pessoa.

— Você é bem diferente. Ela é… — E quero dizer menos bonita, menos talentosa. Mas não é verdade. Savannah Sinclair alcança quatro-oitavas. Seus ornamentos vocais são fitas de som rodopiando pelo ar. *Brinca Comigo*, sua música de estreia, ficou em primeiro lugar no *Billboard Hot 100* por semanas, até que Gwen a tirou de lá. O clipe estreou na MTV uns meses atrás: uma Savannah em miniatura rebolando em uma casa de bonecas. Decote profundo, meias até os joelhos, *blush* espalhado no rosto. Uma cruz dourada balançando no pescoço como um dedo de um lado para o outro.

Não deu para evitar ficarmos uma contra a outra — é fácil demais. Somos cavalos de corrida: seja lá quem começar em primeiro lugar, sempre pode ficar para trás. Não sei disso ainda, é claro. Minha vez ainda não chegou. Por enquanto, a única coisa que posso fazer é assegurar Gwen de seu valor.

Eu a ouço encorajando um coreógrafo ou dançarino. Um estranho para mim.

— Desculpa. Porra. Parece que vivo xingando agora, desde que Mike disse que não posso. Ou pode ser que eu só esteja prestando mais atenção a tudo o que falo. Se xingo numa entrevista, todo mundo pira. Eu não xingava antes, né?

— Na verdade, não.

— Não, era você. Ou a Rhiannon. Tem falado com ela?

— Não. — Faz um ano que não nos falamos.

— Também não.

— E aí, tá namorando com o Wes mesmo?

— Quem disse isso?

Só consigo ouvir meu próprio pulso.

— Todo mundo.

— Não sei se estou.

— Como não sabe?

— Acho que se as pessoas comentam, tudo bem, sabe? O álbum vai sair logo. — Ela abaixa a voz. — Saímos juntos de carro em Los Angeles. Demos um beijo.

— Como foi?

— Nada de mais.

Eu compreendo.

— Enfim, te ligo mais tarde, tá? Preciso ir. — A linha fica muda. Sua turnê pelos shoppings continua. Ela a descreveu como uma visão de camarote dos cafundós dos Estados Unidos. Em cada lugar, há um palco, dois dançarinos. Suas faixas são tocadas pelo shopping, atraindo os visitantes. Ela apresenta quatro ou cinco músicas, dependendo do dia, e dá autógrafos. Esses shoppings, como me contou, poderiam ser todos primos. Mas agora? O clipe da sua música está na MTV. Seu *single* está em primeiro lugar. Os shoppings vão se tornar verdadeiros palcos.

Toda manhã, alguém me pega no hotel e me leva para estúdios nos arredores da cidade. Acabo ouvindo *Chiclete* durante o trajeto — de vez em quando duas vezes se há trânsito. Comprei o CD, claro, uma das últimas cópias expostas em um mostruário com o rosto dela na Tower Records. Na capa, sua cabeça está inclinada como se ela estivesse confusa, uma bola de chiclete cor-de-rosa saindo da boca.

Na cabine acústica, minhas bochechas ficam coradas de calor enquanto canto sobre uma sexualidade que não sei como exercer. Andy Sacks, um dos produtores, pede para que eu vá até a sala de controle. Ele é baixinho, sardento. Seus olhos claros estão sempre se voltando para o meu peito.

— Ainda não sei sobre esse verso — digo.

Ele coloca a mão na cintura, visivelmente frustrado.

— O que você mencionou ontem?

Confirmo com a cabeça. É assim: *Estou tão molhada/ Não consigo controlar o suor*. Tento convencer Andy que é tão direto, que a sutileza pode ser mais sugestiva.

Ele coça a barba por fazer. Depois de idas e vindas, entramos em acordo com: *Vamos suar, baby/ Arranque o suor de mim*. Distorço a voz até ele ficar satisfeito.

— Você tem namorado? — ele pergunta.

— Não.

— Bem, vamos fingir que você tá cantando no ouvido de um namorado imaginário. Ou de alguém por quem você tá bem interessada. Está bem?

Concordo com a cabeça e volto para a cabine, recolocando os fones de ouvido. Isso eu consigo fazer, e sei muito bem em quem pensar. O sol circunda a janela, oferecendo e depois negando luz. Ainda estamos gravando quando os trabalhadores do caminhão de lixo passam pela rua de manhã, triturando o lixo. Assim se passam as semanas de gravação do meu primeiro álbum. Tinha uma vaga ideia de escrever algumas músicas, mas não ouso sugerir isso a ninguém, já que está na cara que ninguém espera que eu componha meu próprio material. Pelo menos o mundo ainda não está mordaz. Os estúdios são como ovários: ali a criatividade está gestando, ali é confortável e escuro. Durante esse tempo, não converso com muitas pessoas além dos produtores e engenheiros, Pat e Sonny.

Tenho dezoito anos em um mundo de homens mais velhos. De executivos como Lyle Michaels, gerente da Lolli, que passa no estúdio de vez em quando para me ouvir cantar. Depois dos sucessos de Savannah e Gwen, ele quer investir muito no meu álbum — verba de marketing, propaganda, uma turnê em parceria com um grande nome no verão. Você vai ser *isso aí*, ele diz, e quem sou eu para discutir? Não tenho uma contraoferta atraente.

Gwen está na minha televisão. Vê-la ali, pequenina e cintilante, penso em ligar para ela, mas ela quase nunca atende nos últimos tempos. Nossa amizade cresceu e minguou — faz meses que não nos falamos. Ela está ao lado de Carson Daly, respondendo a perguntas de fãs antes de uma apresentação ao vivo no *TRL*. Não sei a resposta para muitas das perguntas, o que me deixa envergonhada. Pode ser que ficamos próximas só pelas circunstâncias, nos agarrando uma à outra durante um momento de transição, do jeito que imagino que aconteça com pessoas que moram juntas.

— Qual a música que você mais gosta de cantar? — uma fã pergunta.

— Ah, sem dúvida a *Vamos Pegar Carona*. Essa música me lembra de quando eu andava de carro por aí com minhas amigas. — Ela faz um movimento afirmativo com a cabeça e entrelaça os dedos.

Outra fã pergunta:

— E o Wes Kingston? É só amigo?

Gwen ri.

— Ele é um fofo.

Fofo é uma palavra sem vibração. Mesmo assim, ela continua usando para descrever Wes.

— Do que você mais sente falta do Arizona?

Ela reflete. Acho que sei esta resposta: ela sente falta do céu infinito, das estradas que se estendem pelo deserto terracota. Talvez do cavalo velho e magrelo do avô, que vive em um rancho fora de Tucson. Do gato da família. Mas ela não cita nenhuma dessas coisas.

— Das coisas comuns. Meus amigos da escola. De jogar futebol. Eu era uma aluna acima da média. Cantava no coral da escola. Eu era bem normal.

Acho hilário, quase ofensivo. Gwen Morris não é normal. Ela é toda energia, impulsão, ímpeto de avanço.

Carson diz:

— Sua música número um de hoje, *Chiclete*, é a próxima!

Gritos abafam a voz dele. Eu mudo de canal.

★

O estúdio para o clipe de *Suor* está arrumado para se parecer com uma academia. Há elípticos, colchonetes de ioga, homens musculosos levantando pesos. Corro em uma esteira, meus seios balançam em um top de ginástica alaranjado. O diretor os acompanha com os olhos. Ele se vira para dar uma olhada no monitor, depois volta a olhar para mim.

Assisto à gravação de braços cruzados. Sonny se curva sobre meu ombro para assistir também. Há uma dissonância estranha: eu, ali, a força condensada da minha voz, e a maneira como me sinto.

— Eu não pareço um pouco confusa aqui, Sonny? — pergunto, apontando para o meu rosto. — Parece que não faço ideia do que tá rolando. O que ela tá pensando? — Passo o dedo sobre meu rosto no monitor.

Em dado momento, quando desmaio, o ator que atua como meu par romântico corre até mim e joga água em meu peito. Originalmente, era para ele fazer respiração boca a boca em mim, mas puxo o diretor para um canto. Meu peito é para onde todos irão olhar, de qualquer maneira. Por que não fazer o alarde ali mesmo?

O rosto do ator me lembra uma cadeira: quadrado e funcional. Durante um intervalo, ele me diz que seu nome é Drew. Tem vinte e cinco anos, é novo em Los Angeles, trabalha em um bar nos fins de semana e mora com seis pessoas numa parte arruinada do centro. Ele diz que a cidade lhe dá a impressão de sujeira acumulando embaixo de uma cômoda, só revelada quando mudamos o móvel de lugar.

Imagino transar com ele. Enquanto espero o lançamento do álbum, preencho cada espaço vazio dentro de mim com outras pessoas. Wes Kingston, esse ator, estranhos com quem cruzo na rua, personagens que vi na tela. Quando esses pensamentos involuntários surgem, escureço os espaços da minha mente como se estivesse fechando as cortinas. Ali, posso ter vontade de todas as coisas que me dão vergonha, explorar cada sensação que ainda não experimentei. Ali, formas criam formas estranhas.

— Tá bom deixar a minha mão aqui? — Drew pergunta agora. Seus calos arranham minha cintura.

— Tá bom.

A música começa a tocar de novo. Dançarinos giram nos elípticos e eu dublo minha própria voz. Luzes descem do teto. Fixo o olhar bem na lente da câmera, e ela se abre como uma flor negra.

Homens irão confessar que se masturbaram com esse vídeo. Algumas vezes eles ficam envergonhados e constrangidos ao descrever a luxúria adolescente. Outras vezes ficam arrogantes e possessivos, como se ainda pudessem me empurrar para a cama com os olhos. Nunca sei o que fazer quando me dizem isso.

Gwen me liga. Nem acredito. Ela diz:

— Estou no ônibus, aí a ligação pode falhar um pouco se a gente passar por um túnel.

Ao fundo, ouço o ronco constante de um motor, a sucção de uma janela aberta.

— Tudo bem. Não tenho muito tempo mesmo. — Estou enchendo minha garrafa de água na pia do banheiro do estúdio. Me inclino na direção do espelho e arranco fios perdidos da sobrancelha com os dedos. Nós duas ficamos em silêncio por alguns instantes. Não sei se lembramos de como conversar uma com a outra.

— Estou tão cansada — acabo dizendo.

— É, eu estou morrendo de cansaço também. Pode ser que acabe desabando aqui mesmo, pra ser sincera. — Ela me diz que ensaiou para a turnê por três semanas seguidas e agora não consegue pregar os olhos à noite. Dorme no máximo uma hora. Suas dançarinas gostam de beber no ônibus depois dos shows, mas ela não consegue. Está exausta demais. Agora já recusou vários convites, então elas a evitam.

— Elas devem achar que você não quer ser amiga delas.

— Mas eu quero.

— Elas só estão se sentindo intimidadas com você. Você tem que dar o primeiro passo.

Ela fica em silêncio por um instante.

— É a minha cara. Minha cara é o problema. Eu sou séria. Lembro, quando estávamos juntas em Los Angeles, que as pessoas vinham o tempo todo perguntar o caminho para a gente. Ninguém nunca vem até mim quando eu estou sozinha, mas com você, as pessoas sempre vêm. Tem alguma coisa no seu rosto. Você tem um rosto simpático.

— Todo mundo sempre me diz que pareço com alguém que conhecem, mas não se lembram quem. Sempre me perguntam se já nos vimos antes.

Pelo telefone, ouço o ônibus parar em um posto de combustível, ela murmura para alguém ao lado.

— Enfim, está tudo bem. Minha cara repele naturalmente as pessoas e tá tudo bem. — Ela parece tão triste ao dizer isso. Sua beleza é remota, algo para ser observado a uma distância segura, como se ela estivesse cercada por sensores e vidro à prova de balas. — E aí eu fui fotografada para uma capa.

— Que capa?

— *Rolling Stone.*

— Ai, merda.

— Pois é. — Ela descreve o cenário para mim. Um fotógrafo que parece um gavião, o tempo todo se lançando na direção dela para arrumá-la. Uma banheira balançando com litros de leite e marshmallows de diversos formatos. Parece que ela está nua dentro dela, mas a linha d'água opaca está logo acima de seus seios. Ela é instruída a colocar a coxa na borda, e assim o faz. Não há mais ninguém ali além do fotógrafo e Mike, que adora a foto, diz que é provocativa.

— É claro que eu queria ficar bonita — ela diz. — Queria muito, muito mesmo, ficar bonita. Agora já não sei bem como me sinto.

Digo para ela que está tudo bem. Eu provavelmente teria posado nua se o fotógrafo me pedisse, e esse pensamento está entrelaçado em fios de orgulho e vergonha. Tenho dificuldade em separá-los — estão amarrados com muita força. Fico desconfortável com a atenção que recebo de homens mais velhos, mas também fui ensinada a desejá-la. E como um olhar pode ter diferentes temperaturas ao mesmo tempo? Vejo que é com isso que ela está tendo dificuldade também.

— Enfim, vamos falar de você — ela diz.

— Por quê? Não tem muita coisa, comparado a você.

— Ah, para.

— Bem, a Lolli quer que essa música chamada *Suor* seja o primeiro *single.* Gravamos o clipe semana passada. — O que mais há para dizer? — Você tem visto alguma coisa boa?

— Não, não tenho tempo. As dançarinas estavam assistindo a um episódio de *Buffy* e vi um pouco. Sabe o que eu acho às vezes? Acho que é como se a gente estivesse vivendo num túnel. Como se o mundo estivesse acontecendo a nossa volta, e a gente também estivesse se movendo, mas separadas de tudo por umas paredes bem grossas. Do que as pessoas gostam hoje em dia? Você sabe? O que tá acontecendo?

— Você é o que tá acontecendo.

Ela leva um tempo para responder. Me pergunto se está olhando pela janela. Ela está na estrada agora, em algum lugar da Costa Noroeste, talvez até perto de onde cresci — praias acinzentadas, tubarões circulando ao redor de focas desavisadas.

— Pode ser — ela diz, relutante. — Mas deve ter outras coisas.

★

A capa da *Rolling Stone* é querosene. A banheira, a coxa leitosa. Perguntam para ela a respeito da capa em todas as entrevistas. Em algum momento, vão me fazer as mesmas perguntas, perguntas recicladas: Você acha que passa um bom exemplo? É isso que uma pessoa que é exemplo de comportamento faz? Você se sente responsável? Não quer ser boa? Beleza e bondade são sinônimas? Somos condicionados a acreditar nisso?

Naquela capa, parece até que Gwen já transa. Só que não. Mas é capturada em um momento, a cabeça inclinada, olhos brilhantes, pensando em alguma coisa que deve ser tão gostosa, tão erótica, que a faz pegar fogo. O país é depravado e maluco, então nunca será suficiente. Ele enfia os dentes nela.

1999

Los Angeles

MAIS UM ESTACIONAMENTO, DESTA VEZ DO TACO Bell. Sonny está mastigando um burrito com a boca aberta. Há um pedaço de alface preso entre seu canino esquerdo e o incisivo. Quando ele engole, me dá notícias.

— Você vai abrir para o ETA na próxima etapa. Começa em Phoenix mês que vem.

Ele faz uma pausa, olha para mim toda encurvada no banco do passageiro, com os pés no painel. De repente, o carro fica muito pequeno. Vou ver Wes Kingston de novo. No último ano, ele se tornou uma névoa de pessoa, feito de calor e ar. Tento fazer parecer que estou de boa para o Sonny, mas ele deve saber como isso está me afetando, como isso se move pelo meu sangue.

— Tem alguma ideia do que uma turnê como essa envolve?

Nego com a cabeça. Então ele me explica. Dependendo do local, vou me apresentar em um palco lateral, no palco principal, se tivermos sorte. Vou cantar enquanto o público está na fila, enquanto esperam pelos ingressos de cortesia ou estão na fila do banheiro.

— É uma boa exposição para o álbum — ele me assegura. Um pedacinho de frango cai em seu colo. — Todas aquelas meninas na plateia, elas querem ser sexy como você. Querem que aqueles meninos vejam elas como mulheres. — Ele limpa a boca e olha para mim. — Você não comeu nada.

— Não estava com fome.

Ele estica o braço para pegar meu pacote. O papel branco se amarrota em sua mão.

— Que bom.

Uma cabeleireira puxa meu couro cabeludo. Ao lado dela, um maquiador arrasta base pela minha testa com um pincel macio, apagando toda a irritação avermelhada da puberdade. Observo o progresso dele no espelho, relembrando a sexta série, quando um menino disse que eu era feia. Quando somos novas, esses comentários ficam com a gente, como pegadas deixadas no concreto úmido.

É fácil me fatiar em pedaços. Lábios: lesmas rechonchudas. Olhos: separados demais. Um rosto ingênuo, comum, cada emoção passa por ele. Como Gwen disse, é um rosto simpático: vai refletir desejo nas pessoas.

Agora o maquiador está passando pó bronzeador nas minhas bochechas, contando sobre um homem com quem foi se encontrar recentemente em Miami, quando uma assistente de produção entra no camarim.

— Estamos prontos? — ela pergunta. Está segurando uma prancheta em uma das mãos. — Aqui está seu receptor de ouvido. Pode me acompanhar. Por aqui. Quando te anunciarem, vá para o palco da esquerda.

Sonny me guia pelo ombro. Sinto o calor de sua mão, sempre úmida, mesmo no frio. Sou deixada aguardando junto com outro membro da equipe de produção. Dou uma espiada pelo canto. O palco do *TRL* parece maior na televisão. Há luzes fluorescentes acima. Vidraças que vão do chão ao teto dão para a Times Square, o formigueiro de adolescentes berra abaixo.

Uma voz diz:

— Gwen Morris mais uma vez é número um pela quinta semana, e assistiremos ao clipe num instante... Mas, primeiro, Amber Young com *Suor*, a música de estreia de seu álbum a ser lançado. Estamos animados. Quem amou o clipe? Algum fã aí? Que bom, porque ela está aqui: Amber Young!

A plateia aplaude. Meu coração acelera, meu estômago embrulha. A multidão se eleva sobre mim, e grita, e eu aceno para eles. Alguns esticam a mão para mim, mas acho que não sabem quem sou eu. Estão apenas representando a empolgação.

Fico ali no palco de estúdio azul, bem na frente da vidraça que dá para a Times Square. Sinto como se tudo estivesse exposto. Estou com uma calça jeans cintura baixa, um top sem alça, revelando o piercing recém-colocado no umbigo, mas também estou nua. Quando era criança, tudo o que queria era ser vista. Agora, tantos olhos. Vários — incontáveis. Serei transmitida para inúmeras casas, onde adolescentes vão largar suas mochilas e ligar a televisão na MTV depois da escola. Pela primeira vez, me pergunto se pedi demais. Mas isso é o que mais amo: fechar os olhos, me desligar do mundo, logo antes de começar. Ouvir o pulsar do público. Reunir minha voz, enquanto as câmeras e os olhos giram a meu redor. Meus dois dançarinos se alongam. Meu deus, como eu amo isso. Estou tão apaixonada.

Uma mensagem de voz da Gwen: "Agora estamos mesmo brincando de pega-pega por telefone. Estou te ligando de Amsterdam. Perto dali, na verdade, na região rural. Na cidade mesmo, tinha pontes e ruas de pedra. Não vi muito, pra ser sincera. Queria ver o Red Light District, mas não tive tempo. Então, Tammy… já falei sobre ela? É uma das minhas dançarinas. Ela conseguiu ir, enquanto eu estava dando entrevistas, e me contou. Ela colocou uma moeda numa máquina e começou a assistir a um filme pornô, como se estivesse comprando um chiclete. Tinha meninas nas vitrines, uma ao lado da outra na rua, acenando pelas vidraças, e ela me disse que eram bem gatas. Sinto como se todas essas cidades estivessem bloqueadas pra mim. Fico nos bastidores, ou no palco, ou num ônibus. Fiz propaganda para alguns shoppings europeus. Um cara me perguntou: 'Do que você gosta na cama?', e eu queria dizer: 'Dormir, porra, pra variar.' Porque não tenho conseguido pregar os olhos, Amber. Fico pensando se tem alguma coisa errada com o meu corpo. Estou com medo de que meus músculos desistam de mim. De não ser capaz de engolir ou piscar, coisas assim. Pior ainda: de não poder cantar, e que tudo isso acabe. A melhor parte de ser hipocondríaca é que como a gente fica o tempo todo pensando que tá à beira da morte, não se preocupa muito de não estar vivendo direito. Tô parecendo uma babaca. Não sinta pena de mim. Enfim, preciso ir. Me liga quando puder."

Mas não tenho tempo. Fico entrando e saindo de carros pretos com Sonny. Colocando fones de ouvido em cada estação de rádio que me recebe. Cantando *Suor* em todos os programas que a gravadora consegue agendar. Vulnerabilidade persistente: me amem, me amem, me amem. Por fim, arrumo tempo durante um longo trajeto de carro até uma estação de rádio. "Queria muito que você atendesse porque tenho muita coisa pra te contar", digo depois de receber a mensagem de voz dela. "Vou fazer uma turnê com o ETA no verão. O que devo dizer pro Wes? Ele sabe que vocês não estão namorando, ou ele acha que vocês estão? Enfim, saí com o ator que falei pra você. O Drew, do clipe de *Suor*. Aí fomos num restaurante japonês. A primeira coisa, *a primeira coisa*, que ele fez foi me dizer como eu estava gostosa no vídeo. Eu quis morrer, pensei em ir embora, mas também pensei que era minha primeira noite de folga em um *ano*. Eu deveria curtir e tentar uma conversa. Aí perguntei pra ele que tipo de trabalho como ator ele quer, e ele falou trabalho sério. Começou a meter a boca nos clipes de música e a falar como odeia trabalhar neles. Aí me perguntou se eu queria pagar um boquete pra ele no banheiro. E essa foi minha noite de folga. Sinto muito pela hipocondria. Quando eu era pequena, achei que tinha câncer nos seios, de tão rápido que eles estavam crescendo. Tá bom… tenho que ir, mas, por favor, me fala do Wes quando puder."

E quando estou em uma entrevista, ela me deixa outra mensagem de voz. Sua voz está baixa, ofegante. Ela não quer que ouçam. "Então. Wes. Acho que ele sabe que não estamos namorando. Só saímos juntos uma vez. Demos uma volta de carro." Sei muito bem do que ela está falando porque vi as fotos. "O carro estava com um fedor horrível. A mãe dele tem um cachorrinho e acho que ele cagou lá dentro e não limparam. Meio que ficamos em silêncio. A gente nem tinha nada pra conversar. Sabe quando estamos com uma pessoa e reconhecemos que ela até que é atraente, mas não sentimos nada por ela? Tipo, ele é bonito, claro. Reconheço. Ele é gentil, acho. Ele é até legal. Me perguntou se já me apaixonei por alguém. Eu disse que não. Aí perguntei pra ele, e ele também disse que não. Fiquei triste pela gente. Mais por ele, porque ele passa tanto tempo com os outros meninos, e acho que não sabe como conversar com mulheres. Ele agia como se eu não fosse uma pessoa de verdade. Acho que esse é o problema: sou a única moeda que ele tem. E tenho refletido em quanto amor, tipo, na *nossa* vida, para ser mais exata, tá aí só para as pessoas ficarem comentando. Pra que a gente possa provar que somos desejáveis e temos valor pra elas? Tammy disse que preciso calar a boca. Ela quer dizer oi. Espera, volta aqui. Diga oi."

De longe: "Oi, Amber!".

"Era ela. Estamos indo pro McDonald's. Tem tanto McDonald's por aqui, e o cardápio é sempre igual, não importa onde. É sim, Tammy. Juro. É a mesmíssima coisa. Tem o mesmo gosto que nos Estados Unidos. Tá bom, vamos nessa. Tchau."

QUE TAL ESSA? CONHECEMOS A NOVA ESTRELA GWEN MORRIS

Gwen Morris só tem dezessete anos, mas já virou uma sensação da noite para o dia (e *pode ser que* esteja namorando com nosso menino de banda favorito). Como alguém tão jovem é tão confiante? Sua música de estreia, *Chiclete*, de seu primeiro álbum, é um sucesso estrondoso. Ela está embarcando em uma turnê nacional. Não está surpresa com nada — na verdade, esse era o seu objetivo desde o começo.

P: Qual foi a primeira coisa que você comprou quando ficou famosa?
R: Comprei um carro, e nem posso dirigir! Não tenho carteira de motorista. Fico tanto na estrada, morando no ônibus da turnê.

P: Está planejando tirar a carteira?
R: Um dia. Não tenho tempo para aprender agora. Quem sabe um dia.

P: Você tem algum ritual pré-show?
R: Gosto de me reunir com as minhas dançarinas. A gente anima umas às outras.

P: O que você procura em um homem?
R: Alguém que consiga me acompanhar!

P: Será que Wes Kingston poderia ser essa pessoa?
R: (*risadas*) É, quem sabe.

P: Isso é um sim?
R: Ele é um fofo.

P: Como você se sente sendo comparada com Savannah Sinclair?
R: Somos artistas muito diferentes, sabe. Ela canta mais baladas do que eu, e as músicas dela são mais melosas do que as minhas. Acho que eu sou mais intensa. E não consigo atingir a maioria das notas dela, para ser sincera. Sou muito fã dela e acho que ela é ótima.

P: Você sente alguma pressão para ser um modelo de comportamento para as meninas mais novas?

R: Acho que o melhor exemplo que posso dar é mostrar para essas meninas como ser confiante. Vá atrás dos seus objetivos. Tento fazer isso todos os dias.

P: Então, o que você quer?

R: Um Grammy.

P: O que vem por aí?

R: Estou fazendo a turnê do álbum. A única coisa que posso fazer é continuar trabalhando duro e esperar pelo melhor. Mas tenho um bom pressentimento sobre o que está por vir.

1999

Phoenix, Arizona

VAMOS PARA PHOENIX EM UMA VAN. A PINTURA está descascando, como pele solta de bolhas em um corpo cansado. Ficamos espremidos: Sonny, eu e meus dois dançarinos, Gloria e Jay, na frente, e três membros da banda atrás. Todos participaram de audições comigo, mas, no fim, quem os escolheu e contratou foi Sonny, que disse que tinha anos de experiência com esse tipo de decisão, e eu, não. Todos têm seus vinte e tantos anos, uma década de turnê entre eles. O que será que acham dessa van pequena e barulhenta, fazendo propaganda de uma adolescente?

Fora de Los Angeles, o trânsito na estrada é carro colado em carro, depois poeira e calor. Formas se elevam da terra, punhos socando o céu. Tudo vai ficando montanhoso e avermelhado. Quando ouvimos *Brinca Comigo*, cantamos junto. É melosa, mas gruda na cabeça — e me pego encarando o retrovisor, dublando a música como se fosse a Savannah no clipe. Sonny estica o braço para mudar de estação e gira o botão para encontrar rock pesado.

Pressiono os dedos na janela e leio outdoors que dizem JESUS SALVA, VOCÊ VAI PARA O CÉU OU PARA O INFERNO? MENINAS DO HARRY — BAR ADULTO E CLUBE DE XXXX, PRÓXIMA SAÍDA. GAROTAS GOSTOSAS, BEBIDA BARATA. Vacas levantam poeira, agrupadas em currais, a um passo do abatedouro. Por fim, o terreno grosseiro se suaviza no subúrbio. Quando finalmente estacionamos no estádio, desacelerando na curva, as aglomerações de meninas estão esperando. Elas ficam em estado de alerta. A maioria está usando camiseta da turnê do ETA. Algumas estão acompanhadas de pais cautelosos. Quando se dão conta de que não somos o ônibus do ETA, começam a recuar, visivelmente decepcionadas. Como elas, tenho muitas personalidades que se opõem. Estamos todas naquele momento em que tudo é extremo.

O anfiteatro é um colosso de aço e ferro. Lá dentro, o empresário da turnê do ETA, Bill, nos leva a passos lentos por um labirinto de corredores brancos. Ele é metódico e sério.

— Sua passagem de som é às cinco — ele diz. — Os portões abrem às cinco e meia. Seu show é às oito e meia. Tudo bem? Os meninos estão indo para o encontro com alguns fãs, então diga um oi rápido.

Ele acena para o segurança deles, gira uma maçaneta, e somos empurrados para o camarim. Cam, um dos primos loiros, está andando de patinete, serpenteando por entre araras de roupas e uma mesa abarrotada de chips e aperitivos. Parece que ele vive caçando vagalumes na escuridão, a atenção indo de uma fonte de luz para outra. Os outros quatro meninos estão jogados nos sofás. Eles olham para a porta, meio interessados em quem ou o que entrou. Pouco a pouco, a atenção deles se foca e eles despertam.

— Vocês se lembram da Amber, né? — Sonny leva as mãos à cintura. Eles trocam olhares entre si, como se, juntos, pudessem criar uma lembrança perdida. Então, para minha surpresa, Wes diz:

— Claro.

— Como? De onde você conhece ela? — Alex pergunta, se apoiando no cotovelo. A mão dele esbarra no queixo de Wes e, com o contato, Wes se mexe.

— Ela era do Cloud9, idiota — Wes diz. Então, para mim: — Eu lembro. O tanque das águas-vivas.

— Cloud9 — Alex repete, deixando o nome derreter devagar na boca. — O grupo antigo da Gwen Morris. Né?

Faço que sim. Só sou alguém quando comparada a ela, claro. Mas talvez um pouco da poeira dela esteja em mim por associação.

Cam continua rodando. Wes e Alex fecham os olhos, mãos sobre o peito. Ty diz:

— Ei, Amber, olha como o Gabriel sente cócegas.

Gabe começa a se afastar dele no sofá, levantando um dedo de alerta.

— Vem cá, Gabriel. — Ty se arrasta atrás dele. Um travesseiro é jogado; um chip de batata quica na cabeça de Ty.

— Jamais revele suas fraquezas pra ele — Gabe diz, sério, encolhido para proteger a barriga. Quando o interesse de Ty diminui, ele me chama para o sofá com um gesto. Cruzo as pernas, porque minha saia é muito curta. Ty se inclina para frente de um modo conspirador, o hálito doce e mentolado.

— Me fala sobre você.

— Sobre mim?

Ele joga um chip na língua.

— Aham.

Penso em poucas coisas para dizer, depois desisto. Escolho dizer:

— Sou de Nova Jersey.

— Você gostava de morar lá?

— Não muito. Sempre me imaginei indo embora. De onde você é?

— Houston, mas fui embora quando tinha treze anos. — E ele descreve o começo do ETA, como as personalidades deles se fundiram e se solidificaram juntas, como rochas sedimentares. Algumas vezes, Wes olha para nós, juntos no canto do camarim.

Quando o empresário da turnê deles chega para levá-los, Ty me abraça e me deseja sorte no primeiro show. Cam vai de patinete, seguido por Alex e Gabe. Mas Wes fica para trás para dar uma limpada na sujeira. Não sei se é porque ele é atencioso ou porque talvez queira ficar sozinho comigo.

— Você tá diferente — digo.

— É mesmo? Como? — Wes joga um copo no lixo, mas erra. Suas orelhas ficam vermelhas quando vai até lá e joga o copo na lixeira.

— Acho que é o cabelo.

Ele leva a mão ao cabelo.

— É isso que tá diferente. As pontas descoloridas.

— Ah, é. É sexy? — Uma sobrancelha espessa se levanta. — Ou não?

Finjo analisá-lo.

— Acho que gosto mais do seu cabelo escuro.

— Merda. Tá bom. É o que todo mundo anda dizendo. E as mães não estão mais dando tanto em cima de mim.

— Que péssimo.

Nossos sorrisos se cruzam no ar. Ainda quero provocá-lo a respeito disso, mas não consigo pensar em mais nada para dizer. Pode ser que, ao reconhecer a atração que ele exerce nas mulheres, posso, de algum modo, me misturar a essa massa. Talvez ele esteja tentando fazer a mesma coisa — ao me dizer que essas mães o acham atraente, sondando para ver se também acho.

— É, minha autoestima depende muito disso — ele diz. Fala muito rápido, como se suas palavras estivessem brincando de pega-pega. — Você tá diferente também. Era mais quieta. Você tem quantos anos agora?

— Dezoito. Quase dezenove. Vou fazer em julho.

— Vamos ter que dar uma festa pra você.

— Tá bom. — Dou risada. — Tô tentando ser mais divertida.

Suas sobrancelhas se levantam de novo, sinalizando para que eu me explique, então é o que faço.

— Sonny deve ser meu melhor amigo. — Não ouso mencionar Gwen de novo, porque fico com receio da reação dele, seja uma indiferença ensaiada ou uma ponta de interesse. — E ele é um homem de cinquenta e tantos anos. Mais ou menos.

— Então, você não sai com ninguém da sua idade.

— Não, na verdade não. Nunca.

— Sério? E como é isso?

— Sei muito sobre pôquer.

Homens mais velhos são muito simples, seus desejos não são formas complexas. Sonny, por exemplo, tem revistas pornô estocadas no carro, e às vezes eu o pego olhando, mas nunca esteve num relacionamento. Ele diz que todo mundo é carente demais. A verdade é que ele é obcecado por dinheiro. Gosta de conversar a respeito de quanto as coisas custam — isso lhe dá imenso prazer. E Lyle Michaels, o CEO da Lolli, quer acreditar que recebe atenção devido ao carisma ou aparência, não por causa de seu status óbvio ou riqueza. Ele não olha para espelhos por isso, apenas permite que outras pessoas sejam seu reflexo.

Mas Wes... o que o move? Não sei dizer.

Ele pergunta se gosto mesmo de pôquer, e digo que sim.

— Tem um jogo rolando no ônibus. Você podia dar uma passada lá.

Ficamos nos encarando por alguns segundos. Agora ele olha para mim de verdade, sem passar por mim para olhar para outra pessoa. Eu me viro para pegar uma garrafa de água e acabo derrubando a lixeira. Um derramamento de pratos, guardanapos sujos e uma embalagem de camisinha rasgada. O amontoado do dia deles, os mesmos detritos que deixam para trás a cada cidade por onde passam. Aponto para a embalagem de camisinha.

— É sua?

Ele sorri, e não sei o que isso quer dizer. Em vez de explicar, ele se abaixa para me ajudar a catar a bagunça. Juntamos pratos de plástico manchados de ketchup e molho barbecue do almoço deles.

Quando tudo foi recolhido, ainda ficamos ajoelhados no chão sem qualquer menção de ficar de pé.

— Você tá nervosa? — ele pergunta.

— Como assim?

— Tá nervosa para o show?

Já tinha quase esquecido. Não consigo parar de olhar para suas mãos, sua boca. Onde ele poderia colocar essas coisas? Em tantos lugares.

— Estou. Mas tô tentando não pensar nisso. Se pensar, fico enjoada.

— É só fingir que tá morrendo e que vai renascer no dia seguinte. Se esvazie, dê tudo de você para as pessoas. Não tem nada a perder porque amanhã vai ser um grupo de pessoas bem diferente. Tá bom?

— Tá bom. Obrigada.

Ele se vira para a porta. Alguém voltou para buscá-lo. Vejo só seu perfil quando ele diz:

— E pode ficar tranquila. Vamos ser seus amigos.

Fico em um palco bambo perto das grades do anfiteatro. Como ainda há sol, jogo água gelada no pescoço, mas acaba derramando sobre o meu top branco. A imagem dos meus mamilos é revelada através do tecido. Me dizem para pegar o sutiã da Gloria emprestado, mas é pequeno demais e as alças ficam apertando minha pele, então me apresento sem sutiã, com uma camiseta molhada.

Os fãs não prestam muita atenção em mim, de qualquer maneira. Sou um mero acesso para o evento principal. Uma boca. Por enquanto, tenho a liberdade de me apresentar sem o escrutínio que virá mais tarde. Ninguém está assistindo de perto. As meninas conversam entre si e agarram seus pôsteres: CASA COMIGO ALEX, EU AMO O ETA, QUANDO SERÁ NOSSO CASAMENTO, CAM? Um pôster tem o rosto de Gwen com um traço vermelho que a corta da testa ao queixo. Começo a fazer a contagem de qual dos meninos elas preferem. Conto 11 pôsteres para o Cam, oito para o Wes, um punhado para Alex. O restante é para o grupo inteiro.

O sol começa a se pôr, o palco escurece com sombras dispersas.

— Obrigada por virem, pessoal — digo, tomando um gole de água. — A próxima é a minha música de estreia. Vocês já devem ter ouvido.

Mais algumas poucas pessoas se aproximam do palco a caminho do anfiteatro principal. O público é sempre uma maré baixa, nunca se expande muito. Quando termino, restam apenas cinco pessoas: uma menina nova com a mãe, discutindo em voz baixa, um grupo de amigas com camisetas do ETA, comendo batata frita e tomando *milk-shake*

[itálico] das barracas de comida. Mesmo assim, a indiferença delas é cruel. Estou ávida por seus olhares. A apresentação é uma piada, e depois, ainda com a respiração ofegante, encaro o próprio rosto no espelho do banheiro, jogo água fria nele e sorrio.

Quando saio do banheiro, Sonny me puxa para um canto. Do outro lado do corredor, ouço o pulsar do palco principal.

— Olha — Sonny diz. — Parecia que você estava acabada lá em cima.

— Não estava — insisto, ainda com a respiração pesada da adrenalina e da iluminação. Ele assistiu ao mesmo show? Ele me viu lá em cima? Como deixei tudo de mim no palco, me esvaziando por completo, como Wes disse para que eu fizesse? — Só tive uma cãibra em certo momento, mas durou só alguns minutos.

Sonny gira o brinco na orelha.

— Acho que a gente está precisando mudar a coreografia. Se for demais. É só uma ideia. Vou falar com a Gloria e o Jay sobre isso. — Então ele diz: — Talvez fosse mais fácil, talvez você não tivesse cãibra, se estivesse mais em forma, sabe? — Suas palavras são como um tapa, e eu cambaleio para trás.

1999

Lubbock, Texas

SOU CONVIDADA PARA JOGAR PÔQUER NO ÔNIBUS deles.

As planícies do Texas são desprovidas e amareladas. Um sol egoísta domina o céu inteiro. Em um posto de combustível enferrujado na beira da estrada, embarco no ônibus deles com um pacote de bala e uma Pepsi. Assim que subo a escada, a catinga é geral — odor corporal cobre tudo que nem poeira acumulada. Eles estão sentados a uma mesa bamba no fundo do ônibus, depois da fileira de beliches, examinando as cartas. Ty ergue a mão e me chama para me juntar a eles.

Ele abre espaço para mim a seu lado, dando tapinhas no assento de couro vermelho.

— Você pode jogar comigo até a gente começar um jogo novo.

Wes ergue os olhos das cartas.

— Vai ser rápido.

Sorrio para ele; ele volta a olhar para baixo.

— Por quê? Será que vou ter que escolher um parceiro novo?

— É melhor mesmo — Alex diz. — Ty fica muito cheio de si. Olha só pra esse menino. Ele apostou tudo e não deve ter nada. — Ele gesticula para a pilha no centro da mesa. Eles não têm fichas, então usaram moedas e clipes de papel.

Ty coloca o braço ao redor dos meus ombros e aponta para Alex.

— Ganhei de todo mundo ontem.

Pergunto se ele vai ficar arrasado se perder todos os clipes de papel. Ele concorda solenemente.

— Vou. Roubei tudo do Jim.

Os outros meninos dão uma risada contida.

— Jim?

— É o nosso gerente de produção — Wes explica, rearrumando as cartas na mão. — Cara engraçado.

— Bem esquisito — Ty diz. — Mas a gente ama ele.

Wes morde o lábio ao pegar uma carta. As mãos deles se movem em arcos sobre a mesa.

Movimento súbito: a porta do banheiro se abre. Ty visivelmente se ilumina.

— Gabriel! Como foi?

Gabe balança a cabeça.

— Não entrem lá por um tempo. — Ele se espreme a meu lado. Depois de um tempo, se vira para mim, logo entediado com o jogo. Sua voz é hesitante, insegura de si mesma. Ele sempre fala pouco nas entrevistas, então fico surpresa por estar falando comigo agora. — Por quanto tempo você vai abrir para a gente?

— Ah, só até julho. Final de julho.

Ele concorda.

— Aí seu álbum sai?

— Imagino que sim. Não sei. A Lolli pode acabar adiando para novembro. Às vezes ficam preocupados por eu ser muito parecida com a Savannah ou a Gwen, e outras vezes por eu não ser tão parecida com elas. Vivem mudando de ideia, aí o lançamento vai sendo jogado pra frente. — Dou de ombros, como se isso não fosse nada, exceto minha vida inteira.

— Droga — ele diz. Então, acanhado: — Seu clipe ficou muito bom.

— É?

— Wes estava vendo no quarto dele no hotel. Pegamos ele.

Wes, que até este instante estava focado na mesa, olha para nós. O comentário desencadeia nele um lampejo de irritação.

— O *TRL* já estava passando — ele diz. — Eu não estava procurando pelo clipe nem nada.

Meu clipe ficou em oitavo lugar esta semana, a melhor posição já alcançada.

Ty levanta a mão.

— Você tá gostosa. Todo mundo achou. Ainda mais o Wes. — Ty aponta um dedo para ele. — Não olha assim pra mim. Você disse isso *mesmo*.

O prazer inunda minhas veias.

— E aí, qual foi sua parte favorita? — pergunto para Wes. Agora ele não é tão assustador; algo se desenlaçou entre nós.

Com indiferença, ele diz:

— Com certeza a cena com a garrafa d'água. — Seus olhos encontram os meus e nós dois ficamos presos ali até eu piscar.

— É, imaginei.

Suas bochechas ficam coradas, e ele coloca o cabelo atrás das orelhas.

— Não é por isso. Gosto porque é a parte que você canta, como é mesmo? — Ele imita minha voz: — "*Agora estou derretendo tu-ru-ru.*" Ou algo assim.

— *Agora estou derretida no chão.*

— Isso, essa parte.

Ty olha para nós.

— Não é bem uma letra que chama a atenção.

Wes balança a cabeça e abaixa as cartas.

— Eu pago.

Nunca tinha observado a amizade masculina assim tão de perto. Um olhar provoca gargalhadas furiosas. Eles brincam e brigam. Se tocam com a mesma familiaridade de pessoas que se amam. Uma mão pousada num ombro ou ao redor de uma cintura, cabelo casualmente despenteado. Não consigo me impedir de buscar a aprovação deles, e sinto orgulho toda vez que eles me querem junto. Wes e eu não conversamos muito — pode ser que ele esteja me evitando, sentindo que nossa atração um pelo outro foi exposta e não pode mais ser escondida. Começo a ansiar por esse espaço entre nós. Vai ficando pesado, como se estivesse encharcado. E fico repassando sem parar na mente as trocas pequenas e insignificantes que temos.

Bonner Spring, Kansas. Meu aniversário de dezenove anos. Pensando que estou fazendo dezoito, Mike faz um comentário a respeito de todos os homens que ficarão agradecidos por eu finalmente ser maior de idade, o que ignoro, mas Sonny ri.

— Já faz um ano que ela é maior de idade — Sonny diz.

— Toda essa chance desperdiçada — Mike diz. — E eu nem sabia!

Mike é como uma mosca que a gente não consegue direcionar para fora da janela, não importa a violência com a qual agitamos os braços para guiá-la. Suas investidas em mim se tornaram rotina, uma tarefa diária.

Comemoramos no ônibus deles com bolo de sorvete. Analiso minhas próprias mãos ao segurar gulosamente o garfo. É mecânico: levantar, engolir, abaixar. Sonny, Mike e os meninos estão na segunda ou terceira fatia, lambendo chocolate dos dedos. Mas cada pedaço pesa na minha língua. Me dão doses de vodca, tequila, rum. Há uma cidade de álcool sobre a mesa, torres de garrafas de vidro. Os meninos estão estourando entre as 40 mais tocadas. Fumaça de seus cigarros tateia as janelas do ônibus. A luz se dispersa na minha corrente sanguínea, por todos os meus membros, e eu me escondo no fundo do ônibus, procurando um lugar para me deitar. Subo em um beliche com o melhor cheiro, o cobertor cheio de embalagem de lanches e farelos. Fecho os olhos. Ondas se batem contra minhas pálpebras e se vão.

— Tá tudo bem?

Abro um olho. Wes puxou a cortina que dá privacidade a cada cama.

— Me sentindo uma merda. — Eu me levanto. Ele se ajeita na cama na minha frente, a testa franzida. Ele parece uma batida de coração, focando e desfocando.

Ele aponta para a cama em que estou.

— A propósito, é minha.

— O cheiro é bom.

— Não fica cheirando a minha cama.

— Já tô cheirando.

Ele estica a perna no corredor e chuta meu pé. Há tanta carga elétrica entre nós que eu me viro.

— Se você tá se sentindo mal, posso te deixar em paz.

Olho para ele.

— Não. Fique.

— Tá bom. — Ele deita a cabeça no travesseiro. — A gente pode conversar sobre alguma coisa até você se sentir melhor.

— Acho que você podia me falar sobre a Gwen agora. Ela não fala nada de você.

Ele começa a cutucar um calo na mão.

— Não fala? — Já que ele está olhando para baixo, eu o analiso sem vergonha alguma, me deliciando com a oportunidade: nariz grego, barba por fazer, uma mecha de cabelo descolorido emoldurando a bochecha. As pontas estão começando a crescer, revelando a raiz escura.

— Acho que você não conhece ela direito — digo.

— Nunca disse que conhecia.

— Mas estava a fim dela.

Ele pisca.

— No início. Tipo, é, ela é gostosa. Mas a gente não tem muita coisa em comum. Nunca vejo ela rindo.

— Ela ri quando você conhece ela.

— Bem, nunca pude *conhecer ela*. Ou pode ser que ela não me ache engraçado.

— Pode ser.

Ele sorri.

— Olha, eles vivem perguntando nas entrevistas, pra todo mundo, quem estamos namorando. Sem parar. Tipo, ah, é, enquanto eu tô numa turnê nacional por 30 cidades, tenho tempo mesmo pra uma namorada. Só podem estar zoando, né? Tudo na minha vida acabou quando eu tinha catorze anos. Você vai ver isso logo, logo. Então, por mim, tudo bem o que a imprensa inventou sobre a gente. Não estou nem aí para isso.

— Eu acabaria namorando alguém pra publicidade, se me pedissem.

— É mesmo?

— Acho que sim. Tipo, se fosse beneficiar mesmo minha carreira, certeza. Pode ser que eu não tenha princípios. Quando era mais nova, importava mais pra mim que minhas amigas vissem que eu estava com alguém do que de fato estar com alguém. Pode ser meio deprimente dizer isso.

Um momento de silêncio. Então:

— Você foi criada como cristã?

— Irrelevante.

— Não, vai fazer sentido, juro. — Ele fica de lado. — Quando eu era criança, achava que se ninguém te visse beijando no dia do seu casamento, o casamento não contava. Era por isso que precisava ter testemunhas. — Ele pausa e tira o cabelo do olho. — O que você acabou de dizer me lembrou disso. É como as pessoas dizem: se uma árvore cai e ninguém vê, ela caiu de verdade? A mesma coisa com os relacionamentos. Se ninguém vê, então não é real.

— Quer dizer que se ninguém ouve uma árvore cair, é assim que fica.

— Tanto faz.

— É. Fico pensando se duas pessoas podem mesmo ser felizes se ninguém vê. Se elas podem simplesmente existir juntas, felizes de verdade.

— Hum. Exato. A gente não pode pensar assim, nem podemos considerar uma coisa dessas, dadas as circunstâncias. Alguém sempre vai ver a gente. — Ele pausa. — Você pensa diferente a meu respeito agora?

Balanço a cabeça.

— Muitas pessoas são criadas cristãs. Acho que sou agnóstica, e nunca fomos à missa e tal quando eu era criança. Mas uma vez entrei numa igreja quando estava esperando a resposta da Lolli, esperando eles me dizerem se iam assinar o contrato comigo ou não. Não sei por quê. Fiquei sentada lá e olhei para o teto, e foi lindo. As velas. Tudo. E depois fiquei sabendo que tinha um acordo pro álbum.

Ele sorri de novo.

— Eu devo ser agnóstico também, pra ser sincero, mas não digo pra ninguém.

Ele puxa uma corrente prateada de debaixo da camiseta, e há uma pequena cruz pendurada nela. Um pedaço do meu olho se reflete no metal. Ele faz careta e esconde a corrente de novo.

— Só não sei como a gente pode ter certeza — digo. — Acho que não dá.

— É, eu me sinto assim. Mas o pastor da nossa igreja tem livros entre os mais vendidos. Sério, minha mãe... Você chegou a conhecer minha mãe? Ela às vezes vai na turnê. Enfim, ela é muito fã desse cara, do pastor. Vive ouvindo ele no rádio. Ele tem um sotaque forte, o som parece o de duas pedras sendo friccionadas. Quando eu era criança, achava que ele era deus, até descobrir que não era. Eu achava que se deus tivesse uma voz, seria como aquela.

— Eu achava que se deus tivesse uma voz, seria como a da Whitney Houston. Ou da Joni Mitchell.

— Ou como a sua.

— Cala a boca. Não me compare com elas. Não tem nem comparação.

— Tô falando sério. Você deveria ter ganhado de mim.

Eu o encaro. Deste ângulo, todos os seus traços marcantes estão suavizados.

— É, pode ser mesmo.

Caímos no sono no meio da conversa. Quando o amanhecer toca as janelas, eu me viro, um pouco agitada, sem saber onde estou. Então me lembro. Na frente do ônibus, vejo os outros meninos jogados tranquilos nos bancos. Wes está encolhido na cama ao lado da minha. Cada respiração levanta e abaixa uma mecha de seu cabelo. Seu rosto está relaxado e sem vincos.

Por que será que algumas pessoas são como moscas volantes na visão, sem sair dali, não importa para onde olhemos? Por que será que algumas pessoas nos queimam? Toda vez que olho para ele, parece que estou colocando a mão em um fogão e descobrindo que já está ligado, e dou um pulo para trás de dor, sem conseguir encontrar motivo para essa reação tão violenta.

Tenho uma mensagem de voz de Gwen. Posiciono o celular entre o travesseiro de Wes e a orelha para ouvir e viro de costas para ele.

"São três da madrugada aqui em Myrtle Beach", ela diz. "Então deve ser cedo aí para você. São duas da madrugada no Texas? A hora que estou vivendo ainda não existe pra você. E o que aconteceu comigo hoje à noite ficou perdido entre os nossos fusos horários, e vai ficar ali, perdido para sempre, quem sabe. Enfim, feliz aniversário atrasado. Me liga quando puder."

Anos depois, ela vai me contar sobre essa noite. Uma boate com tema de piratas em Myrtle Beach, com a Tammy. Na pista de dança, as luzes tremeluzem sobre cada rosto. Tammy pega a mão dela, e está molhada por causa da borda de sua bebida. Gwen já ingeriu álcool o suficiente para se soltar. Ela respira fundo. Elas se aproximam e, de repente, Gwen fica com medo. Será que alguém vai reconhecê-la ali? Não. Quantos corpos — é difícil saber onde um começa e o outro termina, onde ela começa e Tammy termina. E esses corpos são tão ousados, tão alegres, que ela pode deslizar entre eles desapercebida.

Tammy a puxa. Nem sempre foi assim entre elas. Quatro semanas em turnê, Gwen não olhou para cima. Tammy passava por ela, para lá e para cá, e ela se recusava a olhar. Agora, antes dos shows, as dançarinas e a equipe formam uma roda, abaixam a cabeça para rezar juntos. Ela segura a mão de Tammy e fica passando o dedo indicador no dedão dela. Gwen nunca rezou, não acredita em nenhum tipo de deus, mas faz isso toda noite para poder pegar na mão da Tammy na frente de todo mundo.

Na boate, o mundo está de algum modo parado, e esse momento está suspenso. Todo sentimento no interior em Gwen está curioso, farejando o ar e tremendo agora que tem permissão para vagar. Então, ela coloca as mãos no rosto de Tammy e a puxa para perto. Elas colidem com fúria. Ela arrasta os dentes pelo queixo de Tammy, mordisca o lóbulo das orelhas. Está furiosa porque quer que a noite se estenda para sempre, mas sabe que irá acabar.

E depois, quando saem cambaleando da boate para o ar morno, ela se lembra do meu aniversário.

1999

Washington, DC

ACHAMOS A FITA DE VÍDEO CASSETE NA MOCHILA de Alex. Estamos procurando uns lanchinhos, mas Ty sente algo grande e retangular. Ele puxa para fora. A capa de papel tem uma mulher com seios enormes, mamilos marrons do tamanho de bolachas-da-praia, com uma saia xadrez.

— O que é isso? — Wes pergunta, se aproximando do ombro de Ty para ver.

— Filme pornô — digo. É estranho ver evidências da sexualidade deles assim. Em geral, é disfarçado.

Alex está dormindo em sua cama, com um pacote de chips comido pela metade no colo. Os olhos de Wes e Ty se encontram.

— Vamos guardar — Wes diz, fechando a mochila. Nós a colocamos na cama de Alex e voltamos devagar para os bancos da frente. Wes se vira para mim.

— Já fez isso?

— O quê? Ver filme pornô?

Ele faz que sim.

— Não. — É a verdade. Mas fico imaginando se minha resposta deveria ter sido que já vi, se filme pornô deveria ter me ensinado a transar como ensinou a maioria dos meninos da minha idade.

Ty sorri.

— Já ouviu Alex ao telefone com a namorada dele? É tipo… — Ele olha para trás, só para se certificar de que ninguém mais está ouvindo. Nós três abaixamos a cabeça perto um do outro. O brinquinho de argola de Wes engata no meu cabelo. — É tipo: "Savannah, você é uma menina tão legal. Me deixa tão duro." Tipo isso. Ele fala tão alto, nem se esforça para sussurrar. Sério, acho que ele quer que a gente ouça. Sempre fico junto com ele quando ficamos em hotel. Infelizmente.

— Savannah? A Savannah Sinclair? — Eu me afasto deles e me encosto na poltrona.

— Só tem uma Savannah — Ty diz.

— Ela não fala que é... todo mundo diz que ela é virgem. Não é? Tipo, *ela* fala isso, não fala?

— Não aconteceu nada entre eles — Ty confirma. — Pelo que sei. Ele ia contar pra gente na hora. Mas, pelo telefone, eles dão um jeito. É óbvio.

Tudo o que sei a respeito de Savannah é o que todo mundo sabe: ela saiu de algum lugar do Sul, onde ficam os estados protestantes e conservadores. Seu cabelo é loiro-claro. Feições duras, angulosas, como a modelo Gisele Bündchen. Ela reza toda noite antes de dormir. Agradeceu a deus em seu discurso ao receber o Grammy de Melhor Artista Revelação. Mas não importa quantas entrevistas dela eu ouço, ela permanece enigmática, impenetrável; ela se abre apenas com determinadas pessoas. Isso me consola, já que a fama tem sido escancarada numa mesa de cirurgia, metal prateado, frio, girando e cutucando. Órgãos, antes encobertos por grossas paredes de pele, agora expostos à luz.

Ainda assim, fui ensinada que a vida é cheia de pedágios: talento e beleza sendo as únicas formas de pagamento. E se o mundo possui recursos finitos, o que os outros pegam, nunca mais terei de volta. Então, quando vejo Savannah ou Gwen na televisão, ou as ouço entre as 40 mais tocadas, minha inveja incendeia. Não consigo evitar.

— Onde você tá agora? — Gwen pergunta.

— Estamos pertos de DC.

— Eu tô em Nashville.

— É perto.

— Será que é o mais perto que já ficamos uma da outra este ano?

— Deve ser. — Olho pela janela da van para as formações rochosas protegidas por redes na lateral da estrada. Onde ela está, aí fora? Ela me disse que seus shows estão cada vez maiores, uma progressão de palcos, e ela tem tido dificuldade de entender.

— Queria te perguntar uma coisa — ela diz. — Eu e a Tammy vimos uma mãe com duas crianças no acostamento. Ela estava estacionada e as crianças gritavam no banco de trás. A Tammy disse que não quer ter filhos. Tipo, ela sabe, de coração, que não quer. Tem certeza. Mas eu sempre tive certeza de que *quero*. Eu tinha uma boneca bebê que carregava pra todo lado até ela ficar tão suja que minha mãe jogou fora. Aí eu e a Tammy ficamos pensando se todo mundo se sente assim pra sempre. Uma coisa ou outra. Tipo, se todas as pessoas do planeta fossem enfileiradas, elas diriam: "Sim, desde criança, sempre sonhei em ter filhos", ou "não, nunca me vi tendo filhos"? Pode ser que a maioria das pessoas estejam entre essas duas opções, dependendo das circunstâncias da vida.

— É, acho que eu tô em algum lugar aí no meio. Não fico fantasiando sobre ter filhos. E, se não tiver, se por alguma razão isso não acontecer, por mim tudo bem. Ia depender da minha estabilidade. Sei lá. Fico pensando se eu seria uma boa mãe.

— Por mim não estaria tudo bem. Talvez seja um problema meu. Talvez seja minha personalidade… quero urgentemente passar meus genes pra frente.

— São genes superiores.

Gwen ri.

— Acho que a principal coisa que me atrai em ter filhos é justo o motivo que eu não deveria ter.

— Qual é? — ela pergunta.

Por um momento, fico com vergonha. De algum modo, não parece certo fazer essa revelação a meu respeito.

— De alguma maneira acho que é um amor forçado. É, tipo, você traz um ser pro mundo, que é dependente de você. Não sabe se defender. Vai te amar por esse motivo. Por mais que você odeie seus pais, sempre há amor. Eu amo minha mãe. E também odeio ela. Mesma coisa com meu pai, apesar de ele ter ido embora quando eu era bebê e eu não ter trocado nem cinco palavras com ele a vida inteira. E isso é muito atraente. A gente sabe que outra pessoa no mundo vai ter uma conexão com a gente, independente do que a gente faça.

— Acha que alguma coisa pode quebrar isso um dia?

— De jeito nenhum. Meu pai tem outra família. Outra esposa, dois filhos. Ele foi embora, e eu ainda fico torcendo para ele me ligar.

— Ele liga?

— Não.

— Quem sabe ele não te viu na TV.

— Duvido. Ele não ligaria se tivesse visto? Não iria querer alguma coisa de mim?

— Sei lá.

— Mas você entende o que tô dizendo?

— Sei lá — ela repete. — Pode ser que eu só queira me doar por completo pra alguém porque tenho receio de ser egoísta. Mike quer que eu diga que sou uma garota normal. Mas não sou, nunca fui. Sempre senti que precisava provar que era melhor.

Me recordo de pensar a mesmíssima coisa quando a vi no *TRL*.

— Talvez você esteja sendo dura demais consigo mesma.

— Você também. Você não se enxerga.

— Porque eu vivo procurando a aprovação de todo mundo. Sonny diz isso. Mas para onde mais posso olhar? Não dá pra ser cantora se não tiver ninguém pra te ouvir.

— Dá sim.

Pergunto como.

— Você não canta no chuveiro?

— Canto.

— Pronto. — Então ela pergunta se eu faria uma coisa para ela, e digo que sim.

— Se grave cantando. E ouça. Finja que não é sua voz, que é de outra pessoa, e avalie. Promete? Axel me disse pra tentar isso, e me ajudou de verdade a me sentir melhor a meu respeito.

— Quem é Axel?

— Axel Holm. Um dos meus produtores.

— Tá bom. Mas não deve me ajudar a me enxergar de outro jeito. Alguma vez você já teve a sensação de que tudo o que diz é uma idiotice? Outro dia, a MTV estava aqui pra filmar cenas de bastidores. Câmeras ficaram seguindo os meninos por aí. Eu disse uma coisa... o que foi mesmo? Acho que o operador da câmera me perguntou: "Como é estar em turnê?". Algo do tipo. Eu disse: "A comida é muito boa." Eu queria muito mostrar para esse cara aleatório que eu estava comendo. Por alguma razão, isso era bem importante pra mim. — A van muda de faixa. Espero um pouco enquanto aceleramos para ultrapassar uma carreta carregada de carros. — De vez em quando tenho a sensação de que ando por aí com uma névoa cobrindo os olhos. Fico esperando o dia em que vou acordar e vai estar limpo e vou saber exatamente o que fazer e o que dizer.

Do outro lado, ela suspira. Ouço sirenes de polícia. O latido de um cachorrinho. Ela deve ter aberto a janela do hotel. Eu a imagino estendendo o braço, o vento passando por seus dedos, a doce lambida da liberdade.

— Também tenho essa sensação. O mesmo sentimento — ela diz.

Eu me gravo, como Gwen disse. Me ouço. Preciso me esforçar para me desassociar da voz que estou ouvindo. Como é essa voz, de verdade? Quando é controlada e está no tom, é como uma rocha de um cânion, as camadas empilhadas em faixas espessas e coloridas. Às vezes é suave e ofegante; outras vezes, um soco firme e impressionante. Às vezes falha um pouco, depois recupera o ímpeto. Talvez não seja espetacular como a da Savannah Sinclair, mas, apesar da queixa interna, sei que nós duas podemos ser talentosas.

No dia seguinte, estou na esteira na academia do hotel.

— Querida? — É o Sonny. Ele está com o *pager* em uma das mãos e o celular na outra. — Você tá ótima, meu bem. Lyle e Pat estão ao telefone. — Ele direciona a boca úmida para o microfone. — Sim, sim, ela tá aqui.

Eles me dizem que definiram uma data para o lançamento do álbum. No outono, irei fazer uma turnê nacional de rádio, depois para Nova York, depois Toronto, depois Londres. E numa terça-feira de novembro, vou nascer. Depois que desligamos, sou como o tique-taque de uma bomba, chorando lágrimas de alegria no peito de Sonny, porque agora sei quando finalmente irei explodir.

Empurro as portas duplas e entro no corredor. Na mesa de bufê, ergo o crachá para me deixarem pegar comida. Pego um guardanapo, duas cenouras, um talo de salsão.

Ty e Wes estão jogados no sofá no camarim, de olhos fechados. Eles tiram uma soneca em qualquer momento que conseguem: uma hora no ônibus entre cidades, cinco minutos entre o encontro com fãs e a passagem de som. Um dos seguranças deles está lendo uma revista numa cadeira dobrável.

— Então, a gente tá querendo ir visitar uns monumentos hoje à noite — Ty diz, bocejando. Ele estica as mãos e estala todos os dedos.

— Quando? — Mordo uma cenoura. Espero um momento enquanto mastigo. — Depois do show?

Ty faz que sim.

— Mas a gente não estaria fugindo? — Com isso, quero dizer os 14 caminhões com equipamentos e os ônibus com pessoas.

Ty dá risada e Wes murmura alguma coisa para ele sobre ser imaturo e balança a cabeça.

— Não. A gente deve ter uma hora ou duas. E vamos só até Maryland.

— Vocês já não viram os monumentos numa viagem da escola na oitava série? — Me recordo de combinar uma camiseta verde com tênis puídos. Um menino que vomitou macarrão, o fedor que persistiu o trajeto inteiro de volta para casa. No ônibus, o lugar legal para se sentar era no fundão, perto do banheiro, e quando nossa professora virava a cabeça para trás, os casaizinhos se espremiam lá dentro para se pegar, o chão vibrava embaixo deles.

— Não — Ty diz.

— Não — Wes diz.

Naquela noite, pela primeira vez, Wes e Ty assistem a meu show das coxias. Mudei para o palco principal para algumas apresentações. Uma faixa com meu nome foi pendurada em uma viga, ondulando em silêncio ao vento. Com o céu mudando de roxo para preto, começo o show. Antes, as meninas do público estavam duvidando de mim; algumas jogaram garrafas vazias de água. Elásticos de cabelo. Um sapato. Outras cantaram: "Cadê o ETA?", seguido de três palmas rápidas. Acho que elas não entendem o poder coletivo que têm: para as gravadoras, essas meninas têm tanta influência quanto um panteão de deuses. Estou aterrorizada por estar diante delas. Mas, esta noite, elas estão começando a balançar a cabeça, um sim coletivo. A equipe, carregando equipamentos e os *walkie-talkies* rangendo, pausa por um momento para ouvir. Mike faz um joinha para Sonny. Wes e Ty trocam olhares no escuro. Minha silhueta é contornada pela iluminação. Danço uma coreografia, remexendo os quadris e ondulando o corpo, rezando para estar parecendo a Gwen.

Quando minha apresentação está quase acabando, pego uma garrafa de água. Me sinto um pouco tonta, mas não posso parar agora.

— Obrigada por estarem aqui. Foi ótimo. Sei que estão querendo o evento principal. — A cantoria, a gritaria, a choradeira aumentam. — Vocês querem o ETA, não é? Tenho uma última música para vocês. Ela se chama *Suor* e é minha música de estreia.

A reação das meninas na multidão me surpreende. Elas estão berrando. Conforme a música é tocada pelos alto-falantes, elas reconhecem minha música. As ondas de validação batem em mim. Para variar, penso: *Devo ser maravilhosa, devo ter talento, tudo isso deve ser meu.*

Estátuas iluminadas projetam sombras alongadas na grama prateada. Carregamos uma caixinha de cerveja e alguns energéticos.

— Agora, isso aqui, cara — Ty diz na frente de um rosto esculpido —, com certeza não deveria ter uma arma.

— De que guerra ele é? — Gabe pergunta.

— Hã, não consigo ler — Ty diz. — Acho que não diz.

Wes e eu ficamos alguns passos atrás deles. Ele me dá uma das cervejas quentes e diz:

— Já faz um tempinho que elas estão guardadas no ônibus. Foi mal.

Espirra na minha bochecha quando a abro. Ele estica o braço para limpar, depois lambe o dedo.

— Hummm.

Dou um tapa na mão dele. A noite está abafada e úmida. Temos dificuldade para respirar, paramos para beber a cerveja, os dedos escorregadios da condensação das latas.

Sem prestar muita atenção, Wes começa a andar na minha frente, na direção do espelho d'água. Ele sempre se movimenta como se soubesse muito bem para onde está indo. As mechas descoloridas de seu cabelo ficam douradas com a luz do luar. Ele ergue a mão para roçar as folhas baixas de uma árvore. Em alguns momentos, ele as puxa com força, e elas são arrancadas. Por causa da imensidão entre nós, sei que estamos sozinhos.

— Você mandou muito bem hoje — ele diz. — A galera estava assim. — Ele coloca as mãos nas bochechas e sobe a voz em um decibel. — *Meu deus, é a Amber Young! Meu deus!*

Olho para os pés; meu rosto está quente. Ele deve ter percebido meu constrangimento, e a felicidade por trás do constrangimento, porque abaixa os braços e, de repente, fica sério.

— Foi muito legal te ver.

— Alguma vez você já teve a sensação de que ia conseguir antes de acontecer? Alguma vez teve certeza?

— Como assim, "conseguir"?

Franzo a testa.

— Acho que seja lá como você quiser definir.

Ele coça a cabeça, me puxa para a borda do espelho d'água. Nos ajoelhamos, e eu encosto a palma da mão na superfície da água escura. Ele faz a mesma coisa, e as ondulações que criamos colidem, depois sucumbem. A água fica parada outra vez.

Com os braços para trás, nos apoiamos nas mãos e ficamos de frente um para o outro.

— Eu nunca vou ficar satisfeito — ele diz, balançando a cabeça. — Estou sempre querendo o que vai acontecer depois. Que o próximo álbum seja melhor. Trabalhar com produtores diferentes. O que for. Aí, não fico pensando muito sobre se "consegui" ou não. Não dá pra ficar muito à vontade.

Ele pega a cerveja e dá um longo e profundo gole.

— Tenho essa ideia de que quando conseguir comprar uma casa pra minha mãe, aí vou ser bem-sucedida. Vou finalmente ter conseguido — digo.

— Achei que você odiava sua mãe.

— Acho que é o meu jeito de me vingar dela. É tipo um vá se foder. Lembro quando a gente passava na frente das casas grandes na nossa cidade, ela sempre dizia: "Essas pessoas têm mais dinheiro que deus." Ela era tão invejosa. É a vida que ela sempre quis. Aí, um dia vou comprar uma casa dessas pra ela, e espero que isso faça ela feliz.

Ele descruza os pés. Um casal passa atrás de nós e não falamos nada até os passos desaparecerem.

— E seu pai? — ele pergunta.

— Foi embora quando eu era bebê.

— Acho que nossos pais são uns merdas.

— O seu também?

— Ah, é. Ele tirou eu e minha mãe do plano de saúde durante o divórcio, logo antes de a minha mãe ter câncer. Ela sobreviveu, tá tudo bem — ele acrescenta às pressas. — Mas lembro dela chorando ao telefone e eu não entendia que ela estava cobrindo os custos do tratamento do próprio bolso. Eu tinha uns seis ou sete anos. Tudo o que eu estava fazendo, as audições, todos os comerciais que agendava, era pra ter dinheiro pro tratamento dela. Recebi meu primeiro pagamento por um comercial aos sete anos, e foi uns 200 dólares. E achei que poderia usar pra comprar alguma coisa pra mim. Aí ela me falou sobre as contas e eu me senti a pior pessoa do mundo.

— E você só tinha sete anos?

— É.

Digo que lamento. Que não sabia.

— Ela tá bem agora. Tá tudo bem.

— Que tipo de câncer?

— Ovário.

— Foi do que minha vó morreu.

— Nossa, meus sentimentos.

Dou risada.

— Nem sei por que disse isso. Está tudo bem, eu nem conhecia ela direito. Não quero ser mórbida, mas deve ser de câncer que vou morrer. É de família.

Ele toma outro gole de cerveja.

— Bem, eu acho mesmo que vamos ter tipo um apocalipse ano que vem. É o que todo mundo anda dizendo. Quem sabe um desastre nuclear. Ou vamos ser dominados por todo o nosso lixo. Não vamos mais conseguir viver no planeta. Fazer o que estamos fazendo, fazer música, vai ter alguma importância nesse caso? Se o mundo for mesmo acabar daqui a uns meses?

— Acho que tem muita importância. Acho que é tudo o que a gente tem. É a prova do que somos capazes.

— Seria hilário se a única evidência da civilização humana acabar sendo uma música do ETA.

— Não, seria impressionante. Diria muito a nosso respeito.

Ele faz um gesto de desdém, mas sei que gostou de ouvir isso. Ele arranca pedaços de grama e os joga sobre meus joelhos, onde caem, formando uma pilha delicada. Ficamos em silêncio por alguns momentos enquanto ele faz isso. Sinto como se ele estivesse me tocando.

— Espera — digo, alcançando seu joelho. Posiciono os dedos sobre sua patela e, devagar, os abro. É o movimento de uma bomba explodindo, ou uma água-viva tomando impulso para a superfície. — Ouvi dizer que a sensação disso é um pouco parecido com um orgasmo.

— É mesmo? — Ele se aproxima e faz a mesma coisa no meu outro joelho, o que não tem grama. É sem dúvida uma amostra de uma sensação mais profunda.

De repente, fico nervosa por estar sozinha com ele. Insegura, de novo uma pré-adolescente num armazém escuro com Jack Nichols; Lindsey e Rachel dando risadinhas do outro lado da porta. Minhas emoções são tão grandes, e as palavras são tão pequenas — como todo esse desejo pode caber na minha boca?

— Cadê o Gabe e o Ty? — pergunto.

Ele olha ao redor e diz que não faz ideia, mas que deveríamos procurá-los. Oferece a mão, me ajuda a ficar de pé. A grama cai do meu joelho. Cigarras cantam nas árvores.

Olhando para mim, ele começa a sorrir.

— Você é baixinha — comenta.

Ele coloca a mão sobre a minha cabeça, pressiona de leve. Tudo está tenso e retesado, pronto para se distender, um animal escondido em um arbusto.

Procuramos em todos os monumentos por perto. Ty e Gabe não estão no Lincoln Memorial, mas uma das meninas sentada nos degraus reconhece Wes. Ele logo me puxa. Agora estamos rindo, contornando as árvores, Wes cantando: *Ah, onde, ah, onde foi parar meu pequeno Ty, ah, onde, ah, onde ele pode estar?*

Lá em cima, as nuvens se dispersam e revelam toda a amplitude do céu. Sem conseguir encontrar Ty ou Gabe, e supondo que eles já voltaram, vamos para os ônibus.

1999

Nova York

VAMOS A UMA BOATE DE QUE ALEX OUVIU FALAR. Na porta, ele solta o nome do contato que conhece. O segurança desaparece para perguntar lá dentro e nos diz para esperarmos na fila até ele voltar. Alex bebe de seu cantil de bolso e passa uma cantada em duas meninas bonitas, convidando-as para se juntarem a nós. É visível que ele não está muito a fim de nenhuma delas, mas gosta de brincar com as cordas da atenção que lhe dão. Elas me inspecionam sem vergonha alguma, os olhares ficam tempo demais em meu peito, depois retornam ao rosto. Estou com uma regata de alcinha fina, calça de couro, cinto de corrente. Sombra prateada nos olhos. Agora, preferiria estar usando qualquer outra coisa.

O contato do Alex chega apressado, pedindo mil desculpas. O resto da fila se abre com facilidade para nós agora, como se fôssemos a proa de um navio. À mesa, esperando nossas bebidas, jogamos transo-caso-mato. Ty diz:

— Tá bom. Amber: Brad Pitt, Leo DiCaprio, Keanu Reeves.

— Não, Keanu, não. Escolhe o Luke Perry — contesta Alex.

— Assim fica fácil. Mato o Luke. Transo com o Brad. Caso com o Leo.

Wes franze a testa. Continuamos jogando. Recebo meu gim tônica. Quando termino, peço outro. Cam conta a história de como era impossível identificá-los, quando ele e Gabe eram mais novos, e uma vez a mãe dele saiu com Gabe de um encontro de família achando que era Cam.

— Não é possível que ela fez isso — Alex diz, erguendo a mão para pedir mais uma bebida. Ele mordeu o canudo até ficar tão fino como uma folha de papel.

— Mas fez — Gabe confirma. — Nossa própria mãe deveria ser capaz de diferenciar a gente. Não somos nada parecidos.

Eu os analiso. Os dois são loiros de olhos azuis, mas a semelhança para por aí. O rosto de Gabe é fino, esquelético. Seus dentes inferiores são tortos, uns por cima dos outros — o que é extremamente sexy, muitas fãs dizem. Eu não acho lá grandes coisas, mas é um lembrete de como o gosto é subjetivo.

— Enfim — Gabe diz, jogando uma fatia de limão mastigada de volta no copo. — Um brinde às pessoas que têm problemas com as mães.

— Tim-tim — Ty diz, erguendo o copo. Bato o copo no dele.

Gabe puxa o braço de Ty.

— Não, você não. Você tem problemas com o pai.

Ele bate o copo no meu.

— Não tenho, não — Ty protesta. — Quem tem é o Wes.

— Eu tenho com os dois — digo, brincando, o que faz com que todo mundo dê risada; Wes mais do que todos.

Ty reúne todo mundo e nos leva para o meio da pista de dança. Eu melhorei nos ensaios; meu corpo tem sido treinado e aperfeiçoado ao longo do último ano. Me mexo de lá para cá, bebendo meu drinque e pensando em minha mãe estocando garrafas de vinho dentro dos armários e atrás das cortinas. Talvez eu entenda o motivo: o prazer na imersão. De algum modo, o álcool e o barulho aquietam minha mente. Dou conta de tudo. Como Ty e Gabe estão sempre se comunicando — algo irradia de Gabe e é recebido por Ty; como uma corrente que viaja por linhas telefônicas. Como Wes chama minha atenção para onde quer que se mova, como se meu corpo fosse uma bússola e ele fosse o Norte. Agora, ele está em algum ponto à direita, sussurrando alguma coisa no ouvido de uma menina. Passo os dedos no cabelo.

Ty se aproxima e seu hálito é quente em meu ouvido.

— Eu sei o que tá rolando.

— Oi? — grito por cima da música, me fingindo de boba.

Ele desenha uma linha no ar, que me liga ao Wes. Nego com a cabeça. Ty passa a língua nos lábios e não diz mais nada. Ele me gira e as luzes estroboscópicas migram para nós. Estamos iluminados. Ignorados. Nossas bebidas caem no chão melado. Wes está na minha frente agora, ainda conversando animado com a menina da fila, e a música eletrônica passa por mim, me preenche, me dá coragem. Quero que Wes sinta o que venho sentindo há anos: esta dor interna quando ele olha para qualquer outra pessoa que não seja eu. Sou um buraco negro — vou atrair quem quer que esteja mais perto de mim. Então me aproximo de um homem todo musculoso.

— Oi — digo, e sei que meu desespero está extravasando, mas homens vão para bares à procura disso. Ficam procurando qualquer vazamento, uma trilha úmida para seguir.

— Oi — ele diz, e é fácil, tão absurdamente fácil, ficar na ponta dos pés e grudar nossos rostos. Os lábios do cara são surpreendentemente macios. Sua língua corre pelos meus dentes. Mãos grandes envolvem meu traseiro e o apertam. Nossas bocas de mexem juntas, trocando saliva. É agradável? Não sei dizer. Quando o cara me vira, sinto a pressão firme dele contra mim. Os olhos de Wes encontram os meus, enquanto o cara beija meu pescoço, enquanto me esfrego nele. Suas mãos acariciam minhas coxas, um nível antes do prazer, mas bem perto. As pessoas só conseguem ver rostos na multidão, então eu o deixo me tocar. Quem liga? Wes não liga, Wes não me quer. Eu poderia foder com esse cara numa cabine de banheiro e não teria a menor importância.

— Você é linda — ele sussurra. — Você é linda, querida.

E é isso que me desperta, porque ele soa exatamente como Sonny. Abro os olhos para ver se os meninos ainda estão olhando para mim, mas não tem ninguém ali. Eu me viro e sorrio para o estranho. Meu batom está em seu pescoço. Aperto seu ombro másculo.

— Preciso de mais uma bebida. Já volto, tá?

Encontro os meninos do ETA e as duas meninas num canto nos fundos. Quando chego neles, Alex me cumprimenta com a cerveja.

— Como foi? — Ty pergunta.

Dou de ombros, limpando a boca com o dorso da mão.

— Inacreditável. Saíram até faíscas.

Examino a multidão, incapaz de me segurar, mas parece que Wes foi buscar mais bebidas para nós. Ty diz que ele vai pegar um gim tônica para mim.

— Ah, acho que quero uma coisa diferente. Vou procurar ele. Ele foi pro bar?

Ty faz que sim. A multidão está tão abarrotada agora que é difícil passar por entre as pessoas. Peço desculpas toda vez que forço para passar por alguém. Longe, a minha direita, vejo Wes se inclinando sobre o balcão, que está cheio de torneiras e mãos ávidas. Trombo com ele.

— O que você pediu pra mim?

— Gim tônica.

— Perfeito. Valeu.

Silêncio dele. Fico pensando se está aborrecido comigo. Parte de mim espera que sim, já que isso significaria que ele se importa. Mas ele se vira para mim como se nada tivesse acontecido.

— Quer explorar o outro salão?

— Mas e as bebidas?

— Aqui a sua — ele diz, me entregando o copo. — Vou entregar as dos meninos. Espere aqui.

Bebo o drinque até ele voltar com um chapéu de caubói rosa-choque.

— Alguém simplesmente me deu isso — ele diz, rindo. — Vai ficar melhor em você. — Ele o coloca na minha cabeça, arrumando meu cabelo. A beirada está empapada com seu suor.

— E aí?

Ele faz um gesto com a cabeça.

— Gostei.

E quando estende a mão para trás de si, eu a pego. Entrelaçamos os dedos. Ele me puxa para o outro salão, e durante todo esse tempo, fico imaginando se meu corpo vai se abrir e toda a minha felicidade vai vazar. Nos encostamos em uma parede, quase nos tocando.

Giro o canudo do drinque. O salão rodopia na mesma direção.

— E aí, quem era aquele? — Ele está falando do cara na pista de dança.

— Ninguém.

— Ah, o ninguém. É, ele é ótimo.

— Só estava curtindo. — O que estou tentado comunicar é: outros homens se sentem atraídos por mim, então você também poderia se sentir assim. — Acho que tô muito bêbada.

— Quer ir embora?

— Sentar um pouco deve ajudar.

Nos esprememos em um banco cheio de meninas. Elas olham para ele sempre que acham que ele não está olhando. Está na cara que a maioria das pessoas sabe quem ele é, mas ainda assim nos movimentamos pela boate com a ilusão do anonimato. Quando ele se mexe para se ajeitar, encosto a cabeça no banco. O calor da coxa dele na minha. O cheiro dele. Eu poderia me deleitar nesta sensação por horas.

Ele está olhando para mim, sorrindo.

— Sabe o que você poderia dizer? "Valeu, Wes. Você é um ótimo amigo, cuidando de mim assim."

Amigo. Essa palavra é uma pedra no meu sapato. Abro um olho e sua imagem está embaçada. Não quero dizer isso de jeito nenhum. Se pudesse, diria para ele todas as coisas que notei a seu respeito nos últimos meses, as coisas que não ouso dizer em voz alta. A facilidade com que ele se controla. Como ele consome o ambiente. Ele é descomplicado. Todo mundo sabe: as meninas barulhentas, as mães delas. Luz é emitida dos outros e é toda absorvida por ele.

Uma vez, ele me contou a história de como foi descoberto. Quando sua mãe o trouxe para Los Angeles para a temporada dos pilotos, eles moraram em um apartamento divulgado na internet por um preço reduzido. A banheira tinha uma camada espessa de argamassa e o piso de madeira, misteriosas manchas de sangue. Ele gostava de cantar no chuveiro — sua única alegria naquele lugar. Então uma pessoa bateu à porta: um representante A&R que o ouviu através das paredes finas. O namorado dele morava no apartamento vizinho e toda vez que ele vinha, os dois encostavam o ouvido na parede para ouvir Wes cantar. Coisas assim não acontecem com pessoas comuns.

Agora ele tirou o chapéu de caubói da minha cabeça e o colocou a seu lado para pôr meu cabelo suado atrás das orelhas.

— Obrigada por cuidar de mim — digo, por fim. — Você é um ótimo amigo.

— Quer água? Espere aqui. Vou pegar água pra você.

Me jogo no espaço vazio dele. Formas brilhantes tipo formiguinhas flutuam no espaço escuro das minhas pálpebras. Quando Wes volta, meus olhos ainda estão fechados. Ele passa o dedo de leve na minha bochecha e coloca a garrafa de água na minha mão.

Quando estou melhor, dançamos de novo. Se suas mãos encontram minha cintura, se nossos dedos roçam uns nos outros, e daí? Esses momentos são perdidos, dissolvidos. Jogamos esses toques na corrente e os deixamos afundar. E eu submerjo por completo, a boate dá voltas e fumega a meu redor.

QUE MEMBRO DO ETA VOCÊ DEVERIA NAMORAR?

Revista J-14, 1999

Se respondeu a maioria A, você pertence ao Ty. As piadas dele vão te fazer rir o dia inteiro, e vocês podem ir a apresentações de comediantes e jantares românticos juntos. A conversa vai sempre fluir!

Se você respondeu a maioria B, deveria namorar o Cam. Só porque ele é o mais novo dos meninos do ETA não significa que é o mais inocente. Cam adora fazer atividades ao ar livre e está sempre procurando uma menina para fazer trilhas, andar de bicicleta ou acampar com ele.

Se você respondeu a maioria C, deveria namorar o Wes. Com sua voz linda, ele vai cantar doces melodias para você o dia inteiro. Wes quer uma menina confiante que vai experimentar coisas novas com ele. Será que essa poderia ser você?

Se você respondeu a maioria D, sua alma gêmea é o Gabe! Ele é um amor, sensível, um Shakespeare moderno — como não amar? Se você quer poemas de amor e serenatas, Gabe é o seu homem.

Se você respondeu a maioria E, seu namorado deveria ser o Alex. Ele é charmoso, extrovertido e um pouco perigoso. Ele até tem uma motocicleta! O encontro dos sonhos dele é ir a um jogo de basquete e sentar na primeira fila.

1999

Wantagh, NY

O ANFITEATRO JONES BEACH FICA AO LADO DE uma baía poluída. Em um trecho de asfalto, carros aceleram, areia estremece com o arrasto dos pneus. Nossa van desacelera nas lombadas. Já consigo ver as meninas no estacionamento; amontoando-se em grupos animados, feito moscas sobrevoando açúcar.

Uma única coisa nos separa: as circunstâncias. Nessas últimas semanas, aprendi mais a respeito de Wes, lendo sobre ele em revistas que compro em mercadinhos na estrada. Aprendi que ele é de Leão, o que me diz muitas coisas. Tem medo de altura e de garfos. Por que de garfos? Ele diz que sem querer machucou a mão durante um jantar quando era criança. Através dessa pesquisa, estou rodeando verdades mais profundas de sua personalidade. Talvez o que eu queira mais do que tudo é ter sua natureza definida com linguagem clara, tão compacta como um horóscopo. É tudo muito banal e óbvio: ele é uma pessoa real, feio e egoísta de vez em quando, assim como qualquer outro ser humano no planeta, mas não quero saber disso ainda. Quero as coisas efêmeras, aqueles indícios da pessoa que a tornam palatável.

Leio a meu respeito também. Dei muitas entrevistas ao longo do verão. Algumas foram feitas pela assessora de imprensa da Lolli, Cara. Outras matérias sobre mim são reação ao clipe de *Suor*. Manchetes como "SEXY E PICANTE: Por dentro do clipe de Amber Young", "CASO DE VERÃO DE AMBER YOUNG: Em turnê com o ETA". Não leio todas, só uma pequena fração. Mas agora que fui apresentada para o público adolescente em revistas, a persona tem sido criada continuamente. A estátua de Pigmaleão da Lolli tem um sorriso travesso. Ela é a menina dos meninos, daquelas que faz farra e está sempre com os meninos na turnê ao mesmo tempo em que mantém sua sensualidade. Ela os chama de irmãos, amigos, mas todos eles no fundo querem comê-la. O neuroticismo dela é redefinido como indiferença.

Uma pergunta: será que sou quem as outras pessoas dizem que sou, ou sou quem eu digo que sou? A versão Lolli de mim seguraria o rosto de Wes. Ela não vai ser rejeitada — não consegue nem conceber esse tipo de pavor.

Os cinco meninos estão presos a cordas de segurança, porque durante uma das músicas, eles descem no palco em cabos. Ty está na frente, corrigindo os outros. Depois que o ensaio termina, ele acena para mim. Suor escorre por seu nariz. Ele se abaixa e toma um gole de sua garrafa de água. Uma brisa fresca desliza sobre a superfície da água e nos toca.

— Estou de saco cheio do Alex. *Chega*. Temos que ensaiar essa parte várias vezes porque deu errado em Maryland. Adivinha quem foi o culpado?

Nós dois olhamos para Alex. Ele está ignorando o coreógrafo que está falando com ele, girando um palito de dente na boca. Seu cabelo está com trancinhas, apesar de ele ser loiro e polonês. Ty balança a cabeça e se vira. Me pergunto se a fissura entre eles irá aumentar e se tornar grande o suficiente para alguém cair dentro dela.

À noite, pela primeira vez, a maioria do público sabe a letra de *Suor*. Mas o sol está baixo e é cruel. Durante minha penúltima música, começo a sentir cãibras, apertando as costelas. O mundo gira. Será que comi muito? Não consigo lembrar. O calor tirou vantagem do meu vazio. Cambaleio no palco, piscando para a luz implacável. Escuridão cai como uma lâmina.

Sonny diz para todos que foi o sol que me fez desmaiar. Estou deitada no sofá no camarim, com um pacote de ervilhas congeladas na testa.

— Quem achou que uma turnê num anfiteatro era uma boa ideia nesse clima? — ele reclama.

Fico com receio de que ele entenda o que de fato aconteceu. Mas homens percebem só o resultado, nunca a progressão da fome. Do seu ponto de vista, meu metabolismo é um milagre. Como batatas fritas gordurosas, frango frito empanado, cachorro-quente, e tudo parece desaparecer dentro do meu corpo como se tivesse sido escondido no fundo de uma gaveta. Um milagre! Mas quando ele não está por perto, belisco cenouras e pedaços de queijo. E aí corro, e corro, e corro, e o destino é o elogio dele.

Mike se oferece para buscar comida para mim. Pergunto o que tem hoje — a fome, uma faca no meu estômago. Ele diz que tem costelinha de porco com barbecue, milho, purê de batata.

— Sim, por favor. Tudo.

Quando ele volta, estamos sozinhos. Sonny está lá fora no corredor em uma ligação. Mike me entrega o prato de plástico e se senta a meu lado no sofá. Vou um pouco para o lado, ele não nota. Ele acha que tem um carisma próprio, já que está sempre rodeado por tantas pessoas talentosas.

— Está usando fio-dental?

— Agora não. Não.

Ele morde seu sanduíche.

— Hum. Quando estava vendo sua apresentação, fiquei imaginando se estava.

— Não estou.

Ele faz que sim.

— Imaginei. Mas às vezes é difícil saber.

Ele se dobra para frente para dar outra mordida, mastigando e sorrindo para mim com a boca aberta.

Não levanto cabeça, tento evitar seu olhar e o tom de voz grosso que ele está usando. E fico aliviada quando os meninos voltam suados e vibrando com a apresentação.

— O que aconteceu? — Ty se senta a meu lado no sofá e puxa meus pés para o seu colo. Wes entrega seu casaco para um assistente de figurino e dá uma olhada em nós.

— Eu desmaiei — digo, baixinho. — Mas não é nada de mais. Vou ficar bem para amanhã. Só fiquei muito tempo no sol.

— Estava quente pra caralho lá, né? — Ty diz.

— Tá tudo bem? — Wes pergunta.

— Tudo.

Fãs saem do anfiteatro para o estacionamento, conversando animados sobre o show. Faróis tremeluzem à espera de pegar a estrada. A equipe começa a desmontar o palco e carregar os caminhões até o anfiteatro ficar vazio.

Uma batida a minha porta. Os nós dos dedos de Wes contra a madeira e sua voz sussurrando meu nome.

Estamos no hotel Marriott no Maine. É uma das últimas paradas desta etapa da turnê. Do outro lado do quarto, só consigo ver o contorno do corpo de Gloria embaixo das cobertas, sua toca de cabelo de seda, o sobe e desce de seu peito. Me pergunto se vou acordá-la se eu me trocar — estou usando uma camiseta velha do Greg e short esportivo —, mas então ouço Wes se afastar, corro para a porta e a escancaro. Ela bate na parede. Atrás de mim, Gloria se vira de costas.

Sussurro o nome dele no corredor, que tem cheiro de cigarro fumado anos atrás. A figura de Wes retorna para perto do elevador. Ele está vestindo um moletom grande com capuz e calça esportiva. Seu cabelo está desgrenhado, como se tivesse acabado de transar.

— Que horas são?

Ele sorri.

— Um pouco depois das onze. Foi mal, você já estava dormindo?

— Ainda não.

— Eu queria dar uma checada na piscina.

— Não tá fechada?

Ele dá de ombros.

— A gente pode ir lá ver.

E ele puxa o elástico da calça e revela o calção de banho. Peço para ele esperar e volto para o quarto. Em silêncio, procuro meu maiô nas pilhas de roupas que deixei no chão, então me dou conta de que nem pensei em trazer um. Decido ir com um sutiã e minha calcinha mesmo.

No elevador, passando pela recepção, ficamos quietos. Há somente o barulho dos nossos chinelos contra o piso duro. No andar de baixo, o ar úmido toma conta e adensa. Wes puxa a porta e as luzes acima se acendem. Ele se vira para mim e levanta uma sobrancelha.

— Acho que tá aberta — ele diz, baixinho.

Nossas sombras se projetam na água turquesa texturizada com faixas de luz amarela. O piso de azulejo está escorregadio. Toalhas estão empilhadas de maneira organizada acima da lixeira, ainda quentes da secadora.

Wes coloca o dedão do pé na água e, depois de declarar que está quente o suficiente para nadar, tira a blusa, depois a calça. Olho para baixo, envergonhada. Ao ouvir o barulho da água, torno a olhar para cima. Ele mergulhou. Segundos depois, emerge, sacudindo o cabelo, jogando água na minha direção. Talvez esse seja meu problema: não quero qualquer homem, quero o homem mais bonito que já vi. Seu olhar é mesmo um farol, um feixe quente e perscrutador. Para baixo dele, sou atraída. Embaixo dele, estou sempre em um palco.

Ele pega cervejas da mochila, abre uma latinha e a deixa na beirada da piscina. Então pega meu braço, me puxando com gentileza. Entra, ele diz.

Balanço a cabeça, girando os pés na água.

— Eu tô com uma música na cabeça. Assim. — E cantarolo a música para ele.

Enquanto ele ouve, desenho formas na minha coxa com água, porque não quero olhar para ele, não posso. Ele se aproxima e passa a mão em um diamante na minha perna.

— E se você mostrasse a melodia para um de seus produtores?

— É isso que você faz?

— É, às vezes. Quem sabe não vira alguma coisa.

Nunca pensei pra valer nisso antes, só brinquei. Expressar minhas ideias. Controle. Levantar o braço e abaixá-lo, como Gwen disse. Porque agora, canto sobre sexo na forma de diversos eufemismos, e não me parece necessariamente errado, porque eu de fato penso muito em sexo. Só quero que seja da minha perspectiva, não da deles. Quero que a sensação seja esta.

— Qual é o estilo geral do álbum?

Conto para ele. *Em seu Olhar* tenta ser muitas coisas ao mesmo tempo. Tenta seduzir. Competir com o que Savannah e Gwen já conquistaram; ao mesmo tempo, tenta imitar o sucesso delas. Reprime; oferece demais. Não sabe o que é, ou o que deveria ser. É uma adolescente.

Ele concorda.

— Então a Lolli quer que você seja a versão sexy da Savannah.

— Por aí. É isso que me deixa frustrada. Eles só assinaram comigo *por causa* da Savannah e da Gwen, sabe? Mesmo assim, acho que tenho orgulho do álbum, mas torço para fazer algo melhor um dia. — Dou uma risada, incrédula. — Com sorte, a Lolli vai deixar.

— Vai sim. Com o tempo, você vai se conhecer mais. Conhecer melhor o processo. — Ele faz um gesto afirmativo com a cabeça e pisca para mim. — A gente escreveu mais neste próximo álbum. Acho que fui coautor de duas, talvez três músicas. Se algum dia eu tentar… — E ele se interrompe, começa a rir. — Já te contei da música sobre Clinton que eu queria escrever?

— Não.

O queixo dele toca a superfície da água.

— Eu queria escrever uma música sobre o escândalo Monica Lewinsky. Meio que pedia satisfações ao Bill Clinton. Tipo, sou democrata e tal, só acho que o Bill merece um pouco de crítica saudável. — Ele mergulha, depois nada na minha direção, encostando a mão nos meus joelhos. — Mas entendo por que o Axel não gostou. Era uma música ruim. Tinha cheirado cocaína naquela noite em Estocolmo, aí fiquei acordado a noite toda e achei que era brilhante e provocativa na época, mas Axel olhou pra mim como se eu fosse louco quando cantei a música pra ele.

— Axel?

— É, nosso produtor.

O nome dele soa familiar. Depois de um momento, me lembro: Axel Holm. A Gwen trabalha com ele também.

— O que ele disse?

— Ele só disse que não era uma música pro ETA. E faz sentido. — Ele ri de novo, mais alto desta vez. — Ele é muito decidido. Quando diz não, é não.

Jogo água nele.

— Como era a música?

— Ah, era assim... — Ele fecha os olhos por um instante. — "*Eu desistiria de tudo pela menina de vestido azul.*"

— É ruim.

Ele sorri.

— Valeu.

— Não sei se as músicas que estou cantando seriam diferentes das que eu escreveria. Tipo, a maior parte do tempo estou pensando em sexo. Sério. Penso mesmo.

Ele titubeia, então pergunta:

— No que você pensa?

Um calor faz meu corpo vibrar. Ele dedilhou as cordas e agora sou o instrumento em suas mãos. Fico pensando se deveria pular na água para conter a sensação.

— Em coisas que não posso ter. É a melhor parte. A distância entre duas coisas. É sobre isso que eu iria escrever.

— O que você não pode ter?

Jogo água nele de novo.

— Você pensa mesmo nisso?

— No quê?

— Que a melhor parte não é a coisa real?

— Eu ainda não fiz sexo bom, Wes, sério.

— Não sabia.

— A gente não conversa sobre isso. Tipo, fiz uma vez com um cara, um ano na minha frente na escola. Só queria acabar logo. Sei lá.

Ele balança a cabeça.

— Juro que minha primeira vez foi ruim também. Eu não tinha a menor ideia de que porra estava fazendo. Fiquei com medo que a menina fosse me julgar, sabe? Se eu gozasse muito rápido ou se não soubesse colocar a camisinha direito. Eu também não tinha uma referência. Cresci no Texas. A única coisa que contavam pra gente sobre sexo era para esperar até casar.

— A única coisa que *eu* lembro de educação sexual é um vídeo de uma menina pagando um boquete pro namorado. Uma cena cortada, claro. Não mostrava nada. Enfim, ele pega herpes, e é grande, feia e vermelha, diferente de qualquer herpes verdadeira que já vi. Parecia uma punição. Logo depois que vimos esse vídeo, uma menina da escola ficou grávida. Enfim, essa menina, não a do vídeo, a menina da escola, contou para algumas amigas, depois todo mundo descobriu. Um dia, ela vomitou na piscina durante a aula de educação física. A gente tinha que entrar na piscina e nadar todo dia, mas naquele dia todo mundo ficou feliz porque a menina tinha vomitado e a aula foi cancelada.

— O que ela acabou fazendo?

— Fez aborto. Mas lembro de pensar que as meninas carregam o sexo no corpo. Essa foi a lição que aprendi.

Ele concorda, e fico com a sensação de que ele está me escutando de verdade, então continuo:

— E se a menina do vídeo estava se divertindo? Ou, pelo menos, e se ela estivesse pensando em sexo toda noite antes de dormir? É quando eu mais penso em sexo. Logo antes de dormir, sabe? — Estou desesperada comunicando algo para ele, ziguezagueando os pés na água, roçando seu peito. Imagino se o que há entre nós já está bem definido, ou se podemos voltar para a inexatidão.

— Sempre antes de dormir?

— Em geral, sim. Penso nisso para dormir.

— Por que você simplesmente não vê pornô?

— Porque não tem pornô que é do jeito que eu gosto, como imagino. — Na verdade: é tudo muito masculinizado. Pegajoso, salgado, focado nele. O que eu quero é tensão. Quando imagino sexo com Wes, em geral estamos conversando primeiro. Só conversando. Nos encaramos, a frequência entre nós é um detector de terremoto, ampliando a cada respiração. Então eu me curvo sobre seu pescoço e mordo sua pele. Ele passa as mãos nas minhas coxas. Seus dedos dentro de mim, bem devagar, depois mais rápido. Sua boca onde os dedos estão, e é diferente do que foi com Nathan, porque Wes sabe o que está fazendo, já fez isso antes. Por fim, meus pensamentos se dissolvem no sono. Na noite seguinte, imagino tudo de novo desde o começo. Me sento na primeira fila desse filme interno por horas, minhas pálpebras, a tela.

Uma hora somos expulsos da piscina por um funcionário que chega para limpá-la. Deixamos poças de água por todo o piso. A porta do elevador se fecha, e ficamos longe um do outro enquanto somos impulsionados pelo hotel. Wes está com uma toalha presa e frouxa ao redor de si. Está pingando no chão, o cabelo molhado, com cheiro de cloro.

Quando a porta se abre em meu andar, ele aperta o botão do último andar para que o elevador continue subindo. Sorri para mim, sonolento. Dá um passo para frente e para. Por um instante, hesita, esperando minha reação. Todas as eus anteriores por dentro o encaram, de olhos arregalados e descrentes.

Ele se curva. Seus lábios estão frios e molhados da piscina. Nossos movimentos os aquecem. Ele pega meu lábio inferior entre os dentes e puxa gentilmente, rindo quando solto um gemido.

— Gostou?

Faço que sim com a cabeça. Eu o deixaria me desamarrar aos poucos, até algo macio e escondido finalmente emergir, e agora ele sabe.

Ele me pressiona contra a porta com os quadris.

— Do que mais você gosta?

— Sei lá.

O elevador voltou para a recepção, as portas se abrem para o hall vazio, depois se fecham. Apertamos um botão e o elevador sobe de novo.

Quando eu o encorajo, suas mãos deslizam pela minha calcinha, primeiro, esfregando, depois ele a puxa para o lado para colocar um dedo dentro de mim. Bato a cabeça nos botões, apertando cinco de uma vez.

Ele ri e morde o lóbulo da minha orelha.

— Quer outro?

Faço que sim com a cabeça de novo. Sim. Como ele sabia? Preciso de mais espaço preenchido, não é o bastante, e quando ele leva outro dedo para dentro com o primeiro, solto um gemido agudo que só treinei uma vez, um barulho vindo de alguma profundeza que nunca explorei de verdade.

— Porra, você tá tão molhada — ele diz.

— Eu sei, eu sei.

De repente, os dedos dele param de se mexer.

— É pra mim?

— É, tudo pra você.

Mais rápido agora. O rosto dele está franzido e seus olhos estão fechados. Posso sentir como ele está duro por baixo da calça de moletom. Ele pressiona os lábios em meu pescoço. Deixa uma marca vermelha e oval ali, no formato de sua boca, mas não ligo para o chupão, mesmo considerando que ele vai ter que ser coberto com corretivo por uma semana. Quero este símbolo; um lembrete de onde ele me tocou.

Pela manhã, uma névoa brota espessa e azulada da floresta. A frota de ônibus retorna para a estrada. É o fim do verão.

Já sabemos que você amou *Suor* e quer saber quem é a verdadeira Amber Young! A estrela adolescente preencheu o teste abaixo.

Nome: Amber Young
Data de nascimento: 03/07/1980
Signo: Câncer
Profissão: Cantora

1. Quando você gosta de alguém
Eu o ignoro completamente!

2. Meu primeiro beijo foi
Esquisito

3. Se eu fosse presidente
Seria uma péssima presidente

4. Não suporto
Pessoas que criticam as outras e são intolerantes

5. Meu ícone de estilo é
Kate Moss

6. O maior item na minha lista de desejos é
Me apaixonar

7. Minha maior insegurança é
Minhas notas na escola

8. A pessoa mais legal que você já conheceu
Gwen Morris. EU AMO ELA! Ela é como se fosse uma irmã.

9. Eu soube que era famosa quando
Meu irmão disse que os amigos dele sabiam quem eu era!
Agora ele me tolera...

10. Três coisas que eu gostaria em um namorado:
Que me faça rir
Que me dê frio na barriga
Que beije bem!

1999

Chula Vista, Califórnia

NÃO CONSIGO ENTENDER O FRENESI CRESCENTE a respeito de Gwen e Wes porque estou presa em turnê. É como Gwen disse: estou andando num túnel e o mundo está acontecendo a meu redor. Mas pelo que sei, o fervor é como uma menininha tirando a roupa das bonecas Barbie, como eu fazia, e espremendo o rosto delas e girando para lá e para cá. Pelo menos até o primeiro Teen Choice Awards da história, para o qual não sou convidada. Assisto pela tevê em um quarto de hotel, depois de um show patético num shopping. Sonny teve que chamar clientes nas lojas para se juntarem ao público.

Me sento de pernas cruzadas no edredom floral esfarrapado, o fedor de xixi velho perdido em algum lugar do carpete bege, muito profundo para ser extraído, e encontro o canal certo no momento em que Savannah Sinclair está cantando a plenos pulmões, de pé no centro de um holofote. Não há dançarinos com ela — a apresentação é na força física de sua voz.

Quando Gwen e Wes sobem no palco juntos para apresentar o prêmio de Cena de Amor Mais Sexy, finalmente vejo com os próprios olhos. Entendo tudo. Os olhares tímidos e secretos deles. Como eles parecem estar desconfortáveis juntos, o que os telespectadores vão confundir com desejo mal disfarçado. O pouco que eles representam no palco.

— Eu queria que a *gente* tivesse uma cena sexy juntos — Wes diz, coçando a cabeça.

— Ah, é? E como seria essa cena?

— Hum, acho que a gente ficaria juntinhos bem assim. — Ele se aproxima.

— E? — Ela também se aproxima.

— E eu simplesmente… — Ele se inclina para baixo, coloca a mão na bochecha dela e a beija. É casto, inocente. Um beijo que damos no ensino fundamental antes das línguas serem apresentadas. Ela recua primeiro, ficando vermelha.

— Hum, acho que a gente deveria entregar o prêmio, né?

— Ah, é, verdade. Esqueci que a gente tinha que fazer isso.

Eles se tornam personagens, não as pessoas reais que conheço. E tenho dificuldade em distinguir essas duas coisas.

Então a ideia de Wes se dissolve, como uma bala de menta na minha língua. Ele não ligou, e faz uma semana que a turnê chegou ao fim. Quando nos despedimos, ele me puxou para o peito com um braço, depois deu um passo para o lado, para Ty poder me abraçar também. Meu corpo estava gritando para ele e o dele estava gritando para mim, mas nenhum de nós dois disse nada.

Me entregam um microfone, colocado em frente a uma parede de tijolos cinza.

A repórter, uma mulher tensa e meio crítica, diz:

— Este é o L'Oreal Summer Music Mania, o maior show do verão, e estamos aqui com a Amber Young. Quem você quer ver hoje?

Ela sorri tanto que sei que é falso.

Sonny está ao lado do operador de câmera, franzindo a testa, enquanto eu tropeço nas palavras. Estou tão honrada de estar aqui, digo. Não acredito que vou me apresentar com Gwen Morris, e Sol Sister, e Chloe Woods, a escalação completa. Acho que ninguém está aqui para me ver, é claro, então vou só subir no palco e dar meu melhor.

Depois, assisto a Gwen abrir o show. Ela desce por escadas metálicas para o calor do palco e se junta às dançarinas para uma coreografia sincronizada, se mexendo com a intensidade e foco de uma bala. Ela veste um conjunto de couro lavanda — um top curto e calça — e tênis plataforma. Não ouso piscar; não quero perder nada. Foi como me senti à espera do carro dos meninos mais velhos estacionar na frente da casa de Lindsey: não posso desviar o olhar, não posso focar em mais nada até o carro chegar.

Maria Colmenares é a próxima. Depois Check-M8, a banda de rock do Kansas, tatuagens espalhadas pelas peles branquelas, cabelos ruivos amassados por bonés com a aba para trás. Sol Sister, a dupla de Atlanta, que está em primeiro lugar no *TRL* esta semana com a música *Vendada*. Cantei a música a semana inteira, "Estou vendada/ Não consigo te ver/ Não, não". Chloe Woods, a cantora de R&B que ganhou o Grammy de Álbum do Ano este ano. Caleb Waterman, guitarrista de Cincinnati que tem uma mecha de cabelo castanho solta no rosto como uma crina de cavalo. Sou a última.

Antes de subir no palco, encontro Gwen no camarim. Ela abre os braços para mim e eu pouso a testa em seu ombro. Suas bochechas parecem mais coradas. Blush cor-de-rosa. Pela primeira vez, ela parece estar bêbada, como se tivesse acabado de roubar rum do armário de bebidas da família.

— Que sexy — ela diz, apontando para o meu sutiã de tachinhas e a calça combinando. — Os peitinhos estão dizendo oi hoje.

— Eles andam bem saidinhos ultimamente.

Ela ri com vontade, o que significa que quase não sai som. A risada falsa dela é alta e insistente, como se estivesse achando mesmo alguma graça.

— Tammy — ela chama por cima do ombro. — Vem cá conhecer a Amber.

Uma mulher, antes uma voz ao telefone, agora se revela. Tammy é negra, miúda, absurdamente linda. Seus olhos são mais afastados e ela tem um piercing no nariz. Ela me conta que cresceu em Kissimmee, na Florida, perto da Disney, e começou a dançar aos três anos de idade. Gwen diz que não conseguia tirar os olhos dela na audição. Havia centenas de dançarinas tentando entrar na turnê, e seus olhos não saíram de Tammy.

Vejo que Tammy analisa as pessoas e vai logo tirando conclusões, bem como Gwen. Quero muito que ela goste de mim, mas também sei que ela vai farejar se eu der muito na cara.

— O que é isso? — pergunto, apontando para uma tatuagem de uma videira, que começa nos nós dos dedos e sobe pelo braço esquerdo de Tammy. Ela vira o braço para olhar.

— Ah, fiz quando tinha dezesseis anos. Todo ano, acrescento uma folha para me lembrar.

Do quê, ela não explica, mas acabamos de nos conhecer. Ela aponta para a parte que fez este ano, que tem um pequeno botão de flor.

— Quero fazer uma tatuagem agora — Gwen diz. — Quase fiz na Carolina do Norte. Lembra?

Juntas, elas têm uma memória que não posso ver. Tammy ri.

— Ainda bem que consegui te convencer a não fazer. Mike ia te matar.

Um brilho dança nos olhos de Gwen.

— Mas coloquei um piercing no nariz. Viu só? — Ela se inclina para frente para me mostrar o novo apetrecho de bolinha. — E aqui também. — Ela aponta para um piercing de zircônia no umbigo, que é bem parecido com o meu.

— Que tatuagem você queria fazer?

Ela dá de ombros.

— Uma que significasse alguma coisa. Enfim, e você? O que tá rolando?

Meu rosto esquenta perto do dela no espelho. Sei que eu deveria contar para ela. A cada segundo que fico sem contar, me odeio mais: por toda a saudade inapropriada, por todas as horas agradáveis em que fico pensando nele em vez de pensar nas coisas que deveria. O que vou acabar arriscando por um único momento intenso? O que posso fazer para preservar a imagem que ela tem de mim? Eu já deveria ter contado para ela há muito tempo — e já sei uma das muitas razões por que não contei. Ela o achou sem graça desde o começo, e eu tinha vergonha de desejar alguém que ela achava tão medíocre, tão ordinário.

Mas não há tempo — sou chamada para o palco. Este é o meu maior show. Câmeras flutuam sobre a multidão; as apresentações e as entrevistas dos intervalos serão transmitidas para centenas de milhares de pessoas. Não sou capaz de entender esse número, e talvez seja melhor não o visualizar. Quase não tenho tempo de acreditar em mim mesma. Só posso fechar os olhos por um momento, depois abri-los. Não há nada a fazer além de cantar.

Mais tarde, lixo polui a praia. Sacolas de plástico. Latinhas amassadas. No escuro, penso que as formas são ninhos de pássaros. A areia se abre para nós: flexível e ávida. Água gelada contorna nossos tornozelos, deixa nossos pés vermelhos. Gwen observa Tammy correndo para ir surfar, até perceber que estou olhando, então, como uma criança que levou um tapa na mão, desvia o olhar. Desenho linhas vagas entre elas na minha mente.

Gwen acende um cigarro. Seu rosto se ilumina ao aproximar do isqueiro na mão. Com o cabelo rosa e os olhos azuis, ela parece uma criatura incandescente que saltou das chamas.

Ela expira. O cigarro se agita no ar.

— Então, um diretor de uma escola no Texas saiu no noticiário dizendo que minha música é ruim para as crianças. Parece que as mães foram reclamar com ele de uma professora que tocou minha música numa aula ou algo assim. O diretor disse que eu deveria ser banida. Que minha música é do mal.

— Para, Gwen. Não fica pensando nisso. Todo mundo te ama — Tammy diz. Fico com a sensação de que ela mantém Gwen sob controle em momentos de exaltação como este.

— O que é amor nesse contexto? A gente tem uma palavra para encapsular tanta coisa. As pessoas me *admiram*. Me *idolatram*. Mas amor? Será que dá pra amar de verdade alguém que você não conhece?

Tammy arrasta areia com o calcanhar.

— Tá bom, nós duas te amamos. — Isso combinado com orgulho; e eu também sinto, porque nós duas a conhecemos de verdade.

Gwen dá mais um trago.

— Talvez vocês não devessem me amar. Talvez as mães estejam certas a meu respeito. Lembrei de um negócio esses dias. Quando eu tinha uns treze anos, minha mãe entrou no meu quarto, e eu tinha uma música inteira preparada sobre o quanto eu odiava ela e como ela era uma péssima mãe. Apresentei pra ela e ela chorou. Nem sei por que fiz isso, só fico pensando na minha culpa, e fico imaginando se agora ela me vê e pensa: "Minha filha me traumatizou com uma música quando estava na oitava série."

— Todo mundo já fez coisas ruins, Gwen — Tammy diz.

O cigarro mergulha na areia.

— Quando eu era pequena, viviam me dizendo que eu deveria brilhar, ser especial, e isso nem sempre resulta numa criança mais legal. Aí acho que não fui. — Ela esconde o rosto nas mãos e abaixa a cabeça. — Eu me achava melhor do que todo mundo, mas principalmente melhor do que ela.

— Está tudo bem, Gwen. Já tive brigas horríveis com a minha mãe. Falei coisas horrorosas pra ela.

— Mas a sua mãe é meio filha da puta às vezes — Gwen diz. — Foi mal.

— É, mas mesmo assim.

— Mas mesmo assim — Gwen concorda, e ficamos em silêncio por um tempo, ouvindo as ondas se quebrando na areia.

— Mas eu gosto da minha mãe — Tammy diz, e nós três caímos na risada. — De vez em quando, ela aguenta muita merda das outras pessoas, só porque quer todo mundo feliz. Ela sai de cena para as outras pessoas preencherem o espaço. Quando estamos só nós duas, a gente fica sem falar por dez, até 15 minutos. Mas tenho a sensação de que esse silêncio está dizendo alguma coisa. A gente não precisa conversar.

— Pois é, a gente sabe que tem intimidade com uma pessoa quando dá para ficar em silêncio com ela — Gwen diz. Limpando a areia das mãos nas pernas, ela pega nossas mãos. — Minhas melhores amigas. Já disse pra vocês como sou grata? Eu deveria dizer isso mais vezes. Vocês são as pessoas mais legais, lindas, talentosas e maravilhosas.

— Não sei se sou legal — digo.

Gwen sorri para mim.

— Você é legal. Eu não. Mas quero ser.

Tammy se deita em uma cama de algas. Ela pergunta se já fiquei a fim de alguém durante a turnê. É uma pergunta casual, com a intenção de nos unir como amigas, mas demoro demais para responder. Enfio as mãos na areia para sentir a umidade por baixo. Gwen apoia a cabeça no ombro e observa minha hesitação.

Não quero ver traição ou julgamento se revelar em seus olhos. Quero que ela me olhe assim para sempre. Uma mentira é um ponto num dia e, no seguinte, um tapete de nós malfeitos. Mais tarde, justifico para mim mesma: é ela quem está mentindo para o mundo inteiro. Wes também. Mas por que todo dia eu me arrependo de quem fui no dia anterior?

Digo para elas que não tem ninguém na turnê. Acrescento:

— Na verdade, já deve fazer uns dois anos que não transo.

— Eu trouxe meu vibrador no ônibus — Tammy diz. — Quem sabe você não experimenta também?

Balanço os dedos da mão direita, e ela ri de novo.

Mais tarde, Gwen e eu fumamos um baseado, só nós duas. Tammy voltou para o hotel, cansada demais para ficar acordada por mais tempo, insistindo que maconha a põe para dormir.

Gwen pergunta:

— Você vai pra Vegas para o *Billboard*?

— Não. — Pego o baseado da mão dela e seguro a fumaça na garganta. Não fui convidada, mas não me dou ao trabalho de acrescentar.

— Pode ser que eu entre no tapete vermelho com o Wes. — Ela ri. — Quer saber, o que ele fez nem foi grande coisa, mas claro que todo mundo ficou: "Controle de danos! A gente precisa arrumar uma namorada pra ele!".

E isso me deixa chocada — esse conhecimento enterrado, agora cavoucado.

— Como assim? O que ele fez? — É uma luta manter a voz distante, desinteressada.

— Nada de ruim. Ele estava namorando uma mulher mais velha durante a primeira turnê do ETA. Ela tinha, tipo, mais de quarenta anos. Talvez eles ainda estejam juntos. Vai saber.

— Como eles se conheceram?

Gwen dá de ombros. Dá para ver que ela não se importa nem um pouco.

— Acho que ela era maquiadora dele. Esqueci os detalhes. Ele me contou décadas atrás.

O aroma salgado paira no ar conforme as ondas se quebram na areia. Olhamos para o horizonte. A água está tenebrosa, e é fácil imaginar sua profundeza — os monstros com lanternas penduradas na testa, iluminando vales profundos. Fico imaginando se somos todos tão turvos, se todas as nossas trincheiras são tão escuras e inflamáveis como petróleo.

1999

Nova York

ESTA IDADE. É COMO ANDAR DESCALÇA NA FLOresta: cada conflito, uma farpa que vai permanecer incrustada por anos. Elas carregam espólios coloridos de lojas de roupas, vestindo trajes similares, esticados em diferentes corpos. Olho para elas, reunidas pertinho do pequeno palco do shopping e penso: somos iguais. Estamos todas mortificadas por estarmos vivas. Ainda somos mundos em adaptação — placas tectônicas chacoalhando no lugar, às vezes submergindo, empurrando para cima, sempre para cima, só para desmoronar na superfície.

A Lolli envia representantes para a MTV para promover meu novo *single*, *Obra de Arte*, e o clipe acaba estreando no *TRL* em outubro. A filmagem foi inspirada no filme de Demi Moore, o *Ghost — Do Outro Lado da Vida*: com um torno de cerâmica, eu girando em cima dele, mãos masculinas vão colocando argila na minha pele até eu me transformar em uma escultura, não uma menina. A música sobe nas paradas, mas não o suficiente. Não ultrapassa *Suor*. Nunca vai ultrapassar *Suor*. Estou empurrando uma rocha colina acima e tropeço para trás com o peso.

Mas em novembro, seguro meu CD no colo. A arte da capa é um *close-up* do meu olho, minha silhueta na pupila. Tiro o disco prateado, encaro o próprio reflexo nele, mancho a superfície com os dedos. Se eu não fizer mais nada, não criar mais nada, pelo menos tenho este.

Em seu Olhar atinge a 19ª posição no *US Billboard 200*, que é um pouco menos do que a gravadora esperava depois do sucesso explosivo de Savannah e Gwen. Mas só sei das cores que se mexem na minha visão, o brilho oleoso da ascensão. Apesar do ódio dos críticos e pais, algumas meninas o compram porque são tão enérgicas e têm tanto tesão e desejo quanto eu, e ficam dançando na frente de espelhos só de calcinha, tentando liberar o que se move dentro delas. Os *royalties* — um pouco menos de um dólar por disco vendido, depois dos custos de produção — começam a pingar. Esse dinheiro parece o nascer do sol entre prédios: enevoado, intocável. Sonny cuida das finanças para mim. Ele também me acompanha em todos os compromissos de mídia, me escoltando para dentro e para fora de carros pretos. Me apresento em noticiários matutinos e programas noturnos. Tenho uma estilista que cuida do meu guarda-roupa. Minha equipe decide que eu devo me diferenciar de Gwen e Savannah, o que significa mostrar mais o corpo. Contrato um guarda-costas chamado Dale, cujo rosto é uma janela iluminada que pode ser fechada com persianas a qualquer momento.

Minha mãe me liga uma vez.

— Se eu for até aí de avião, a gravadora paga? — ela pergunta.

Pode ser que sim, digo a ela. Mas não se dá ao trabalho. É meio que só ficar esperando, sorrindo, respondendo as mesmas perguntas várias vezes, cruzando e descruzando as pernas em diferentes cadeiras. Os reais motivos para não a querer por perto: o miasma de seu perfume de farmácia, a bebida que ela estoca na bolsa. Pior ainda, a adulação ou desdém que escorre de seu rosto, dependendo da pessoa a quem ela se dirige.

Meu pai não liga nunca. O que me faz sentir minúscula, olhando de baixo para a figura alta e sombreada que não me reconhece, não importa o tanto que eu grite. Só me dei conta de que estava esperando que ele fizesse contato comigo quando ele não fez.

Ao telefone com Gwen, digo:

— Achei que ele finalmente iria querer estar na minha vida se me ouvisse, sabe?

— Sei. — Ela suspira. — Finge que você tá passando por aquele túnel de que falamos. Ou talvez seja um corredor. Todo o resto do mundo está atrás de portas fechadas. Seu pai. Seja lá quem for. Mesmo que estejam gritando e batendo à porta, mesmo que estejam mudos, você não tem que abrir nenhuma dessas portas. Não preste atenção a mais ninguém. Só continue andando.

Não reconheço o número, mas mesmo assim atendo, esperando que seja meu irmão, Greg, que disse que ligaria do Arizona. Não é o Greg.

— Oi — Wes diz.

— Como você conseguiu meu número?

— Mike pediu pro Sonny.

— Ah.

— O que você tá fazendo agora?

É de manhã. Uma chuva fria bate nas janelas. Me desenrosco da roupa de cama do hotel.

— Estou em Nova York, indo para as emissoras de rádio.

— Z100?

— Algumas outras estações também — digo, passando o telefone para a outra orelha.

— Você deu uma passada em casa?

— Não, mas jantei com a minha mãe. Ela veio pra cá. — Não quero falar sobre a minha mãe, como ela cortou a carne, o sangue expulso da carne, e depois reclamou com a garçonete que estava muito passada. Ela girou a taça de vinho até trazerem uma nova para ela. Não pagou a conta, pois supôs que eu fosse pagar, e eu paguei. Atirei meu novo cartão de débito na mesa, vermelho e lustroso, Amber Melissa Young estampado em prata. Sonny me entregou o cartão pela primeira vez quando assinei com a Lolli, explicando que ele pegaria um montante do meu adiantamento e dos *royalties* e depositaria o restante do dinheiro em uma conta bancária. Minha mãe concordou e autorizou — não confiava na minha autodisciplina.

— Onde você tá? — pergunto.

— Estocolmo. — Uma pausa. — Você vai pra Vegas semana que vem?

— Engraçado. Gwen me perguntou isso. Agora acho que vou. Não ia, mas como o álbum tá indo bem, a Lolli me convidou de última hora.

Depois de um instante de hesitação:

— Então a gente vai se ver.

— É. Vou ser aquela que ninguém conhece, de pé sozinha num canto.

— Não, você vai ser aquela que todo mundo vai querer conhecer.

— Tá certo. — Faço uma pausa, me perguntando se tudo vai ficar não dito entre nós. Ficou, por meses, mas ainda consigo sentir a boca dele no meu pescoço.

— É diferente sem você aqui.

— Diferente como?

— Você sabe como.

Não sei não. Talvez saiba. Quero que ele me diga.

— Vi você e a Gwen na televisão.

— Ah. — Ouço sua hesitação, como se uma voz pudesse cair, como uma máscara pode. — Tipo, você acha que foi errado e tal?

Que pergunta complexa. Eles pertencem um ao outro aos olhos do mundo e, nesse sentido, é bem natural. Tudo é como deveria ser.

— Pode ser que eu tenha sido meio imprudente, sabe, no elevador.

Ele fica quieto. O que não é típico dele.

— Tá bom — ele diz, finalmente.

— O que quero dizer é que me sinto confusa com tudo isso.

— Mas você sabe que eu não tô com a Gwen.

— É, eu sei.

— Acho que não estou entendendo o problema. — Sua respiração está apressada de novo. — Pode ser que, de alguma maneira... bem, pelo menos pra mim, e não sei como explicar direito, mas fico com tesão por ninguém mais saber. Só a gente.

— Sim, entendo. A coisa do segredo. Fico com tesão também.

— É mesmo? E o que mais te deixa com tesão?

Mordo o lábio.

— Hum, acho que um monte de coisas. Tem uma que é estranha.

— Me conta.

— Acho que eu iria gostar se você flertasse com outras pessoas na minha frente. Sabe? Se você me deixasse com um pouco de ciúmes e depois me escolhesse.

— Hum. Tipo, como uma preliminar?

— Não sei, pode ser que eu ache sexy o fato de tantas pessoas além de mim te acharem talentoso e atraente. É literalmente um fato universal.

— Sinto a mesma coisa em relação a você. Aliás, comprei seu álbum. Bem, pedi pro Mike comprar pra mim. — Ele faz uma pausa, e o ouço abrir a mochila. — Estava lendo o encarte e vi que você agradeceu a gente. "Ao ETA, que me recebeu na família deles e me mostrou o caminho." Legal. Nada pra mim em especial?

— Penso em vocês todos como uma entidade, na verdade. Vou esperar um agradecimento no seu próximo álbum. "Para Amber. Por me entreter durante longos trechos entediantes e invadir piscinas de hotel comigo." Você pode acrescentar o resto.

Pela fresta da porta do banheiro, vejo uma parte de mim no espelho: estou sorrindo enquanto converso com ele, rodeada por lençóis finos e transparentes e uma bandeja de comida.

De repente, fico com medo de mim mesma. Já analisei cada interação que tivemos, virando-as como moedas, observando a luz refletida delas de diversas maneiras. Respiro fundo para me acalmar e imagino se, do outro lado da linha, ele respirou fundo também.

— Mas como tem sido? — ele pergunta.

— Um crítico me chamou de indecente.

— Que engraçado.

— Muito. — Pego um pedaço de toranja da bandeja de café da manhã. — Outro disse algo, tipo, "como é que a música pode ser ao mesmo tempo lasciva *e* banal".

— Palavras bonitas.

— O que você acha?

— Se eu acho que a música pode ser lasci… o quê? E o que era a segunda coisa?

— Não, você acha que eu deveria acreditar nele?

— Amber.

Meu nome, que sempre odiei, nunca soou tão maravilhoso.

— Só digo pra você seguir em frente. É o que você pode fazer.

— Foi bem isso que a Gwen me disse.

— Tá bom, ótimo. Dê ouvidos pra ela, então, não pra mim.

Uma hora se passa. Duas. Dale bate à porta para me lembrar de fazer a mala. Jogo tudo dentro da mala com uma das mãos. A outra está segurando o telefone no ouvido. Wes está me contando sobre a infância no leste do Texas. Havia um lago onde eles costumavam nadar no verão. Entupido de algas, parasitas que entram pelo nariz e infectam o cérebro, todas as fantasias infantis. Quando ele ouvia histórias sobre a inundação bíblica, diz que imaginava que a próxima começaria nesse lago, desaguando em porções verdes nas ruas da cidade. Ele quer me levar lá, mas faz um ano que não vai para casa, então talvez esteja tudo seco.

— Foi onde eu dei meu primeiro beijo, apoiado num tronco de árvore. Eu estava passando o verão em casa. A gente estava dando um tempo das audições em Los Angeles, e meu amigo me convidou para ir junto com ele numa festa. Todo mundo estava se encontrando no bosque perto do lago. Era o único lugar pra ir, na real. Era lá ou um estacionamento. E lembro que vi um casal se pegando numa árvore, e tinha uma fogueira. Um menino ficou inconsciente naquela noite depois de pular no lago e bater a cabeça numa pedra, mas ele ficou bem depois. Nem sei do que eu tô falando. Só quero que você veja esse lugar. Fico visualizando você lá.

Então ele me pergunta sobre a minha infância. Por um momento, eu o imagino no nosso apartamentinho, tendo que se abaixar para não bater a cabeça. Meu quarto vazio, a meninice varrida dele, a pilha dos bichinhos de pelúcia antes amados agora juntando poeira em um armário.

— Você tem troféus? De esporte e tal?

— Não — respondo. — Eu não era boa em nada além de cantar. Nem na escola, atletismo, nada. Eu tinha um monte de bonequinhos de bichinhos por todo canto. Tivemos um lagarto por um tempo, e ele tinha um terrário.

Será que ele quer que eu seja excepcional de algum modo? Talvez ele queira que eu diga que já sabia que estava destinada a isso desde o começo, que eu tinha a opção de escolher as atividades que me levariam a algum lugar. Eu poderia ter sido isso ou aquilo ou aquilo lá. Toda vez que entrevistadores me perguntam o que eu seria se não fosse cantora, minha boca fica seca. Por algum motivo, essa pergunta me deixa apavorada, então sempre invento uma coisa diferente.

— Minha mãe tem um mural de mim — ele diz. — Quando a gente entra na nossa casa, tem um corredor inteiro com fotos de shows de talentos e a minha entrada do *Star Search* plastificada e enquadrada, esse tipo de coisa. — Ele suspira. Meu cabelo voa com o vento que entra da janela aberta, mas, por um momento, penso que é o sopro dele viajando através do telefone. — Nunca vou esquecer o que ela disse sobre você naquele dia.

— O que ela disse?

— Algo, tipo, ela vai te derrotar, com uma voz dessas. A voz dela é maior do que o corpo inteiro.

Fecho os olhos.

— O que você tá fazendo agora?

— Tô só aqui à toa. Alex tá sumido, é claro, aí a gente está esperando por ele pra começar a gravar. Sou o único aqui. Você ainda tá na cama? No hotel?

— Tô.

— Preguiçosa — ele diz. A voz dele é mais grossa do que o esperado quando o conhecemos pela primeira vez, e agora ela ressoa em mim.

— Dá pra fazer coisas quando se está sozinho. — Desço a mão pela barriga até o pomar de pelos escuros.

— Hum — ele murmura. Então faz uma pausa, como se também estivesse com medo. Ele deve ter ouvido o modo como minha respiração ficou acelerada. — Você tá se tocando, Amber?

— Tô — digo, e começo a fazer isso.

Do outro lado, ouço a movimentação das suas mãos.

— Caralho. Tá mesmo? Queria que eu também estivesse te tocando?

— Queria. Muito. Mas você sabe que a gente não pode. — Mesmo agora, estou pensando na Gwen.

— A gente não pode — ele repete.

— Bem, acho que, hipoteticamente, você pode. Imagine que pode. E se você estivesse? O que faria primeiro?

— Na minha cabeça, eu já estaria enfiando um dedo em você. Você estaria bem molhada, como estava no elevador.

— Hum. Acho que eu iria querer te chupar depois. Você iria gostar? Se eu fizesse isso?

Nossas mãos se arrastam por baixo dos tecidos. Então, do lado dele, uma porta se abre e fecha. Vozes. Baixinho, ele diz:

— Merda. Tenho que ir. Posso te ligar depois? — E para a outra pessoa: — Ninguém. Estou pronto.

Depois que ele desliga, eu me faço gozar. Demora mais do que o normal. Fico encarando o teto, meus membros esticados ocupam todos os cantos da cama. Sonny e Dale estão batendo à porta. Grito para pedir mais um minuto. Quero desfrutar dessa sensação de calor do sol, só por mais um minuto.

1999

Las Vegas, Nevada

WES! GWEN! PARA A DIREITA, WES! GWEN, WES, *aqui, por favor! Vocês podem vir aqui? Wes! Gwen, aqui!* Eles viram a cabeça em todas as direções. Gwen usa uma bandana azul amarrada nas costas e calça jeans *flare*. O cabelo rosa chega na cintura. Ela o tira do olho quando se vira para as câmeras. Em um dado momento, ela olha para Wes e sorri. Mas Wes não sabe onde pôr a mão. Ele a tira do ombro dela e a coloca na cintura, depois resolve entrelaçar os dedos nos dela. De volta para o ombro. De volta para a cintura.

Depois de atravessar o tapete, ela me encontra com uma bebida na mão. Sinto o cheiro forte de álcool em seu hálito.

— Nossa, caramba — ela diz, passando a mão no couro carmim do meu vestido. — Você tá parecendo uma vampira gostosa. Poderia estar naquele filme *Drácula* com a Winona Ryder.

No dia seguinte, a imprensa vai dizer que meu vestido era de mau gosto, vulgar também, apertado nos seios, curto demais nas coxas, como sempre.

— Cadê o seu namorado? — pergunto.

— Engraçadinha. Foi pros bastidores. Eles vão se apresentar primeiro. — Ela franze o nariz. — Ele tá fedendo.

— O quê?

— Eu disse que ele tá fedorento. Passou perfume demais. — Ela aponta o dedo para dentro da garganta e ri.

Um fotógrafo vem em nossa direção como uma onda, a câmera faz um clarão, ele se vai. Ao observá-la, eu penso: *está na hora*. Vou contar para ela sobre o elevador com Wes, o que fizemos ao telefone. Mas então ela diz:

— A gente pode ir para algum lugar? Estou de mau humor. Minha mãe vai levar meu irmão na turnê, aí vou ter que lidar com isso por mais de um mês. Preciso de um cigarro. Quer um? Vamos… só um pouquinho.

Suas palavras fazem um contraste tão grande com seu sorriso que fico um pouco perturbada. Concordo com um sinal de cabeça. Vamos para trás do vaso de uma palmeira e acendemos o cigarro.

— Que irmão? — pergunto.

— Isaiah. — Ela sopra fumaça do canto da boca e a abana com a mão. Seu cigarro está escondido atrás das costas para que ninguém o veja. — O mais novo. Graças a deus. Tipo, Nate tem uma coisa com armas. Só liga pra isso. A gente fica na esperança de que vai passar, mas acho que não vai.

— Quantos anos tem o Nate mesmo?

— Catorze. Minha mãe deixa ele com o pai dele quando ela me acompanha na turnê, e eles, tipo, são a mesma pessoa. Sempre vão caçar juntos.

— Por que sua mãe não fica em casa?

— Não faço ideia. Queria que ela ficasse. Meus dois irmãos me odeiam porque pensam que toda a atenção dela tá em mim, e eles têm toda razão. Meu padrasto me odeia também. Acha que ela largou ele por minha causa.

Gwen deu uma pincelada em muitas coisas sobre sua infância. Sobre esse homem, o segundo marido da mãe. O terceiro é só oito anos mais velho que Gwen, um aspirante a ator que a mãe dela conheceu em Los Angeles ano passado e com quem se casou poucos meses depois. Pelo que Gwen me contou, é um lar em que há rotação de pais. Estou começando a achar que nenhuma criança saiu ilesa desse cenário. Só pode haver algum vazio, alguma cavidade que precisa ser preenchida.

As folhas da palmeira de repente se curvam, acariciando nosso pescoço. Um dos encarregados de Gwen nos achou. Ele arranca o cigarro da mão estendida dela e o esmaga com a bota. Nós duas somos levadas para o auditório.

O sol vaza do deserto. O ar fica frio de repente. Uma festa pós-cerimônia é oferecida por um executivo de uma gravadora em sua segunda ou terceira casa. O atrativo mais impressionante é uma piscina com borda infinita, construída sobre uma queda vertiginosa, na qual alguns convidados já entraram. Lindos casais caem uns sobre os outros. Bebidas parecem surgir do nada. A noite é hedonista, selvagem, como um ritual antigo. Meninas em vestidos de lantejoulas poderiam ser o vislumbre de ninfas ao luar. Em todo o perímetro, a festa se desencadeia e encadeia, cuspindo pessoas de varandas e decks ao redor da casa. Cocaína nos banheiros ao lado de pasta de dente. Baseados e cigarros se misturando nos cinzeiros. Sou levada para uma sala com um sofá em L repleto de homens da indústria da música. Eles me oferecem um cachimbo e, quando vem para mim, deixo a fumaça terrosa se acomodar nos pulmões até eu me acalmar. Porque sei, eu *sei*, que se tiver que quantificar o amor, eu a amo mais, então preciso finalmente contar para ela.

Lá embaixo, no bar, tomo uma dose de vodca e converso com algum famoso com um queixo característico, mas fico o tempo todo procurando um cabelo rosa na multidão. Sonny acena do aglomerado de corpos para se juntar a mim. Ele pega meu braço e diz que gostaria de me apresentar para uma pessoa, mas eu me solto.

— Preciso encontrar a Gwen. Viu ela por aí?

Ele balança a cabeça e me olha com tristeza, como se minhas prioridades estivessem todas erradas.

Estou de pé na parte inferior de uma escada, engarrafada no meio da multidão, quando sinto a mão quente na minha cintura. Seus lábios no meu ouvido.

— Vamos para outro lugar.

Esqueço a missão de encontrar Gwen, controlada pelo desejo, e subo com Wes por outra escada para o terceiro andar. Aqui, as drogas mais pesadas estão sendo consumidas em quartos fechados. Mantenho a cabeça baixa, enquanto ele tenta diversas portas. Uma lavanderia está vazia. Há apenas uma secadora, pilhas de roupas sujas, uma caixa de areia de gato, o odor de água sanitária. No escuro, ficamos nos avaliando. Ele está com uma roupa ridícula, típica do ETA: uma calça jeans vermelha com estampa caxemira e uma jaqueta larga de veludo da qual só consigo ver o contorno, ainda bem. Me ajoelho e começo a desabotoar a calça dele.

— Você não precisa fazer isso.

Olho para ele, torcendo para que ele ache esse ângulo sexy.

— Mas eu quero.

— Tá bom.

Ele sorri e joga a cabeça para trás. Tiro seu pau da cueca. Já está duro, um pouco curvado, e não sei como vou fazê-lo caber na minha boca. Tento lembrar a aula de boquete da Rhiannon de anos atrás, a banana entre os lábios dela. É o mesmo medo que sinto toda vez que estou prestes a entrar no palco. Cuspo na mão e esfrego a ereção dele. Depois passo a língua da base até a ponta. Mesmo com os joelhos enterrados no carpete e a mandíbula começando a doer, sinto um poder ao envolvê-lo desse jeito, sua atenção está exclusiva em mim, os barulhos que eu, sozinha, consigo arrancar dele. Ele está gemendo meu nome; está xingando e arquejando. Seu corpo balança. Suas mãos estão em meu cabelo e, pouco a pouco, ele pega com mais força. Quando goza, ele tem gosto de sal. Fica me observando engolir, depois se abaixa e me beija.

— Sabia que tem zinco aí? Você ingeriu suas vitaminas diárias.

Dou risada.

— Minha saúde é muito importante pra mim.

— Você é tão boa nisso. Gosta de fazer?

Digo que gosto, porque embora não goste necessariamente do ato físico e carnal, gosto de como ele se sente satisfeito. Então ele dá um passo à frente, me prendendo contra a secadora, ainda quente do último ciclo. Seus braços ficam tensionados para me colocar em cima da máquina. Sentada em cima dela, nossos olhos ficam na mesma altura. Puxo-o para mim, enganchando os tornozelos ao redor de sua cintura. Ficamos grudados como um ferro de passar na roupa, e parece que sai vapor de nós dois. Ele coloca a mão por baixo do meu vestido, esfregando o tecido da minha calcinha. Eu sussurro:

— Eu quero. Por favor.

Ele concorda e me beija com tanta paixão, tão de repente, que não tenho tempo de fechar os olhos. Vejo seus cílios se agitando, a curva de seu sorriso. Ele se afasta para procurar uma camisinha na carteira e colocá-la. Se posiciona entre as minhas pernas e puxa minha calcinha para o lado, e eu fico tensa pelos anos de expectativa, pela vontade absurda de expirar e, finalmente, até que enfim, o espaço entre nós está diminuindo e logo será nulo. Nossa respiração está tão alta que não ouvimos os passos. Atrás de nós, a fresta da porta de repente aumenta e se torna um retângulo. Uma menina linda de cabelo rosa para sob a luz, e nossos olhares se encontram por cima do ombro de Wes.

1999

Las Vegas

O CORREDOR LANÇA UM HOLOFOTE ENTRE MINHAS pernas. Abaixo o vestido, pulo de cima da máquina e fico ao lado da pilha de roupas sujas.

— Wes, vaza daqui, porra.

Gwen abre a porta para ele e aponta para o corredor. Ele sobe a calça e arruma a jaqueta. Nem olha para mim ao fechar a porta. Então ficamos só eu e Gwen no escuro.

Observo enquanto ela se fecha, se isolando no búnquer que é seu corpo, e por mais que eu me esforce para escavar, não vou conseguir chegar até ela.

A cor de seus olhos está metálica enquanto eu me explico. Conto sobre o *Star Search*, conto sobre a turnê, digo que ela é mais importante para mim do que ele. Ela gira a bebida que tem nas mãos.

— Então, você mentiu — ela diz, finalmente. Está contida, ainda no controle de cada parte do próprio corpo. Eu me debato conforme ela se enrijece.

— Você mente todos os dias — retruco.

— Será que não dá para você simplesmente reconhecer que tá errada? Não estamos falando de mim, estamos falando de você. Dá uma olhada em você mesma.

Murcho na hora, como se ela tivesse me enfiado um alfinete.

— Desculpa.

Ela pergunta por que ele? O que ele tem de tão especial?

Balanço a cabeça. Não sei. Não tem um motivo, só um sentimento. Queria poder transferir para ela, para que ela pudesse ver a forma e a cor por si mesma. Começo a chorar de vergonha, o que a faz rir com escárnio.

— Você é tão mentirosa. Tipo, na real, que loucura.

— Eu ia te contar.

— Quando?

— Logo.

— Há quanto tempo tá rolando?

— Desde o verão.

Ela ri com falsidade, frieza.

— Você pode foder com o Wes. Não estou nem aí. Não dou a mínima. O que me importa é que você mentiu muito pra mim. Muito. No telefone, na praia, todas as vezes que a gente conversou. E te acho egoísta. Acho que você é uma péssima amiga. E se outra pessoa entrasse aqui e encontrasse vocês?

— Você não gosta dele.

— Mas todo mundo acha que eu gosto.

Apoio o rosto nas mãos.

— Eu sei.

— Se isso estourasse, ele não ia te proteger. Ele não tá nem aí pra você.

— Como você sabe?

— Simplesmente sei.

Olho para ela.

— Me conta.

— Não.

Eu insisto. Ela morde o interior da bochecha.

— Ele disse umas coisas.

— Que tipo de coisas?

— Sei lá, Amber.

— Sabe sim. Por que você iria trazer o assunto à tona pra começo de conversa?

— Olha, Wes só liga para a própria imagem. Ele quer ser bem-sucedido. Nós dois sentimos… sei lá. Você não tem muita motivação, Amber. Não como a gente. Você simplesmente não tem. Só tem um talento natural. Que bom. Mas o que mais?

A raiva faz minhas entranhas revirarem. Pedras pontiagudas fortes o bastante para triturar grãos.

— Não estou afim de ficar discutindo quem trabalha mais aqui. Já sei como você é dedicada. Sempre tive orgulho de você. E queria ser mais como você. Tá bom? Tipo, não sei por que fico agindo desta maneira.

— Porque você fica buscando aprovação dos homens. Sua carreira inteira foi assim.

Dou risada, porque isso machuca tanto, mas não quero demonstrar para ela.

— Foi mal por não ser reprimida como o país inteiro gostaria que eu fosse.

— Mas qualquer coisa que disserem serve, né? Fica dizendo sim para tudo o que querem que você faça. Sim para qualquer roupa que deixe seu clipe mais provocativo. Sim, Sonny. — Ela começa a me imitar, piscando os olhos de um jeito exagerado. — Quando é que você contestou alguma coisa? Ou, tipo, pensou por conta própria?

— E quando *você* fez isso?

Ela rói a unha.

— O tempo todo. Quero que o próximo álbum seja diferente. Vou escolher a dedo os compositores e produtores. Mike que se foda, mas é isso que vou fazer.

— É, tá bom.

— Pelo menos eu sei o que tô fazendo.

Escorrego até o chão. Toda a minha raiva não passa de tristeza cruel.

— Você acha mesmo que não sei o que tô fazendo? — Nos encaramos. Vários insultos estão surgindo e desaparecendo na minha cabeça, mas não digo nenhum deles.

— Acho sim — ela admite.

Deixo isso ser assimilado. A verdade. Lembro quando ela me ensinou a dançar, e por mais que eu me esforçasse ensaiando, tinha alguma coisa inata nos ossos dela, alguma coisa que eu nunca poderia replicar. Me pergunto se ela tem razão, se sou egoísta, se parte de mim simplesmente queria estar com alguém que todos pensavam que era dela.

— Desculpa por ter mentido pra você — digo, baixinho. — Eu errei. Mas você nunca conversa direito comigo, Gwen, e também nunca senti que posso conversar com você de verdade. Já se sentiu assim?

— Nem todo mundo gosta de expor a vida pessoal. Você sai por aí falando de tamanho de pênis, e de pagar boquete, e ter orgasmos, mas eu não sou assim. Não significa que tem alguma coisa errada comigo.

— Nunca disse que tinha.

— Disse.

— Não disse não. Perguntei se você já se sentiu assim. Se já amou alguém.

— Não, não amei. Já contei isso. E se amasse, pensaria bem antes.

— Você pensa duas vezes antes de amar as pessoas.

— Penso.

— Isso me deixa bem triste.

Eu me curvo sobre a máquina de lavar, olhando para ela, como se estivesse pedindo absolvição. Uma insinuação nos permeia: estou esgotada, exausta, não passo de uma criança. E preciso de você. Não consigo fazer isso sozinha.

Olho para os pés.

— Eu disse que não tinha nada rolando porque não queria que você me julgasse. Sempre fico preocupada se você vai me julgar.

Então peço mil desculpas, como se, com a repetição, eu pudesse dar mais peso a palavras frágeis.

Olhando para mim, assustadoramente calma, ela diz que me perdoa.

— Não vou fazer mais nada com o Wes, juro que...

Ela está se virando para a porta. Ela se fechou por completo.

— Já disse. Não dou a mínima. Minha equipe vai acabar tornando público. Nossas agendas eram muito conturbadas, blá-blá-blá. Dá para você ficar na sua até tudo se ajeitar?

Estou começando a soluçar.

— Mas. Gwen. Por favor. Eu te amo. Você é minha melhor amiga. Minha única amiga de verdade.

— Bom, não posso ser sua amiga no momento.

Eu pareço uma menininha quando pergunto:

— Para sempre?

— Não sei. — Ela abre a porta, o que proporciona um breve raio de luz, depois a fecha com uma batida.

Deitada na pilha fria de roupas, enxugo os olhos em um sutiã de seda anônimo. Os seios que o preencheriam são pequenos e empinados, como os que sempre rezei para ter.

Ouço dois homens conversando no corredor. Ambos têm vozes gordurosas e untuosas; eles ficam se ensebando de elogios. Um dos homens diz que o recente noivado de Savannah Sinclair e Alex Kowalczyk é a pior coisa que pode acontecer para a carreira deles.

— Quantos anos ela tem?

— Dezoito.

— Meu deus.

— Dá pra imaginar?

1999

Las Vegas

QUANDO ESTAVA NA SEXTA SÉRIE, ESCREVI UMA redação sobre a Grécia Antiga. Foi a única vez que fui elogiada por um trabalho da escola. Meu professor, o senhor Weaver, me pediu para ler o texto em voz alta na sala. Eu me levantei da carteira e tremi toda, como uma gelatina. Enquanto alisava as páginas da minha redação, minha voz borbulhava de animação.

Mais tarde, começaram os boatos: eu mostrei os seios para o senhor Weaver, talvez até o deixei tocá-los, e foi por isso que ele gostou da minha redação. Um sutiã de sustentação apareceu no meu armário com um bilhete que dizia: "Você deveria agradecer ao senhor Weaver por todo o suporte!".

Fui chamada à sala da diretoria para me explicar, deixando um rastro de vergonha pelo corredor, enquanto a escola inteira assistia. Por alguma razão, penso nesse momento na lavanderia.

A manhã é uma mancha crescente. Encontro Wes em um quarto, seu cabelo está suado, as pupilas, dilatadas de cocaína espalhada pelo nariz e pelas gengivas. Ele me puxa pelo quarto e me leva para um banheiro enorme com uma banheira de pés dourados. Me certifico de trancar a porta. Não estou com cabeça para tomar decisões, mas as tomo mesmo assim.

Me sento na borda da banheira, e ele fica entre as minhas pernas. Pergunto para ele se o que Gwen disse é verdade. Se ele acha mesmo que não tenho motivação, ou que não vou ser bem-sucedida como eles. E ele titubeia por um longo, demorado momento.

— Vou ser sincero — ele diz, passando a mão no cabelo. — Eu devo ter dito algo do tipo. Anos atrás. Mas a questão é que você é talentosa pra caralho. Você tem talento de sobra.

Ele parece estar arrependido de verdade. Seus olhos estão bem arregalados. E quero acreditar que as pessoas mudam. Quero acreditar que, através da música, posso romper meus defeitos, alcançar outro nível. Mas a briga com Gwen me lançou para as minhas próprias profundezas.

— Acho que vocês dois estavam certos sobre mim.

— Não estávamos não.

— Não, sério, acho que vocês estavam. — Faço uma pausa. — Por que a SMG queria que você ficasse com ela?

Ele dá de ombros.

— Ouvi dizer que teve outra mulher.

Ele pisca para afastar a surpresa, depois diz que sim, teve. Com relutância, ele me conta sobre a maquiadora, Stacey Beau, que estava na turnê com o ETA na metade dos anos 1990. Na minha cabeça, ela tem cabelo preto cacheado, olhos com as pálpebras pesadas. Na confusão da turnê, ele nem a tinha considerado, mas estava com dezoito anos e sair em turnê era solitário. Ela passou a mão em sua coxa enquanto aplicava pó em seu rosto. De início, ele achou estranho. Inapropriado. Ela tinha uns trinta e poucos anos e era casada. Mas no dia seguinte, ela passou o pincel mais devagar, foi mais deliberada. Ele se pegou fechando os olhos. Quando ela se abaixou para passar hidratante em suas bochechas, ele a beijou. Essa foi a primeira vez. Depois, eles ficavam se escondendo em brechas entre os corredores e palcos. Ela estava animada para ensiná-lo; ele estava animado para aprender. Enquanto as jovens ficavam cantando para ele nas arenas, ela o tinha na escuridão proibida, e ele gostava de como ela era gentil, encorajadora, como às vezes ela o fazia rir.

— Enfim — ele diz. — A equipe toda descobriu. Ela disse que ia publicar alguma coisa sobre mim. Pelo visto. Acho que não é verdade. Esse não era o jeito dela.

— Mas você falou com ela depois disso?

Ele reflete, depois diz:

— Ela ligou uns dois meses atrás. — Não consigo deixar de imaginar por quanto tempo eles conversaram.

— Então essa foi a sua primeira vez? Com ela?

— Foi. — Ele coça o pulso. — Estou preocupado com o que você vai pensar de mim agora.

— Você sempre fala isso. Não penso nada.

— Você queria não saber?

— Quero saber tudo.

Mechas descoloridas contornam seu rosto. Ele está um pouco corado. Nunca parei para refletir se ele é tão inseguro quanto eu. Talvez ele não queira que o conheçam com tanta intimidade. Talvez tenha medo de si mesmo também.

Ele tamborila com os dedos na coxa, incapaz de ficar parado. Então pergunta se Gwen está brava.

— Tá, ela tá puta.

— Tudo bem. — Ele expira fundo. — O que você quer fazer?

Eu me levanto e beijo seu peito.

— Amber — ele diz, o olhar escurecendo.

Pisco para ele com inocência.

— O quê?

— O que a Gwen disse?

— Hum, ela disse pra deixar quieto até que as equipes de vocês deem um jeito. Aí a gente vai poder tornar público depois disso. — De repente, fico com medo de ter ultrapassado os limites. — A não ser que você não queira. Porque você é meu amigo, sabe? E se não quiser nada mais do que isso, tudo bem. Devo ter entendido tudo errado. É capaz de ter entendido tudo errado.

Ele balança a cabeça.

— A porta tá trancada?

— Tá. Eu verifiquei.

E ele se abaixa, pega meu lábio gentilmente entre os dentes, o puxa para baixo na direção do meu queixo. Solto um gemido em sua boca. Abro o zíper da sua calça e a abaixo até os joelhos. Ele tira a calça. Agora que há iluminação, percebo que ele está usando uma cueca do Batman, daquelas que vem em kits.

— Não ria — ele diz, apesar de eu já estar rindo, mas ela logo fica embolada em seu tornozelo, esquecida.

Eu o coloco na boca e ele arregala os olhos. Agarra meu ombro com força, dizendo "puta merda" várias vezes, mas seu pau está se encolhendo apesar dos meus esforços. Ele insiste que é por causa das drogas que ingeriu ontem à noite, se desculpando mesmo depois de eu dizer que não tem problema.

— Me dá só um segundo — ele diz. — Deixa eu me concentrar em você. — Ele me pede para deitar no tapete do banheiro e, assim que faço isso, puxa minha calcinha para baixo, então sua boca vai para o meio das minhas pernas. Peço mais, e ele desliza dois dedos para dentro de mim também. Eu arqueio, o crânio arranhando o chão frio de azulejo. De repente, ele para. Beija de leve a parte interna da minha coxa e diz que está duro de novo.

— Você tem outra camisinha aí? — pergunto.

— Acho que sim.

Ele se afasta e procura nos bolsos da calça largada, frenético, jogando recibos velhos e amassados no chão. Com a outra mão, começa a passar os dedos em mim de novo e xinga, perguntando como ainda posso estar tão molhada.

Quando finalmente acha a camisinha, rasga a embalagem e a coloca, me beijando até eu engasgar, mas quero mais, não tenho vergonha, estou implorando.

Ele se esfrega no meu clitóris.

— Você me quer mesmo? — pergunta.

— Quero.

— Quanto?

— Muito.

Ele sobe beijando meu corpo, até estarmos alinhados de novo e seu rosto está no meu pescoço. Baixinho, diz:

— Agora?

— Agora, por favor.

Ele finalmente entra em mim. Meus músculos são mãos ávidas a seu redor. Conforme nos mexemos, estou de algum modo comprimida e dilatada ao mesmo tempo. Ele pergunta se quero me virar, e digo que sim. Ele não tira, apenas manobra meu corpo em torno do seu. Estamos os dois com os joelhos apoiados no tapete do banheiro e ele agarra meus quadris para enfiar mais para dentro. As escovas de dente, soltas na pia, rolam de um lado para outro. Uma embalagem de condicionador cai da beirada da banheira. Quando ele diminui o ritmo, minha boca fica frouxa e pinga ruídos de prazer como uma torneira vazando. Eu me toco enquanto ele se movimenta dentro de mim, e isso me deixa bem perto de gozar. Nos perdemos nisso até eu dizer que estou quase gozando, para que ele continue. Seus dedos afundam na minha cintura e ele me puxa com mais força para si.

Com os lábios nas minhas costas, ele diz:

— Acho que estou chegando lá.

— Não pare, por favor não pare, ainda não acabou.

Depois, nós dois ficamos moles e sem forças, seu corpo encurvado sobre o meu. Seu coração está batendo tão rápido e a pele está quente. Conforme vou voltando a mim, percebo todo o peso dele em cima de mim e faço um barulho para ele se mexer. Ele pede desculpa e se senta, passando a mão no cabelo. Nossos olhos se encontram. Não há nenhuma necessidade de palavras; compartilhamos a sensação. Recoloco o vestido e ele fecha o zíper para mim, depois dá um nó na camisinha e a joga no lixo. Antes de abrir a porta, ele diz que é melhor eu esperar um pouco para sair. Ele beija minha testa, um carimbo de carinho, e sai de fininho.

Depois que ele sai, eu me encaro no espelho. Estou corada, explodindo para fora de mim mesma, e agora terei que viver assim — jamais vou poder voltar atrás. Porque agora sei. Sei que uma sensação pode condensar e condensar em um ápice implacável.

SUOR

Amber Young		Faixa 7 de *Em seu Olhar*

Produzida por
Andy Sacks

24 de maio de 1999

[Introdução]
(Falado) Não sei por que isso acontece comigo
Como faço para parar?

[Estrofe 1]
Vi você do outro lado da sala
Não sei o que fazer
Nunca senti isso antes
Agora estou derretida no chão

[Refrão]
Vamos suar, baby
Arranque isso de mim
Me toque lá
Coce minhas costas
(Vamos, baby) Me faça jurar

[Estrofe 2]
Não seja inseguro, não seja tímido
Nós dois sabemos o que vamos fazer
Nunca soube o que era o amor
Agora precisamos de um quarto

[Refrão]
Vamos suar, baby
Arranque isso de mim
Me toque lá
Coce minhas costas
(Vamos, baby) Me faça jurar

[Ponte]
Você não sabe o que está fazendo comigo?
Como você toca todo o meu corpo
(Vamos, baby) Me faça jurar

[Refrão]
Vamos suar, baby
Arranque isso de mim
Me toque lá
Coce minhas costas
(Vamos, baby) Me faça jurar

[Refrão]
Vamos suar, baby
Arranque isso de mim
Me toque lá
Coce minhas costas
(Vamos, baby) Me faça jurar

INFORMAÇÕES

ANOTAÇÃO GENIUS **5 colaboradores**

Suor é o primeiro *single* do álbum de estreia de Amber Young, *Em seu Olhar* (1999). Foi lançada no rádio dias antes do clipe infame de Young em uma esteira ir ao ar no programa *Total Request Live* da MTV.

2000

Los Angeles

— QUERO O AXEL HOLM.

Na minha frente, meu agente A&R na Lolli, Pat Mackey, franze a testa. Ele gira a aliança no dedo, que é o que faz quando se sente frustrado. Pat está perto dos quarenta anos, recém-divorciado, mas em estado de negação, com obsessão por seu próprio gosto musical. Ele prefere rock e punk a pop, mas agora que todas as gravadoras assinaram com artistas pop, Pat se sente como se um buraco tivesse se aberto embaixo dele. Por dentro, ele se prende a Guns n' Roses e Mötley Crüe; com capas da *Rolling Stone* emolduradas atrás da mesa. Ele me ensinou mais sobre música do que qualquer outra pessoa, mas seu gosto é decidido: essa é boa, essa é ruim. Não há nuances em seu pensamento.

Agora ele olha para fora pela janela, para a extensão de concreto, as montanhas verdes.

— Acho que é um tiro no escuro. Não é que eu já não tenha considerado isso, mas Axel não tem disponibilidade. Todo mundo quer trabalhar com ele. Então, por que você? É isso que ele vai perguntar.

Sonny se vira para mim.

— Querida, acho que vamos ter que deixar pra lá.

Pat concorda, entrelaçando as mãos. Diz que o álbum foi muito bem, mas as vendas da primeira semana de Gwen e de Savannah foram superiores. Ele imprimiu críticas. "É como se ela tivesse analisado suas contemporâneas e as misturado numa bagunça cacofônica que, infelizmente, valoriza provocação e indecência acima de qualidade", diz uma que ele me entregou. Não leio o resto. O crítico não está errado: eu me sinto mesmo como se tivesse agarrado os membros de Savannah e Gwen e os costurado no próprio corpo, esperando que a costura não ficasse visível.

Enquanto espera por minha reposta, Pat desenrosca a tampa da garrafa de água e a bebe numa golada só, o plástico range em sua mão. Sua assistente se apressa com uma nova garrafa para ele. Me sinto desconfortável quando me dou conta de que ela tem a minha idade, ou quase.

— Quem sabe uma turnê sendo a atração principal? — Sonny pergunta, lambendo os lábios.

— Talvez — Pat diz. — Depende. A decisão é do Lyle. — Ele olha para minhas mãos, que estão visivelmente trêmulas. A voz de Gwen ressoa pela sala: *O que você quer?*

Se Axel fizer a produção para mim, o próximo álbum tem melhores chances de sucesso: uma turnê como a atração principal, uma carreira mais longeva em vez de apenas um sucesso com *Suor*. Essa indústria vive fabricando novos talentos, virando-os de cabeça para baixo, colocando códigos de barra. Quero me sentir segura. Quero sentir que solidifiquei. Pode ser um objetivo impossível — Gwen com certeza não se sente à vontade e sua carreira é estratosférica.

Respiro fundo.

— O que precisa ser feito para conseguir uma reunião?

Pat suspira.

— Olha, Axel vai estar na cidade em breve, e isso é raro. A gente pode tentar colocar vocês dois juntos numa sala e ver o que acontece? — Suas mãos inquietas mexem a caneta a sua frente, de repente param. — Você vai ter que convencer ele.

Sonny e eu trocamos um olhar. Estou vivendo mais um momento decisivo.

Wes e eu nos encontramos em sua nova casa em West Hollywood. Toda vez que estamos juntos, tentamos aproveitar ao máximo, porque a qualquer momento o tapete pode ser puxado, nos revelando por baixo dele.

Quase não há móveis na casa dele e a piscina está sem água e cheia de folhas, o azulejo todo sujo. Quando está em casa, ele nem se dá ao trabalho de desfazer a mala, só joga o conteúdo no chão em uma pilha. Só tem cerveja na geladeira. A cama, onde estamos agora, não tem edredom, só lençol.

Apoio o queixo em seu peito e pergunto como Alex acabou pedindo Savannah em casamento.

— Não ouviu a história? É doida.

— Quem teria me contado?

Ele lambe minha bochecha.

— Não seja malvada.

Limpo a saliva com o dorso da mão e me inclino para lamber seu nariz, mas ele me segura. É uma brincadeira que fazemos. Quando nos acomodamos de novo, ele diz:

— Bom, acho que a Savannah queria contar pra todo mundo que não era mais virgem. Estava cansada da ênfase da mídia nisso, e já fazia um tempo que eles vinham transando. Alex não ficou muito animado com a ideia. Acho que ele tem essa imagem bem pura dela. Ele achava que estava protegendo ela dela mesma, e isso deixava ela irritada. Com razão. Tipo, eu nunca fico do lado do Alex. Enfim, eles tiveram uma briga das grandes. A gente estava em Londres na época. — Ele para de falar para me beijar. — Desculpa, você tá tão linda. Enfim, Alex não estava nem um pouco concentrado durante o show. Ele parou tudo e soltou: "Eu não consigo mais parar de pensar na minha namorada. Vocês acham que eu deveria me casar com ela?". E a galera toda disse que sim. Aí ele pegou um telefone, ligou para ela e pediu ela em casamento bem ali, no palco, com ela no viva-voz.

— Ela não podia dizer não com o mundo inteiro ouvindo.

— Pois é. Exato. Acho que ele sabia disso.

Passo a mão em sua bochecha.

— Hum… o que você acha da Savannah?

— Ah, ela é ótima. As pessoas acham que ela é meio passiva porque é muito gentil, mas não é não, de jeito nenhum. Ela é muito talentosa. Escreve a maioria das músicas, o que muita gente não sabe. Acho que os pais dela estão em alguma banda juntos. Ela é de uma família supermusical de Nashville.

— Então por que você acha que ela tá com o Alex?

Ele está fazendo desenhos na minha barriga agora, e eu fecho os olhos.

— Como assim?

— Eles parecem ser muitos diferentes.

— Mas acho que é ela quem manda. A dinâmica deles pode acabar te surpreendendo.

Então seu dedo para perto da minha coxa e ele diz que precisa me dizer uma coisa.

— O quê?

A SMG está enrolando, ele diz. Eles não querem que ele e Gwen terminem ainda. O álbum dela acabou de sair, o do ETA está programado para o próximo mês. Vamos ter que ser pacientes. Em breve, ele diz. Um dia. Mais palavras vazias. Eu me viro na cama e fecho os olhos. Ele beija meu ombro até eu me virar de novo. Seu dedão está cutucando meus lábios para que os faça se abrirem. Nossos olhos são uma chave na fechadura.

— Desculpa — ele diz.

— Tudo bem. Não é culpa sua.

— Quero tanto você.

Ele sabe que amo ouvir isso.

— Mais do que tudo?

— Sim.

Em resposta, puxo Wes para mim.

— Você pensa em mim quando não estamos juntos?

— Estou sempre pensando em você. Sério, sempre, sempre. — Ele está beijando meu pescoço, meus seios, o piercing do meu umbigo, provocando meu corpo aos poucos, e parece que cada um dos meus nervos está se estirando em direção a sua boca, esperando a vez de ser acordado.

— Puta merda, que gostoso.

Do meio das minhas pernas, ele levanta a cabeça para olhar para mim e ri. Sua respiração aquece minha coxa.

— Ah, é? O que mais?

— Sei lá. E eu lá sei o que dizer? Tipo, de onde vem isso? Todas essas coisas que a gente diz durante o sexo? Acho que você pode me chamar de umas coisas, só para eu ver do que gosto.

— Que coisas?

— O que der na telha.

Ele ri de novo.

— Tá bom. Mas agora quero que você fique quietinha. Veja se consegue ficar quieta.

Sorrio e deixo a cabeça cair para trás.

Quando começamos a transar, o ritmo parece o de uma música que já ouvi, ou talvez o sexo seja apenas como o som de uma bateria, a batida de fundo de tantas músicas, e é por isso que é tão familiar.

Axel Holm não quer trabalhar comigo. Isso fica óbvio desde o início. O assistente de Pat nos acomoda em uma sala de reuniões, onde ele já está girando em uma cadeira de escritório. Ele é mais novo do que eu esperava — ainda na faixa dos vinte anos —, o que me surpreende, já que é tão bem-sucedido. Seus lábios são carnudos, a mandíbula, quadrada e o queixo tem um furinho. Um rosto anguloso e definido que encoraja a sombra. Atrás das orelhas, um cabelo loiro-escuro cacheado.

Por um tempo, ninguém fala. Então Axel tosse e, pouco a pouco, as vértebras de suas costas esticam até ele estar todo de pé, olhando de cima para nós.

— Oi, Pat. — Seu sotaque é leve, quase imperceptível.

— Maestro — Pat diz. — É bom te ver de novo. Esta é a Amber.

Axel me analisa, franzindo a testa.

— Ouvi seu primeiro álbum — ele apenas diz. Sem nenhum cumprimento.

— E?

Ele dá de ombros.

— Sua voz é bonita.

Axel verifica a hora no relógio, claramente desinteressado. Pat dá uma olhada para mim, e sinto que está me botando pressão.

Dou um passo.

— Quer conversar aqui ou em outro lugar? — Axel franze a testa. — É que pensei que a gente podia dar uma volta pra se conhecer, se quiser. Está um dia bonito lá fora.

A princípio, acho que cometi um erro. Ele passa o dia inteiro no estúdio, talvez não goste de sair, do sol. Mas ele dá de ombros e diz que tudo bem, então me vejo em um carro a caminho da praia de Venice, ele diz que gostaria de vê-la neste passeio. Nós dois olhamos para fora através das janelas de cada lado, com os corpos apontados para longe um do outro, até chegarmos. A areia foi soprada para o estacionamento. Batemos as portas e andamos em silêncio, passando por banhistas em cadeiras de praia na grama e turistas aos montes atrás de tranqueiras bregas. Nós os seguimos até uma barraca que vende camisetas. Bandeiras tremulam na brisa suave, e nós pegamos etiquetas e passamos as mãos pelos diferentes tecidos. Ele inspeciona uma camiseta branca, depois a dobra novamente com cuidado.

Lá fora de novo, Axel está quieto enquanto observa a movimentação. Um skatista passa por nós. Um homem toca bongôs cercado por dançarinas que giram a seu redor e balançam os braços.

Ele mexe a cabeça na batida da música e se vira para mim.

— E aí, quantos anos você tem?

— Quase vinte.

— Você parece mais velha.

— Quantos anos você tem?

— Vinte e seis.

— Você parece mais novo — digo. — Ouvi dizer que seu estúdio é em Oslo agora, mas não era em Estocolmo antes? Por que se mudou?

— Minha mãe mora em Estocolmo, mas meu pai é de Oslo. Queria passar mais tempo com ele. Dá para trabalhar muito bem de lá. — Ele coloca a mão no rosto como se fosse uma viseira. — Então, por que você quer fazer música?

— Ah, sei lá. — Paro para pensar por um instante, na intenção de continuar o pensamento, mas ele fala durante essa pausa.

— Você não sabe — repete de um jeito rígido.

Eu me viro para ele na grama e meu dedão tira um pedaço de terra.

— Não, eu sei *sim*. É só que eu nunca disse em voz alta. Ninguém nunca me perguntou isso antes. Achava que já ficava subentendido.

— O que fica subtendido?

— Que gosto de fazer música. Que quero continuar fazendo.

Ele cruza os braços.

— Se vamos trabalhar juntos, teoricamente, temos que ser honestos um com o outro. Tem que ter uma... — Ele para, procurando a palavra certa. — Simbiose. Quero te conhecer.

Nossos pés afundam e se elevam na areia quente ao andarmos pela praia. Encontramos um lugar para nos sentarmos à sombra de um posto salva-vidas. Pego um punhado de areia e a deixo escapar por entre os dedos sem me apressar para responder.

— Cantar é a única coisa em que sou boa.

— Então você chegou nela por eliminação.

Balanço a cabeça.

— Era a única coisa que fazia eu ter, sabe, aquele sentimento. Aquele sentimento de quando a gente fica apaixonada por alguém. Friozinho na barriga. Não sei explicar. Pode ser que essa seja a questão. Não dá para explicar a música com palavras. É, tipo, sentimento em movimento.

Ele olha para a água.

— Tá bom. Quando foi que você se sentiu assim pela primeira vez?

Conto para ele do show de talentos no Natal, e ele faz um gesto com a cabeça.

— O que você gostava de ouvir?

— O que estivesse tocando. Eu não era exigente. Mais pop, acho. Meu pai deixou alguns discos para trás, aí de vez em quando eu ouvia. Parecia que era possível conhecer um pouco dele através daqueles discos. Outros eu mesma comprei. Ouvia muita música sozinha no quarto. Mariah. Janet. Madonna, claro. Hum, Joni Mitchell. Whitney Houston.

Agora conto para ele que, quando era pequena, costumava ficar na frente do espelho e dublar mulheres com vozes poderosas, um poder que elas sabiam muito bem como exercer. E eu esperava encontrar esse poder em mim também.

— Gosto de rock alternativo também — acrescento. Ele não responde. — Sabe? Rock psicodélico. Mazzy Star.

Ele faz careta.

— Muito lento.

Balanço a cabeça.

— Não é verdade. Já ouviu *Fade Into You*?

— Com certeza.

— Essa música parece uma grande bola de tristeza e saudade rolando por dentro da gente. Amo essa música. Não tô fazendo esse tipo de música, claro. Mas quando ando meio triste, gosto de ouvir essa música.

Ele coça o queixo.

— Talvez eu tente de novo.

— O que fez você querer trabalhar com música?

Ele pisca, surpreso.

— Eu? Ah, acho… acho que pra mim foi… — Ele se interrompe, em reflexão profunda.

— Viu? Não é uma pergunta tão fácil.

— Eu tenho uma resposta. Só preciso de um minuto. — Ele junta areia com as mãos, fazendo um montinho. — Para mim deve ter sido pra fugir. — Ele não explica do que estava fugindo. Então se vira e me analisa de novo. — Você não é o que eu esperava.

Fico imóvel sob o olhar dele.

— Como assim?

— Você não é como a Gwen descreveu.

— Como ela me descreveu?

Ele dá de ombros.

— Talento natural que você não cultiva. Falta de motivação.

Seria insensível dizer uma coisa dessas na cara de alguém se eu já não tivesse ouvido antes, da própria Gwen. Dói menos da segunda vez.

— Sei que não basta só ter talento pra ter sucesso nessa indústria. É brutal, e pessoas talentosas vivem se dando mal. Tem que ter mais do que competência. As músicas que fazem mais sucesso são as mais bem escritas? As que são mais bem cantadas? Acho que não.

Ele pega um cigarro do bolso e o acende, colocando a mão em volta para proteger a chama. Fumaça atinge meus olhos.

— Então, o *que* é necessário?

— Se cercar de pessoas muito, muito boas. Pessoas inteligentes. Pessoas que querem que a gente melhore, que incentivam. E uma música boa não faz mal nenhum.

A boca dele se abre um pouco.

— Bom, acho que uma música boa é sentimento. Transcende a comunicação. Se der pra tocar em qualquer lugar do mundo e fazer com que as pessoas se percam na música, se disserem "não consigo tirar essa música da cabeça" ou "não tem como *não* cantar essa música quando ela toca", não importa a língua que falam? Isso é sucesso para mim.

— Então seu objetivo é irritar as pessoas.

Ele ri e dá outra tragada.

— Pode ser. Mas acho que música boa é como um caso. Fica um bom tempo com a gente depois que acaba. A gente não consegue esquecer, ainda mais quando tenta esquecer. É a pessoa amada que fica na sua cabeça. Que te deixa louco. *Chiclete* não te deixou um pouco maluca?

Admito que sim.

— É isso que eu quero. Quero fazer músicas que sejam tocadas daqui a 20, 50 anos. Músicas como aquele primeiro amor que não dá para superar.

Sinto os olhos dele em mim — um lento traço de interesse —, depois a ausência abrupta, como se ele fosse um estudioso virando as páginas de um livro. Ele parece ser o tipo de pessoa que pensa muito antes de falar, que vai escrever antes, se for de grande importância.

— É uma ideia bonita — ele finalmente diz. Se levanta e limpa a areia da calça. — Vamos voltar pro carro agora, tá bom? Logo a gente vai ficar de saco cheio um do outro.

Eu devo estar parecendo confusa, pois ele ri.

— Depois de muitas horas no estúdio. Estou com umas músicas que devem servir muito bem pra você. Vou mandar umas demos para o Pat pra você ter uma ideia antes de ir para Oslo, beleza?

A areia fria, protegida pelo posto salva-vidas, fica quente outra vez quando o sol bate em nós. Pegamos os sapatos que deixamos na grama e eu sorrio para ele.

— Beleza.

De volta para mim na frente do espelho: uma menina, seis anos de idade, a mão fechada se fazendo de microfone, dublando vozes icônicas. Eu era nova demais para entender meu lugar no mundo, então supria tudo o que me faltava. Ainda não era moldada porque eu era o molde. Não estava sob olhares porque eu era o olhar.

No escritório da Lolli no centro da cidade, coloco o telefone no ouvido, animada. Ao começar a tocar, lembro que Gwen não vai atender. Ela não está mais ali, mas também está em todos os lugares. *E se?* é seu novo álbum surreal, em parte produzido por Axel. Tem três sucessos irresistíveis, todos sendo muito tocados nas rádios. Uma música em particular, *Dever de Casa*, não para de tocar, e quando ela me mostrou meses atrás, eu disse que seria o primeiro *single* do álbum. Adorei o verso "*Você é meu dever de casa/ Gasto todo o meu tempo com você*" e o tom distante da voz dela. Quando alcançou o primeiro lugar nas paradas, não fiquei surpresa.

A amizade dela era meu esqueleto — era o que me mantinha de pé. Movia meus membros e me dava força. Me pergunto se ela também está sofrendo com a perda.

Quando a vejo de novo, estamos as duas usando caudas de sereia e sutiãs de conchas, filmando um comercial para uma rede de fast-food. O conceito é este: um pirata derruba o hambúrguer no mar, nós o encontramos, e ele é tão gostoso que nadamos para a superfície para pedir outro. O pirata nos faz disputar o hambúrguer, pedindo para que a gente cante alguns versos e ele dá o sanduíche para a voz mais bonita. Na propaganda, e na vida real, Savannah Sinclair fica com o lanche.

No trailer de maquiagem, Gwen evita meu olhar, inclinando o queixo para cima, para que alguém aplique pó em sua testa. Sua comitiva — assessor de imprensa, assistente, dois seguranças — está nos degraus do trailer e deixa a porta aberta para o estacionamento.

Ela pede um cigarro. Também mendigo um para a assistente de produção.

— Meu deus — ela diz. — Essa cauda é tão incômoda. Não acha?

Seu tom não é convidativo. Ela só quer dizer alguma coisa e eu sou a única ali para quem ela pode dizer.

Savannah Sinclair é levada para uma cadeira e acena um cumprimento para nós, enquanto uma estilista ajusta a cauda de sereia em sua cintura e pernas. Eles vão nos levar para o local de filmagem em carrinhos de golfe, já que não podemos andar com as caudas.

Ela fecha os olhos e o maquiador se inclina, passando mais camadas de sombra nas pálpebras. Todos os traços dela brigam por espaço, o resultado é uma beleza irritante de linhas retas e simétricas. Bondade é soprada dela. Ela disse "oi, como vai?" para cada membro da equipe, e dá para ver que não é falsidade. Gentileza transborda dela e gosta de ser despejada em outras pessoas, o que, em troca, volta para ela.

Com os olhos ainda fechados, ela pergunta:

— Como vocês estão?

Gwen dá risada com o cigarro entre os dentes. Ela o tira da boca.

— Ah, tudo bem. A propósito, parabéns.

— *Obrigada.* — Savannah abre os olhos e sorri para o maquiador. — Zane disse que a gente era maluco.

Zane dá um beijinho na testa dela.

— Você é maluca pra caralho.

— Eu estava falando pro Zane que, tipo, se pudesse ter um bebê e não ter que sair em turnê por um ano, eu teria um agora mesmo. Sério mesmo. — Ela sorri, torcendo o cabelo loiro em um nó. — E você e o Wes?

Gwen tosse e abana a fumaça.

— Tipo, vamos todas ficar noivas, né? — Savannah pressiona. É óbvio que ela se importa bastante com a vida das outras pessoas. A maioria das pessoas faz perguntas por educação, mas ela quer mesmo saber.

O choque da Gwen viaja por ela, por mim e por Savannah.

— Hum — ela diz. — Não faço ideia.

Savannah arregala os olhos.

— Com o Alex foi de imediato. Fiquei, tipo, "esse homem. Ele. Eu quero comer ele". — Quando ela fala, seu sotaque sulista ganha força no meio de suas frases, depois se dissolve.

— Mas a gente está falando de atração ou amor?

— Acho que de atração.

— Não sei se isso é necessário no começo. Você nunca quis alguém inesperado? — Gwen pergunta.

— Nunca — digo, tentando me juntar à conversa delas.

Savannah faz um gesto com a cabeça para mim. Zane fala para ela olhar para cima para poder aplicar rímel.

— Pisque, querida — ele diz.

Ela abaixa as pálpebras enquanto ele faz o movimento para cima.

— Acho que se você não quer a pessoa na primeira vez que a vê, nunca vai querer — continuo.

— É, certeza — Savannah concorda. — A gente tem que sentir aquela coisa, né? Tipo, bum! Oi, quero ter um filho com você. — Ela ri de um jeito todo menininha. Esse rasgo no tecido revela a camada infantil embaixo. Às vezes esqueço que ela é dois anos mais nova do que eu, mal tem idade para se casar.

A porta do trailer se abre. Estranhos entram, e atrás Chloe Woods, usando uma camiseta comum, calça de moletom e uma bolsa de marca balançando no braço. Seus lábios estão envernizados com gloss e as tranças afro estão pintadas de cinza-claro. A presença dela muda algo de leve, como uma orelha de repente sob o peso de um diamante. O resto de nós para de falar.

Chloe conhece a Gwen melhor do que todo mundo, então elas colocam o papo em dia, enquanto a maquiagem de Chloe é feita, e ficam passando o cigarro de Gwen para lá e para cá.

No caminho até a porta, pulando com a cauda e segurando no braço de uma assistente de produção, dou um tapinha no ombro de Chloe.

— Só queria dizer que amo sua música. Sei que vai parecer esquisito, mas é uma honra trabalhar com você, sério.

A única razão por eu estar aqui é que Maria Colmenares desistiu por conta de conflito de horários, e eles precisavam de uma quarta sereia. O cachê era alto, e eu não devo merecê-lo. Comparada a elas, não sou ninguém. Um esboço de uma estrela pop. Ela deve saber disso. Mas Chloe percebe que estou intimidada com a presença dela e me tranquiliza por causa disso.

— Para, você é muito gentil. — Ela toca meu braço.

Sinto o rosto ficar vermelho. Por educação, ela pergunta quanto tempo vou ficar na cidade.

— Só hoje à noite. Que horas você acha que vamos terminar?

— Nesse ritmo? Não faço ideia. Quatro da manhã, talvez depois?

Gwen lança um olhar frio para nós. Seu olhar diz que sou uma puxa-saco. E ela sabe que meus olhos estão tentando quebrar o gelo com ela, então ela logo dá as costas.

2000

Nova York

MINHA MÃE ERA UMA MULHER GANANCIOSA: QUEria uma vida diferente para si mesma. Essa é a coisa mais perigosa, incendiária, que se pode querer. Sei porque também já quis isso.

Com dezessete anos e pobre, ela foi da Virgínia Ocidental até Nova York de carona. Era final dos anos 1970, a cidade era suja, mas também enérgica e viva. Começou a trabalhar como garçonete em meio período e passava as noites caçando homens — não conseguia conceber uma maneira de crescer na vida sem um. Não tinha diploma, talentos úteis, só a aparência. E achava que fazer arte era uma religião praticada por tolos e não uma atividade respeitável. Um dia, encontrou um contador legal, que não era excepcional em mais nada a não ser em ter estabilidade, traço que ela valorizava acima de tudo. Porém, ele a surpreendeu quando a engravidou aos dezoito anos, mais uma vez aos vinte e dois e a largou por outra mulher aos vinte e três. Ela decantou a própria vida em uma taça vazia, deixou respirar, engoliu. Depois se serviu de mais.

Nova York está abafada. Não faz sentido usar roupas. No quarto do hotel, Wes e eu fechamos as cortinas, mas o sol ainda se anuncia por entre as fendas. Transamos na cama primeiro, depois passo as pernas em volta de sua cintura e ele me levanta, me empurrando com força contra a parede. Beijo seu ombro, as sardas espalhadas ali. A cruz prateada fica pulando em seu peito.

Depois, o sol ainda dá sinais, então saímos para a sacada. Estou com a camiseta de basquete amarrotada dele e uma cueca boxer maltrapilha, o cabelo oleoso torcido num coque frouxo. Wes está sem camiseta, apoiado no parapeito. Uma queimadura de sol em suas costas está descascando, a pele caindo como flores mortas. Estamos muito à vontade. Não achamos que poderíamos ser fotografados a uma altura tão elevada. Não sabemos que um homem subiu 50 lances de escada no prédio em frente e colocou a câmera contra o vidro.

Deslizamos a porta da sacada para fechá-la e jogamos as roupas em uma pilha de novo. É a última vez que vamos nos ver antes de sua viagem para o Sudeste Asiático e de eu voltar para a estrada, desta vez com Sol Sister, a dupla de R&B que fez o maior sucesso com a música *Vendada*. Na banheira com água quente, me deito entre as pernas dele e encosto a cabeça em seu peito. Ele esculpe uma barba no meu rosto com espuma de banho. Pedimos pizza e como duas fatias. De volta para a cama. Ele me derruba, encosta a boca na minha barriga e assopra. As toalhas molhadas estão jogadas no chão. A televisão está no mudo. Um momento que é nosso, e depois nos é roubado.

POR QUE O QUE É SEXY VENDE

Amber Young implora por polêmica com suas roupas minúsculas e exageradas. A razão pela qual achamos que ela sabe *muito bem* o que está fazendo.

Fotos exclusivas! O CASO DE AMBER:
SEDUZINDO WES KINGSTON EM NOVA YORK!

A TRAIÇÃO DE AMBER E WES: Momento de partir
o coração quando Gwen descobre

O ROMPIMENTO de Gwen Morris e Wes Kingston

POR DENTRO DO CONTROLE DE AMBER SOBRE WES
Os colegas de banda estão preocupados

GWEN × AMBER

- O que Gwen realmente pensa
- Elas não podem nem ficar no mesmo ambiente juntas
- Recorrendo a Savannah nos bastidores

ESTROFE 2

2000

☆

2000

Los Angeles

ACONTECE DE UMA VEZ, UMA ENXURRADA DE HUmilhações. Sou uma piada. Sou um tabloide jogado por cima do filé de frango e dos ovos num carrinho de supermercado. Um ângulo ofensivo do meu corpo. Uma foto em uma sacada com alguém que amo.

Eu me escondo na casa do Sonny. O bando de paparazzi aumenta fora dos portões. Estou esperando uma ligação de Lyle e Pat: a Lolli vai me deixar, é o que vão dizer. Sem segundo álbum, sem sessões com Axel Holm no outono. Naquele dia em Venice, depois que Axel disse que queria trabalhar comigo, observei o sol ondular no mar e pensei que finalmente tinha conseguido.

Mas Sonny diz que a Lolli está muito feliz. Na verdade, reforcei minha própria imagem. É assim que eu sou, quem sempre fui. Ser chamada de vadia e puta não vai impactar minha carreira. Já não fui chamada dessas coisas antes? Notoriedade é preferível à obscuridade, querida. Esse é o tipo favorito de preliminares dos Estados Unidos.

Na minha cama, as molas do colchão cedem com o peso dele. Ele continua:

— Nesse meio-tempo, você pode parar de trabalhar. Tem seis dias para aprender coreografia, Amber.

— E você também não recebe dinheiro se eu ficar na cama.

Me viro de costas para ele e começo a chorar.

Por não ter autocontrole nem disciplina, procuro as salas de bate-papo do ETA no computador do Sonny. Já sei o que os tabloides estão dizendo, mas quero coisas mais feias, coisas mais afiadas.

Ladytune4: Wes nem nunca gostou dela, mas ela deu tanto em cima dele que ele acabou cedendo. Acho que ele não trairia a Gwen assim. Amber queria ser famosa, e o álbum dela não estava indo tão bem, aí ela sabia que precisava usar Wes pra ter sucesso e deve ter achado que se dormisse com ele, ele faria uma música com ela ou algo assim.

Hotdg78 entrou na sala.

Cdd4: A Amber é tão feia que vomitei quando vi as fotos

Cam4ever23: Usar o Wes é muito nojento ela sabia que a carreira dela não tinha futuro e o Wes era muito mais famoso do que ela. Eu só queria que ela voltasse pra só deus sabe de onde ela saiu, seja lá que buraco é esse. Todo mundo tá pouco se fodendo pra você!!!

GaryN: Minha prima fez o ensino médio com ela em Nova Jersey e diz que ela sempre foi uma vadia das grandes

Cdd4: Só morra Amber obrigad*a* 😊

Soccrlover912 saiu da sala

Hotdg78: Ela parece o cruzamento de uma lesma com um castor.

FLgirl9 entrou na sala

FLgirl9: oi

Sexyboyluvr: não acho que ela parece com um cachorro, um cachorro gordo.

Hotdg78: amber acabou com tudo ☹☹

Por dias, fico doente. Náusea é o único sentimento que resta. Encho a banheira e fico ali, com os joelhos junto ao peito, até ficar roxa, e enrugada, e trêmula. Apago as luzes em todos os cômodos. Me pergunto qual é a porcentagem de pessoas no mundo que tem que achar que somos malvadas para que isso seja de fato uma verdade? Será que a imoralidade percorre a água como sangue, pouco a pouco tornando o líquido vermelho até que fique para sempre manchado? Será que tem como a água ficar limpa de novo?

Me volto para dentro até estar convencida de que seria melhor morrer como essa pessoa da internet quer. Ou, não morrer, desaparecer no vazio e depois reaparecer como uma pessoa diferente. Isso também não seria uma forma de morrer? Minha promessa de ficar na minha para a Gwen, de ter cuidado, foi feita com uma ideia de mim mesma. Quantas dessas eu tenho? Centenas. Estão empilhadas na minha cabeça, essas meninas mascaradas, todas pacientes, altruístas, capazes de comedimento.

— Cinco, seis, cinco, seis, sete, segura aqui no sete, oito. E um, dois, três, quatro, cinco, seis, segura sete e oito. Consegue fazer mais rápido, Amber? E um, dois, três, quatro…

— Posso parar um pouco? — Ondas de náusea se reviram e se quebram dentro de mim. O mundo é repugnante.

— Tudo bem — diz Alicia, minha coreógrafa. Ela tem o cabelo preto curtinho e os dois braços cobertos de tatuagens, músculos que parecem dunas de areia. — Gloria, Tiff, podemos trabalhar de novo a parte do refrão enquanto a Amber estiver fora?

Corro para o banheiro e tenho ânsia de vômito, mas meu estômago só oferece ácido amarelo. Tento ligar para o Wes. Sem resposta de novo. Então desabo no chão frio de azulejo do banheiro e, na minha cabeça, a voz do Sonny é cruel. Ah, querida, ele diz. Você achou que seria lembrada pela música derivada? Achou que seria levada a sério como Gwen e Savannah? Ah, que bobinha. Você não sabia? É só isso que há para você.

Disco para o número da Gwen. Ela não atende. Disco de novo e de novo. Na quarta vez, um barulho pulsante ao fundo. Ela não diz nada, mas ouço sua respiração lenta, calma.

— Gwen — grito. — Por favor. Sei que você tá aí. Por favor, só ouve. Me desculpa.

Sem resposta.

— Você me disse para eu olhar pra mim mesma e eu tô olhando. Estou vendo tudo. Sei por que fiz o que fiz. Eu preciso de todas essas evidências de que mereço amor. Preciso de tanta evidência, de tantas pessoas, só para acreditar que é real. Talvez eu seja uma acumuladora de pessoas que me amam. Eu faria qualquer coisa. Foi muito errado mentir pra você. Colocar o Wes antes de você. Ele nem tá me ligando de volta. — Faço uma pausa para me recompor, pisco para afugentar as lágrimas. — Mil desculpas. Eu preciso de você. Sempre precisei de você. Eu nem teria essa carreira se não fosse por você. Você me incentivou quando tive medo, e eu não fazia ideia do porquê de você ter feito isso. Mas agora eu entendo, acho que entendo. É porque você sabe que tem talento de sobra, que tem espaço pra você e para as outras pessoas. Essa confiança é rara, e eu não tenho esse tipo de confiança, e eu deveria te agradecer. E agora eu estou tão sozinha, Gwen. Tão sozinha. Preciso de você. Não consigo fazer isso sem você.

A iluminação irritante do banheiro parece recriminadora. O que minha amizade já fez por ela? Tudo que fiz foi sugar.

Encosto a testa na parede. Minha voz está instável por causa do choro.

— Por favor. Não sei o que você leu ou o que viu. Por favor, se quiser conversar, pode me ligar que eu vou atender. Sinto tanta saudade. Estou tão sozinha. Não tem ninguém aqui pra mim.

— Amber, pare.

Fico tão aliviada que fecho os olhos e começo a tremer. No escuro, eu estaria tateando e não haveria nada. Agora toquei numa porta.

— Me desculpa.

— Eu sei que você está arrependida.

— Acha que pode vir pra cá?

— Estou no estúdio agora. Vou precisar de algumas horas, está bem? Você sabe que preciso trabalhar quando estou estressada. Me dá umas horas. Vai ficar tudo bem.

Quando ela bate à porta do quarto de visitas de Sonny, nós duas nos desmanchamos. O que mais dizer senão que eu não era inteira sem você?

Ela se curva a meu lado na cama e coloca o queixo no meu ombro.

— Sei que posso ser bem fria — ela diz, baixinho. — Eu não devia ter tirado você da minha vida desse jeito. Mas eu estava com tanta raiva, eu tinha que te punir. Pode ter alguma coisa de errado comigo, se agi assim.

— Não tem nada errado com você. Desculpa se fiz você achar que tinha.

Ela balança a cabeça.

— Não, eu que peço desculpa. Se já fiz você se sentir menos do que eu, quero que saiba que você não é. Em vários aspectos, acho que você é mais forte que eu. Só não minta. Seja o que for, prefiro saber.

— Tá bom. Você me odeia?

— Jamais. Você é minha melhor amiga.

Ouvir isso me faz chorar ainda mais. Por um tempo, ela fica em silêncio, penteando meu cabelo com os dedos.

— Você não é o que andam dizendo por aí.

— Não, sou sim. E a gente poderia ter tomado muito mais cuidado.

— Um cara qualquer seguiu vocês no prédio em frente. Não tinha como vocês saberem. A imprensa acha que tem direito sobre a gente. Se a gente reclama, dizem que a gente pediu por isso.

— Eu tô me sentindo tão infantil. Tô me sentindo tão idiota.

— Somos infantis. Somos idiotas.

— Eu sei. Então o que andam dizendo sobre mim é verdade.

— Amber, se você estivesse na faculdade e ficasse com um cara, se fosse o Wes ou outro qualquer, isso não teria a menor importância. Simplesmente não teria, beleza?

— E você? O que vai fazer?

— Eu? Tipo, meu assessor diz que a imprensa está sendo bem parcial no momento. — Ela leva a mão de volta ao meu cabelo. — Você sabe que não posso dizer nada, né? Bem que eu queria.

— É, eu sei. Eu entendo.

Uma lágrima desce devagar pelo meu queixo e cai na mão dela. Eu me viro para olhar para ela.

— Preciso de outra coisa. Odeio ter que pedir. Não contei pra ninguém, você é a única.

— O que foi? — Ela olha para mim. — Você tá me assustando.

— Preciso de um teste.

— Tipo, um teste de gravidez? — Quando faço que sim, o pânico aflora em seu olhar. Depois uma expressão vidrada se instala — ela comprimiu toda a emoção dentro de si. De alguma maneira, ela tem a habilidade de dizer para as próprias emoções para onde ir e quando surgir. — Tá atrasada?

Digo que sim. Algumas semanas. E umas manchas estranhas têm aparecido na minha calcinha. Por fim, digo o que meu corpo sabe que é verdade, o que tem me forçado a reconhecer.

— O que o Wes acha?

Balanço a cabeça.

— Não falei com ele.

— O quê? Por que não?

— Ele não atende o telefone.

Ela solta uma risadinha irônica.

— Olha, pode não ser nada. Vou pedir para a Tammy comprar o teste e trazer aqui. Tá bom? Vamos verificar, só por precaução.

— Obrigada. — Fecho os olhos e mergulho em seu afeto, sua compostura, e penso que é isso o que uma mãe é. Ela é uma mãe para mim, e às vezes eu sou uma para ela. — Te amo.

— Também te amo.

No banheiro, a gota de água bate contra o cimento. Gwen está de braços cruzados. Estamos espremidas, com o corpo pressionado contra a porta. Tammy nos mostra um corte na perna por ter pulado a cerca da casa de Sonny.

— Tem um monte de câmeras lá fora — ela diz.

Gwen inspeciona o arranhão.

— Tá tudo bem?

Tammy a dispensa com um aceno, dizendo que está bem, depois tira uma caixa rosa inofensiva da bolsa.

Faço xixi no bastãozinho e o coloco na pia.

— Não fica pensando nisso — Gwen insiste. — Vamos esperar. Não faz sentido ficar ansiosa duas vezes.

— Você já fez algum antes? — Tammy pergunta para mim.

Faço que sim.

— Uma vez, no ensino médio, mas eu estava sendo neurótica. A gente usou camisinha, na real, mas mesmo assim fiquei nervosa.

— O único que fiz foi quando eu fiquei grávida — Tammy diz. — O segundo risquinho ficou mais fraco do que achei que ficaria. Foi, tipo, "oi, eu quase nem estou aqui dentro de você. Surpresa!". — Ela aperta minha mão. — E a propósito, não me arrependo de nada. Eu não tinha condições de sustentar um bebê. Não podia dançar numa turnê com um bebê.

— Quantos anos você tinha?

— Uns dezesseis, acho. Dezesseis ou dezessete. Estava bem no começo da carreira.

Pisco para ela, muda, sem saber o que dizer. Parece uma intimidade que não mereço. Antes que eu consiga falar alguma coisa, com calma, ela indica o bastão.

— Já deve ter dado o tempo.

Peço para Gwen olhar para mim. Ela pega o bastão, muito, muito devagar. O mundo vira de ponta cabeça. Ela olha o resultado, assimila e o coloca na minha frente.

— A gente devia fazer mais alguns, só pra ter certeza — ela diz.

E assim fazemos. Não processo os movimentos do meu corpo, só faço xixi nos bastões e, quando ficam todos alinhados, me sento na tampa do vaso sanitário e apoio a cabeça nas mãos. Um bebê se funde na minha mente. Um bebê como uma fruta, macia e polpuda. Então, ela se divide, apenas lascas de uma ideia.

Tammy pergunta se Maura, a assistente de Gwen, pode marcar uma consulta. Gwen balança a cabeça.

— Vai parecer que a consulta é pra mim. Você precisa contar pro Sonny, Amber. Com certeza a Lolli já lidou com esse tipo de coisa antes.

— A Lolli vai me largar — digo por entre as mãos. Ela delicadamente ignora.

— Você tem dinheiro aí?

Levanto a cabeça.

— Dinheiro? Não. Por quê?

Nossa vida é cuidada por outros, nunca temos muito dinheiro com a gente. Somos transportadas de cidade para cidade, de estúdio de gravação para estação de rádio. Assim, e de muitas outras maneiras, somos como crianças aos pés dos pais, dando uns puxões nas roupas, pedindo um trocado. Sonny lida com todos os meus assuntos de negócios: negociação de contratos, permissão de uso de imagem, minha parte dos *royalties* e licenças. Só tenho o cartão de débito que ele me deu. Apesar de poder comprar o que quiser, tecnicamente, ele vê todas as minhas faturas.

— Para o aborto — Gwen esclarece.

E me dou conta de que não sei o custo real das coisas.

— Não sabia que tinha que pagar — admito.

— Claro que tem que pagar. Aqui é o Estados Unidos da América. — Ela cruza os braços. — Depois que você contar pro Sonny, precisa ligar pro Wes. Ele deveria saber antes de você tomar qualquer decisão.

Balanço a cabeça.

— Já decidi.

Mesmo assim, tento ligar para Wes de novo. Desta vez, a ligação é atendida, mas não é a voz dele do outro lado da linha. É a voz de Axel Holm. Mais alta que a de Wes, mais educada.

— Alô? — ele diz. — Wes não pode falar agora. Ele está na cabine acústica.

— Achei que ele estivesse na Ásia.

Ele está claramente irritado com a interrupção.

— Os meninos precisam regravar aqui primeiro, senão o álbum vai atrasar. Estamos bem ocupados.

— Você pode dizer pra ele que eu liguei?

Ele faz uma pausa do outro lado.

— Pode deixar. — Então, para alguém perto dele: — Yusuf, posso ouvir de novo? — Para mim: — Tchau, Amber. A gente se fala depois.

Sonny acaba me levando para um Planejamento Familiar em Reno, entre paradas da turnê. Gloria queria ter vindo também — eu disse para ela aos sussurros no ônibus da turnê para onde estava indo —, mas Sonny disse não. Faz uma semana que fiz o teste. Conforme a van avança pela rodovia, a terra plana e estéril, sinto como se estivéssemos dirigindo contra a própria criação. Outdoors perguntam se vou para o inferno, se quero encontrar deus. E a cada segundo o bebê cresce dentro de mim.

Marcamos a consulta no horário mais cedo na clínica na esperança de que estaria relativamente vazia, e está. Por precaução, estou usando um dos bonés de beisebol do Wes e um óculos de leitura do Sonny que embaça minha visão. Enquanto ele registra nossa chegada, parece que ninguém me reconhece, e eu me afundo na cadeira aveludada, imaginando se a recepcionista acha que Sonny é o pai ou é meu pai.

Não olho para a imagem durante o ultrassom. Olho só para as mãos cruzadas na minha frente. Uma enfermeira gentil espeta uma agulha em meu braço, me dá uma anestesia e, quando acordo, estou na sala de espera e o bebê se foi.

De volta na van, pego absorventes para o sangramento e ibuprofeno para a dor no abdômen. Sonny tamborila os dedos no volante.

— Você é como uma filha pra mim, querida. Sua mãe confiou em mim pra cuidar de você. Fico feliz que você tenha me contado.

Olho para fora da janela e forço um sorriso.

— Você tá bem pra se apresentar hoje à noite? — A entonação não é crescente no final, como deveria ser em uma pergunta.

Digo para ele que ficarei bem.

Ele não diz mais nada. Enquanto isso, o absorvente na minha calcinha vai ficando cheio de sangue e cólicas apertam as mãos ao redor do meu útero e puxam. A enfermeira disse que eu poderia retomar minhas atividades normalmente depois disso, e que não passa de um dia normal: puxar o microfone para perto da boca, olhar a multidão, a luz e as cabeças sem rosto. A plateia não faz ideia — meu trabalho é me certificar de que não façam mesmo.

Alguns dias depois, Wes retorna minha ligação no meio da noite. Quando atendo, ficamos sentados juntos no silêncio, minha respiração respondendo à dele.

— Me desculpe — ele diz, finalmente. — Tá bem agitado aqui.

— Você sabe o que tá rolando?

— Ouvi falar.

Tropeço nas palavras.

— Duas meninas. Legal. Bom pra você. Fui eu que fiz vocês terminarem. Todo mundo me odeia. Todo mundo quer que eu morra. Algumas das suas fãs estão dizendo que eu deveria simplesmente sumir.

— Elas não sabem de nada. Elas achavam que Gwen e eu estávamos juntos, tipo, há um ano. Não importa. Isso tudo vai passar. — Mas parece que ele também está tentando se convencer disso.

Digo que pelo menos podemos ficar juntos de verdade. Silêncio do outro lado.

— A ideia de nós dois não agrada a SMG no momento. Quem sabe quando a poeira baixar.

— Quem sabe — repito, a voz oca.

— O que você quer que eu faça? Sério, o que posso fazer? Porque sinto que estou numa situação impossível. É só o que eles me dizem uma coisa, estão aqui dizendo que não vai ser bom pra mim ficar com você. Foi mal, mas é isso mesmo o que andam me dizendo. E aí me sinto um merda por dar ouvidos a eles. Não sei o que fazer.

— Pode dar ouvidos a eles. Tudo bem. Tá feito.

A voz dele falha um pouco. Não sei se é o sinal ou não.

— Por favor, não fale desse jeito, Amber. Eu te amo.

— Por quê? — Eu quero mesmo saber.

Do outro lado da linha, ele suspira. É nesse momento que começa a azedar, quando a pele aveludada começa a ficar machucada. Nesta noite. Quando ele me diz por que me ama e a resposta não me agrada, brigamos por razões pelas quais deveríamos amar alguém, como se tais coisas pudessem ser contadas nos dedos da mão. Quando conto para ele sobre o aborto e ele fica em silêncio do outro lado. Esta é a noite em que paro de ser o contorno de uma pessoa e ele é forçado a me colorir pela primeira vez.

Ele começa a chorar. Um som gutural e estranho que nunca ouvi antes. Diz que não acredita que não atendeu o telefone. E ao escutá-lo, penso: *enfim chegamos aqui, dentro um do outro, não é?*

2000

Nova York

O PALCO ESTÁ FRIO, DO MESMO JEITO QUE A AREIA fica fria à noite: todo o calor escorreu, mas a memória dele ainda está aqui. Gloria, Tiff, Jay, Max e Tony, meus dançarinos, estão reunidos nos bastidores. Eu me dobro no círculo de braços deles.

— Hoje, agradecemos por termos esta oportunidade, pela dança ser nosso ganha-pão, por entretermos todas essas pessoas noite após noite — Jay diz. — Por estarmos aqui com a Amber.

— Amém — digo.

Depois de cada apresentação, dá um barato, e depois uma depressão. A vida se torna um sismógrafo com espasmos.

A turnê Sol Sister para em cidades forradas de indústrias decadentes. Minneapolis. Des Moines. Kansas City. Essas cidades surgem nas planícies, como broches presos no peito do país. Os Estados Unidos se tornam um borrão de plantações de milho, vagões de trem enferrujados, galpões pichados. Pistas de aeroportos que daria para pegar e depositar em qualquer outro lugar.

Vanessa e Simone Adams são gentis comigo nos bastidores. Às vezes assistimos à televisão no camarim junto com nossos dançarinos, equilibrando os pratos nos joelhos, que transbordam de comida do serviço de bufê. Sempre pego a mesma quantidade de comida que Simone e Vanessa, seja um punhado de salgadinhos ou um sanduíche, assim não chamo atenção. Belisco pele de carnes na brasa, saladas, empapadas e cobertura de creme e me forço a engolir.

Também engulo verdades difíceis. Três anos de carreira, ainda faço shows de abertura, não sou a atração principal. Meninas mais novas têm mais sucesso do que eu. Fui resumida a meu corpo.

Às vezes quero reanimar minha própria vida; em contrapartida, também quero voltar ao útero da minha mãe, crescer os dedos das mãos e dos pés tudo de novo. Flutuar no líquido amniótico e no quentinho. Da segurança desse saco, eu poderia decidir quando finalmente emergir de novo.

No meu assento, fico cutucando um fio solto. Estou vestindo um top sépia com fendas e uma calça jeans com amarração. Minha barriga exposta é lisa e plana como uma tábua. No palco, Gwen está vestida de ninfa, coberta de musgo e por uma iluminação silvestre, cantando o gancho de *Dever de Casa*. Quase não a reconheço, essa mulher no palco feita de volteios e jogadas de cabelo, os movimentos de seu corpo causam ondas pela plateia como largos círculos de fascínio.

Algumas premiações são anunciadas. Depois, o ETA estreia um novo *single*. Assim que começam a cantar, uma câmera percorre o corredor e se fixa em mim para pegar uma reação. Relaxo o rosto e tento me concentrar na apresentação, fingindo que não consigo distinguir a voz do Wes da dos outros durante as harmonias. Mas é fácil acompanhá-la, pois viaja direto para mim. Ouça, é o que diz. Não se atreva a me esquecer.

Mais tarde naquela noite, um pouquinho bêbada por causa de uma festa pós-evento, chego ao hotel dele.

Um dos seguranças do ETA passa o cartão da porta e a abre para mim. O chuveiro está ligado e o espelho do banheiro, coberto de vapor. Deixo as roupas em uma pilha no chão e entro. A princípio, Wes não diz nada, apenas me puxa mais para perto. O pelo escuro de seu peito está liso e esticado em todas as direções. Choro por um bom tempo, seus lábios em minha testa, e minhas lágrimas se misturam com a água, então fica tudo indistinguível.

Ele começa a passar sabonete líquido nas minhas costas. Enquanto faz isso, desenho nossas iniciais na porta de vidro, como uma adolescente em seu diário. Um coração que as circunda. Por fim, um ponto de interrogação.

Em outro painel de vidro, ele responde com o próprio ponto de interrogação. Faz duas linhas embaixo.

Desenho uma carinha triste. Ele escreve: "Agora não". A letra dele é a de um menininho. Nunca tinha visto. Ele coloca o sabonete líquido no chão e as duas mãos encontram meus quadris. Seu queixo, no topo da minha cabeça. Gosto quando diversas partes de nossos corpos se tocam ao mesmo tempo.

— Quando?

— Não sei — ele diz. — Mas a gente ainda pode se ver assim, se você quiser.

Olho para trás por sobre o ombro, para ele, e também enxergo além dele. O que ele não está dizendo é muito mais importante do que ele é. Eu o conheço. Sei como ele pensa, e é isto: acho que sua carreira não vai se recuperar. Tenho vergonha de você. Você me deixa envergonhado. Se estão chamando você de puta, o que isso diz de mim?

Mas ainda me pergunto se ele pode reanimar as batidas do meu coração. Preciso sentir alguma coisa, ou, quem sabe, só preciso sentir que me querem. Minha boca paira pertinho da dele, outra pergunta. Ele responde. Sou pressionada contra a porta do chuveiro e nossos corpos forçam sua abertura. Nós a fechamos. Meu corpo apaga todas as marcas que fizemos no vidro, cria novas.

Sonny me diz que vamos para Oslo na data programada, apesar de tudo que saiu na imprensa. Ele tinha razão: a Lolli espera que minha notoriedade se transforme em dinheiro. Estão desesperados por uma Savannah, uma Gwen, então vão jogar artistas na parede e ver o que não quebra. Ouvi dizer que Lyle assinou com uma nova adolescente há pouco tempo, Lauren Li, olhos claros, menina bonita, quinze anos, de São Francisco.

Por semanas, isso era tudo o que eu queria, o único fio que pude encontrar para cutucar: uma nova chance. Uma redenção. Ser editada e recortada, todas as partes ruins cortadas fora.

Durante o trajeto de carro do aeroporto de Oslo, me encosto na janela gelada. Sonny ronca encostado na janela dele. Pat está no meio, apertando uma embalagem de álcool e espalhando nas mãos. Ele me diz para tentar dormir um pouco, caso contrário terei problemas com o fuso horário.

Mas assim que chegamos ao hotel, fico encarando o teto durante horas, minha mente em espiral em poços escuros; a noite lá fora, asfalto suave e infinito.

2000

Oslo, Noruega

ENTRAMOS EM UM EDIFÍCIO DESINTERESSANTE NO centro antigo. Três andares abaixo, há uma sala de controle aconchegante com isolamento de som. Lá dentro, um tapete oriental, um teclado, um computador quadrado, uma mesa de som e um sofá de couro macio. Atrás de uma parede de vidro, uma cabine acústica. Axel está debruçado sobre o computador. Dois outros produtores, Yusuf Hassan e Oskar Aasland, estão a seu lado. Eles são um pouco mais velhos do que Axel, talvez uns dez anos, e os dois têm pelos espalhados pelo rosto, rugas perto dos olhos quando sorriem. Yusuf está puxando as cordas de um violão. Ele é quieto, mas receptivo, muito caloroso. Oskar é um pouco temperamental. Está mexendo nos botões da mesa de som. Quando faz uma piada e eu não entendo o sarcasmo, murmura algo baixinho.

Axel ignora nossa rodada de apresentações, apenas focado na tela. Depois de um momento, olha para mim com expectativa, sobrancelhas levantadas.

— Você não vai aquecer?

Faço que sim. E então começamos.

Axel está balançando a cabeça.

— Sem falsete. Preciso de mais potência por trás. Use sua voz de cabeça. Tente mais uma vez.

Forço a barriga para fora e canto a nota.

— Ótimo. De novo.

Dou uma olhada na letra da música.

— Será que a gente não pode mudar isso aqui?

Ele entra na cabine e se inclina para baixo.

— Mudar para o quê?

— Acho que a gente devia fazer: "*Você é o discípulo, estou no paraíso*".

A letra original é: "*Ser seu discípulo é como estar no paraíso*", e gosto mais da minha ideia. Há uma corrente se movendo entre nós que é: quem vai ceder? Axel não quer fazer muitas mudanças; já tem uma vaga ideia de como eu deveria soar. A maioria dos produtores tem. Portanto, ao longo desta primeira sessão, qualquer contribuição que faço parece um cutucão. A cada vez, ele se encolhe como se uma casquinha tivesse sido arrancada cedo demais, tirando sangue.

— Canta pra mim.

Eu canto e ele franze a testa, o que significa que fica tão bom quanto antes. Sorrio para mim mesma enquanto ele volta para a sala de controle.

— Axel — digo, puxando o fone de ouvido ao redor do pescoço. Nossos olhares de encontram pelo vidro.

— Sim? — ele diz, paciente.

— E a parte: "*Nosso sexo é minha religião*"?

— Onde?

— Não sei. É só um verso.

Ele faz careta.

— Quem sabe a gente não usa depois.

Mesmo que não usemos, é um surto criativo inicial. Um broto em um solo seco e esfacelado.

Durante um intervalo, observo Axel, Yusuf e Oskar criarem uma mixagem preliminar no Logic. Para mim, o programa parece linhas de assinaturas rabiscadas, embora tenham me dito que cada linha é uma faixa diferente. É ali que minha voz será imortalizada: numa sala escura com painéis de madeira, o lixo transborda com latas de energéticos amassadas, fumaça sai de cigarros pendurados nas mãos deles.

Observo os dedos de Axel se moverem com rapidez pelo teclado, analisando cada ínfima mudança que ele faz. Depois de cada reprodução, a música fica melhor. Uma hora, Axel interrompe o trabalho e dá uma olhada para trás por cima do ombro, para onde estou perambulando atrás de sua cadeira.

— Você não quer dar uma olhada?

— Ah, sim, claro. Desculpa.

— Por que você pediu desculpas? — Yusuf puxa uma cadeira para eu me sentar ao lado deles.

A tela se reflete nos olhos de Axel. Ele morde a língua, os lábios. Suas mãos deslizam para lá e para cá até de madrugada, quando ele bate na tecla de espaço com o dedão pela última vez e todos ouvimos a gravação juntos. Minha voz explode na sala de controle, flutuando nas batidas do pedal da bateria e das baquetas como um barco em águas agitadas e enérgicas. Axel e Yusuf trocam olhares; Oskar arregala os olhos; a luz da manhã se espalha sobre Oslo.

★

Estamos todos sentamos juntos para jantar. O restaurante é aromático e almiscarado, pulsa com o vaivém daqueles que saem e entram.

— Então, Axel, você é um vampiro? — pergunto, quebrando o silêncio.

Do outro lado da mesa, ele ergue o olhar. Ele estava olhando para os talheres, pensativo.

— Hein?

— Perguntei se você é um vampiro. Por acaso você dorme?

Ele dá de ombros.

— Trabalho melhor à noite.

— E de dia.

Ele tenta conter a risada, mas não consegue. Ela ilumina seu rosto.

— Você descobriu meu segredo.

Tomo um gole de cerveja.

— Sabia.

— Lá no nosso país ela não poderia beber ainda — Pat diz, apontando para minha bebida.

— O que você vai fazer a respeito disso, Pat?

— Assim é melhor, não é? — Oskar pergunta. — Assim você pode aprender a beber com responsabilidade.

— Gosto do sabor e como eu me sinto quando bebo. Só não quero perder o controle.

— Perca o controle se quiser — Sonny diz. — Não vou contar pra ninguém.

Balanço a cabeça.

— Acho que tenho uma personalidade viciante.

Sonny ri.

— Você nem sabe o que isso significa.

Sei muito bem o que significa. É minha mãe e seus dentes manchados. As mentiras dela.

— Sei sim, Sonny. Minha mãe é alcoólatra.

A mesa de homens me encara, piscando. Pode ser que eu tenha revelado demais.

— Meu pai também, na verdade — Axel diz, indiferente. Ele toma um gole de água, a única bebida que pediu. — Quando eu era pequeno, costumava visitá-lo em Lillehammer. Isso, ah… — Ele desenha uma forma vaga no ar, apontando para o teto. — Ao norte daqui. Algumas horas ao Norte. Quando organizaram as Olimpíadas de 1994, fomos juntos. Eu ainda era estudante. Ele veio me buscar no trem e não me reconheceu. Acenei para ele e ele ficou olhando pra mim, sem expressão nenhuma no rosto. — Ele ri para si mesmo. — Ele já estava fodido, sabe. Não lembra de nada dos jogos. Perguntei para ele outro dia. Pra mim é estranho como eu posso ter lembranças tão vívidas de um evento e ele não ter nenhuma. É como se eu compartilhasse essa memória com alguém que já morreu. Com a sua mãe é assim também?

Ouvindo a história dele, parece que fomos perfurados no mesmo lugar.

— É, minha mãe ficava estocando as garrafas escondido, e eu e meu irmão encontrávamos. Era sempre uma surpresa dar de cara com uma. Explicava o comportamento de três ou quatro noites antes. A gente falava: ah, tá aqui. Essa garrafa foi de quando ela chegou em casa gritando pra gente ir se foder. — Dou um gole na bebida. — Ela tinha uns esconderijos. Na cômoda, embaixo de pilhas de roupas. Na lava-louças. Embaixo da pia do banheiro com o papel higiênico.

— Não fazia ideia — Pat diz, e ele parece mesmo preocupado por um momento. Bochechas rosadas por causa da própria bebida, o rosto relaxado. Ele se vira para Sonny. — Você já tinha me contado isso?

— Donna é uma peça — Sonny diz, me dando uma olhada. — Ela raramente entra em contato pra saber da filha.

— Acho que a outra opção é um pesadelo também — Pat diz. — Alguns pais se envolvem até demais na carreira dos filhos, na minha opinião. A mãe da Savannah Sinclair administra a carreira dela. Ouvi dizer que houve uns problemas. Ela não cuidou direito das finanças, doou muito, talvez milhões, pra um pastor.

— Deve ser divertido no jantar de Ação de Graças — Sonny diz com uma risada. Axel está observando o papo em silêncio, batendo o dedo no queixo.

Tomo outro gole de cerveja. Bolhas brancas flutuam até em cima e se acomodam na superfície. Observo Pat através do copo âmbar. Fico tensa na sua presença: ele é o cara que conduz minha carreira inteira, o cara que vai relatar ao Lyle Michaels e dizer para ele se ainda valho o investimento da Lolli ou se já sou produto danificado.

No caminho de volta para o estúdio, ele explica por que estamos em Oslo e não em Estocolmo.

— O pai do Axel está morrendo, sabia? — ele diz. — Ele se recusou a se mudar de Oslo quando ficou doente, aí o Axel está pegando menos projetos pra cuidar dele. O fato de ele ter escolhido trabalhar com você já diz alguma coisa. Diz muita coisa.

De volta ao quarto do hotel, Wes está ligando, o que é uma raridade, mas não pulo no telefone. Só fico observando tocar. Ano passado, amá-lo foi como uma palavra esquecida, sempre na ponta da língua, nunca falada. Agora, nós dois entendemos a palavra, mas ela tem diversas definições, e achávamos que era só uma. No último minuto, atendo.

— Alô?

— Ei. Tá no intervalo?

— Acabamos de jantar. Mas preciso voltar pro estúdio daqui a uma hora. Vamos acabar trabalhando a noite toda.

— Ah, sim. Axel. Ele tá pegando pesado com você?

— Um pouco. — Mas isso não é toda a verdade. Axel é minucioso e sincero. Quando ele me desafia, sei que me tornarei melhor. Ele é crítico, mas nunca cruel.

— Ele costuma fazer isso mesmo.

— Pelo menos não fico pensando no que aconteceu. — Fecho os olhos. Porque quando o bebê já está andando na minha mente, quando suas bochechas ficaram pálidas e a cor rosada se esvaiu, me lembro do meu medo. O terror de segurar o teste nas mãos, e o mundo inteiro a meu lado olhando para ver aquelas duas linhas. Penso em Argos, o gigante de cem olhos. Há tantos olhos em meu corpo, e não posso me mexer sem que eles se estreitem em julgamento.

— Que bom — ele diz, baixinho. Um momento passa.

— No que você tá pensando agora? — pergunto.

— Agora? Só em você.

Passo os dedos pelos seios. Envolvo o volume com a palma das mãos.

— Algo específico?

— Eu estava imaginando você me fazendo uma surpresa. Você, na minha cama quando eu chegasse em casa.

— Só lá, esperando?

— Isso — ele diz. Me sinto rendida em suas mãos.

— Estou nua?

— Aham. Acho que está, sim.

— Legal.

Ele ri.

— Então você tá nua e tá me esperando. Você é uma boa menina.

— Wes. Essa voz.

— Que voz?

— É que me faz rir. Foi mal.

— Como assim?

— Nada, sei lá. Desculpa.

— Tá bom — ele diz, mas seu tom é cortado.

Me deito no travesseiro e fecho os olhos. Falo para a escuridão das minhas pálpebras.

— Por alguma razão, não consegui entrar no clima desta vez.

— Beleza. Tipo, a gente não precisa fazer nada. Podemos só conversar.

— É, pode ser.

Peço desculpas por ter ligado tantas vezes para ele ontem à noite. A cobertura da imprensa deságua na minha cabeça toda vez que ponho os pés para fora do estúdio, então liguei para ele diversas vezes, liguei para Gwen, liguei para minha mãe, liguei para Greg, liguei para cada um dos meus dançarinos, mas só silêncio do outro lado.

Ele pergunta o que está rolando.

— Nada. Acho que só precisava ouvir sua voz.

— Tivemos um show ontem à noite. E tivemos uma entrevista irritante. Um repórter aleatório ficou perguntando pra todo mundo: Transar, casar, matar; você, Savannah, Gwen. Eu disse algo, tipo, “casaria com todas elas. São todas incríveis”. Algo assim.

— Você não queria transar comigo?

— Até queria, mas achei que era isso que ele esperava que eu dissesse.

— Não, já entendi. Muito respeitoso. Mas acho que ele queria mesmo é que você me matasse. Casasse com Savannah, transasse com Gwen, me matasse. Esse é o consenso nacional.

Ele deve concordar, pois fica quieto por um bom tempo.

As luzes estão baixas no estúdio. Estou deitada no sofá de couro observando a cabeça dourada de Axel balançar com a música.

— Quero deixar um espaço pra uma harmonia aqui, algo tipo... — E ele demonstra para mim, a voz arranhando a garganta. Ele fica corado. — Bem, você tenta.

Me sento no sofá para cantar para ele.

— Mais controle. — Ele desenha uma linha reta no ar. Desta vez, ele concorda quando canto. Diz para fazer assim daqui para frente.

O elogio sobe pelo meu corpo e se aloja em algum lugar do meu peito.

— A textura da sua voz é meio aveludada, macia, como mel, mas também pode soar como quando a pessoa fuma um cigarro atrás do outro. Essa aspereza é o que eu quero na ponte.

— Bom, eu fumo um cigarro atrás do outro. Você também.

Ele revira os olhos.

— Axel?

— Oi?

— A rédea muito curta tá desconfortável?

— Muito — ele diz, se recostando na cadeira. Ela rola um pouquinho, bate na parede. Volto para a cabine. O tempo todo em que estou cantando, sinto os olhos dele. Ele não liga para a minha aparência — não tem a menor importância para ele. Só liga para as capacidades do meu corpo como instrumento. Tenho certeza de que vê os órgãos dentro de mim: o maquinário que bombeia e chacoalha. Meu diafragma expandindo e contraindo. A respiração ejetada dos pulmões. Ao me levar a sério, ele me alimentou com combustível.

Conforme ele condensa meu vocal, cantarola para si mesmo. Ele vive cantarolando baixinho. Eu me balanço em uma cadeira de rodinhas vazia. De vez em quando, ele me dá uma olhada, divertido.

— Sua voz não é tão ruim assim, sabia — digo. — Se você só ficar cantarolando, não é tão ruim.

Ele sorri.

— Engraçadinha.

— Você canta para as outras pessoas?

— Não, jamais.

— Você nunca teve uma banda e tal?

— De jeito nenhum.

— Então você não liga que ninguém nunca te ouça, ou saiba quem você é? Você é tipo o Mágico de Oz.

Ele não tira os olhos do monitor ao dizer:

— Nunca vi esse filme.

— Bom, o principal é que ele é um homem anônimo atrás de uma cortina.

— Prefiro assim. Assim, posso criar e meu rosto não é conhecido. Para maioria das pessoas, ainda mais no seu país, a arte e ser o rosto da arte é intercambiável.

— Qual o problema disso?

— Problema nenhum. Só prefiro assim. Não ligo muito se as pessoas não souberem que escrevi uma música. O fato de que escrevi, e que tá aí no mundo, é suficiente pra mim.

— Que coragem.

Ele bufa de desdém.

— Coragem? Não. Não tem coragem nisso. Somos todos uma parte pequenininha de algo maior que nós. Gosto de pensar assim. Eu e você estamos trabalhando na direção de um mesmo objetivo. — Ele forma uma ponte com os dedos. — Você, a artista. Eu, o produtor. Minhas aspirações individuais, as pessoas saberem meu nome? Não, não ligo muito para isso. Contanto que o trabalho seja feito, tá bom pra mim.

— Te incomoda o fato de ser tão importante pra mim?

— Você é dos Estados Unidos — ele apenas diz.

Digo para ele que tenho vergonha.

— De ter nascido nos Estados Unidos?

— De querer ser famosa.

Tudo porque eu era desesperada para moldar uma personalidade poderosa que se assemelhasse a mim mesma, que pudesse ser empunhada como um cetro sempre que eu estivesse magoada, assustada ou insegura.

— É normal querer ser conhecida — ele diz. — Todo mundo quer ser conhecido por outras pessoas. Todo mundo criar conexões.

— Eu costumava achar que cantava para escapar da minha família. Mas não é isso. O que eu queria mesmo é que eles prestassem atenção em mim. Uma vez, fugi de casa, e o dia inteiro passou. Ninguém deu bola. Apareci pro jantar e minha mãe estava com uma refeição de micro-ondas na mesa. Ela falou algo do tipo, "ah, você tá atrasada. Lave o prato quando terminar".

Eu relembro. É tão fácil. E estou lá; estou no apartamento de novo. Lá está a arandela que parece um seio de ponta-cabeça. A pequena estátua da Virgem Maria, comprada de segunda mão. Minha mãe e o Greg estão brigando. Quando aumento o volume do som, ouço passos pesados no corredor. Um soco na minha porta. Porra, cale a boca, Amber, é o que dizem. Cale a boca. Mas a chegada deles só me faz cantar mais alto.

— É isso que estou dizendo — Axel diz. — Você queria criar uma conexão com ela. Queria que ela te notasse. Essa é sua motivação, e não tem por que ter vergonha. É humano. Você é um ser humano, Amber.

Estou de cabeça baixa, encarando as mãos.

— Só que não sou. Você não leu sobre mim?

Ele muda de posição na cadeira.

— Não li não.

— Você não sabe o que a imprensa anda dizendo?

Ele diz que soube de algumas coisas. Wes e eu fomos fotografados num quarto de hotel, não foi? Quando confirmo, ele pergunta por que não contamos a verdade para todo mundo. Não fico surpresa por ele já saber que a Gwen e o Wes nunca foram um casal de verdade — ele passou tempo razoável com os dois.

Digo que não importa. Esse escândalo é delicioso e nossas vidas reais não têm esse sabor. É como escolher entre um chocolate produzido em massa e legumes de micro-ondas.

— Gwen não quer que ninguém saiba — acrescento. — Nem o Wes. Todo munda acha que eles eram loucamente apaixonados. É mais fácil botar a culpa em mim. Foi tudo culpa minha mesmo.

Então conto para ele que a ideia que o público tem de mim é errada. Isso é óbvio. O que é menos óbvio é que minha própria ideia de mim mesma também é errada. Vivo me enganando a meu respeito. Acho que sou boa, aí faço escolhas ruins. A cada dia cometo um erro novo para enterrar no dia seguinte.

Ele passa a mão pelo nariz, algumas vezes ao longo da ponte.

— Já leu a poeta Mary Oliver? Ela é americana.

— Não.

Ele faz um gesto com a cabeça.

— Beleza. Vou levar uma coisa pra você hoje à noite.

No jantar, ele passa o poema por baixo da mesa para mim. O título é *Wild Geese*. Embaixo, ele escreveu "Para Amber". Está na cara que arrancou a página de um livro, porque ela está respingada com manchas de café. Sublinhou algumas linhas com caneta. Fez uns rabiscos para tirar o restinho da tinta falhada. No banheiro, aliso o papel na pia e água brota no canto inferior. Seco com a blusa o melhor que posso, mas dei algo a mais ao poema, um novo dano.

Leio sob luzes piscantes. Leio diversas vezes, procurando sempre um novo entendimento, e quando enxugo as lágrimas, me encaro no espelho e passo a língua sobre uma afta pálida na gengiva. Aqui estou eu. Entre mim e essa imagem refletida existem anos de tensão. Talvez eu esteja sem rumo. Talvez eu esteja com medo. Mas não quero mais ser assim; quero saber do que sou capaz.

A iluminação da rua revela os contornos do paralelepípedo no chão. Está frio e é bem tarde.

Axel está andando na nossa frente e eu acelero para alcançá-lo.

— Obrigada pelo poema — digo.

— Ouça. — Ele cantarola uma melodia. — Gostou?

Conforme ele prolonga a melodia, reconhecemos seu potencial ao mesmo tempo. De repente os olhos dele ficam descontrolados, frenéticos. Seus passos ficam mais largos.

— Vem comigo. Mas não me distraia, por favor. Se eu não ficar repetindo a melodia, vou esquecer.

Fico quieta o restante do caminho. Todos o seguem para seu apartamento. Sua casa parece vazia e intocada de início. Uma gata malhada se enrosca nos tornozelos dele. Axel coloca comida na tigela dela com um garfo, ainda cantarolando, depois nos leva para o quarto. Ali, a vida dele se expressa. Blusas, e instrumentos, e livros. Uma caneca tombada no edredom. Caixas fechadas de macarrão empilhadas em uma torre.

— É assim que você vive? — Pat pergunta.

Yusuf se apoia na parede, cruza os braços e diz alguma coisa para Axel em sueco ou norueguês. Não consigo diferenciar as duas línguas, e Axel já me disse que são muito parecidas.

— Cadê? — Axel pergunta, jogando um par de tênis e um cobertor para o lado. — Ah! — Ele levanta um gravador de fitas.

A gata dele se acomoda a meus pés, e quando me inclino para acariciar sua cabeça, ela se curva, satisfeita.

Axel cantarola, o pé batendo no piso de tábuas. Ele já tem o refrão e a parte de uma estrofe.

— Esse vai ser nosso sucesso? — Sonny pergunta.

— Vai, muito provável — Yusuf diz, de pernas cruzadas no chão.

Axel se vira para mim, com a sobrancelha erguida.

— O que você acha?

Juntos, ouvimos a gravação.

— A gente precisa de mais camadas na segunda estrofe. Tá muito esparsa, sem força.

Ele concorda e gira a cadeira. Quando entro na cabine para gravar, o tempo passa e não sinto seu peso. Depois, deitada no tapete macio, bato a caneta na folha que imprimimos a letra, com vários *post-it* espalhados nas pernas.

— Você gosta de: "*Não vou te mostrar o que tem dentro do meu quarto*"? Ou, não, na verdade, "*O quarto é meu, não vou te mostrar o que tem nele*". Bem melhor. — Risco a primeira.

— Você respondeu por mim.

Fico mexendo em um nó do tapete.

— Axel?

Ele faz um barulho suave, então sei que está ouvindo.

— Como você cria essas coisas? — Parece milagroso para mim: *Chiclete* enquanto ele estava andando de bicicleta; essa nova melodia voltando para casa do bar.

Ele dá de ombros.

— Sei lá. Acho que vivo ouvindo. Ouvindo os silêncios, imaginando o que poderia preenchê-los. Como você cria?

— O quê?

— De onde vêm as suas ideias?

— Que ideias?

— Você acabou de ter uma.

— Você não precisa ser educado, Axel.

Ele clica a caneta.

— Como assim, educado? Tem muitas coisas aí dentro de você pra serem ditas.

Que coisa para se ouvir, depois de uma vida inteira sem nunca ter ouvido algo assim. Se ele estiver certo, se alguma vez já houve um poço dentro de mim, quando foi que secou, enferrujou? Quando foi que decidi que a água estava poluída? Ele se vira para o computador, balança o mouse. Olhando para a tela, pergunta:

— O que sua mãe tá fazendo agora? Ela não viaja com você. — Essa última parte, uma observação, não uma pergunta.

— Tá em casa.

— Ela tem orgulho de você?

— Não, acho que não. Ela achava que eu deveria fazer alguma coisa mais responsável, alguma coisa em que eu não fracassasse. Sempre quis que eu entrasse na universidade.

Ele morde a língua, o que faz quando está concentrado.

— Engraçado. Meu pai disse alguma coisa desse tipo pra mim.

— Tomara que agora ele saiba que estava errado.

Ele coça a cabeça, sorrindo.

— Pode ser.

— Acho que ela não viu nada em mim. Minha mãe, digo. Acho que ela sabia que para ter sucesso nessa indústria, como atriz, cantora, o que for, a gente tem que ter algo extraordinário. Olhares têm que ser atraídos para a gente e não para todas as outras pessoas ao redor, por qualquer motivo que seja. Ela não achava que eu tinha isso, então tentou me desencorajar.

Isso faz com que ele franza a testa.

— Vem cá. Ouça.

Ele puxa uma cadeira para mim e aperta a tecla de espaço.

— Essa é a segunda estrofe?

— É.

Está tão mais completa agora, um crescendo que nos leva direto para o próximo refrão. Trocamos um olhar. Ele levanta a mão, bato nela, e o gesto parece juvenil, mas de um jeito legal.

Que horas são? Dada a luz perolada, deve ser de manhã. Esta hora do dia me faz entender o que ele disse sobre ouvir os silêncios. Eles murmuram com potencial, esperando por algum impacto. E às vezes, quando seu instinto é certeiro, não é necessário preenchê-los. Podem se estender sem fim. Toda vez que ele fica quieto, sei que alguma coisa maravilhosa está se agitando dentro de sua cabeça. Se ao menos eu pudesse ser vista desta maneira também: uma mente transbordando, prestes a derramar.

Minha memória é pesada ou leve, dependendo da espessura do papel. Às vezes a tinta não consegue vazar através do tempo. Às vezes tudo é transparente, como se estivesse sendo colocado contra a luz do sol. Durante essas duas semanas em Oslo, eu me lembro: do cabelo de Axel caído na frente dos olhos, seus dedos o afastando. Da risada hesitante de Yusuf e a estrondosa de Oskar. De ter medo, de início, de sugerir uma ideia, depois, da alegria da aprovação. Da alegria, da alegria. Das horas passadas sem olhar para o relógio. De andar em círculos pela sala com Axel, jogando ideias para lá e para cá como se fossem corpóreas. De cataventos de inspiração girando do cérebro dele para o meu. De Axel pedindo minha opinião e ouvindo quando eu dava. De arder com um novo tipo de desejo — criação, uma coisa que começa na mente e termina no corpo. De esquecer de ligar para Wes porque todo o espaço da minha cabeça está tomado por este álbum, e não há mais espaço. De esperar pelas musas. De trabalhar a noite toda mesmo quando elas não vêm. Dos olhos de Axel fixos nos meus na cabine acústica, o mesmo cinza das manhãs daqui. De novo, ele diz. Tente de novo. Você consegue fazer melhor, Amber, eu sei muito bem disso.

E na noite anterior a meu voo de volta para os Estados Unidos, Axel diz que vamos a uma boate para testar a mixagem preliminar.

— É aqui que vamos descobrir a verdade — ele insiste. — Este é o mundo real.

Lá dentro, há dançarinos em plataformas. Uma iluminação verde fluorescente e fumaça artificial criam um pântano escuro e sórdido. *Sandstorm* de

Darude está tocando, mas aí se mistura a uma música que não reconheço. Quando digo a ele que gosto, Axel diz:

— É *Heut Ist Mein Tag*, de Blümchen.

— Você conhece todas as músicas já criadas?

Ele bufa.

— Claro que não.

Axel se afasta para entregar as músicas ao DJ, um amigo dele. O restante de nós se senta a uma mesa de canto; tiramos guardanapos amassados e migalhas da superfície. Quando ele volta, desliza em uma cadeira entre mim e Yusuf. Ele me conta que foi criado em casas assim em Estocolmo. Quando era adolescente, andava no guidão da bicicleta de um amigo pela cidade — em direção à música, onde poderia desaparecer. Sentia seu poder como algo vagamente religioso. Algo a ser experimentado em congregação, com outras pessoas.

— Todo mundo aqui — ele diz, indicando as pessoas — vai ficar até fechar, até serem forçados a voltar pra casa. E aí vão voltar na noite seguinte, e na outra. Me diz que isso não é adoração.

Uma das minhas músicas começa a tocar e a pista de dança cintila como luz em escama de peixe. Um casal se esfrega um no outro, se mexendo como se fosse sua última noite na Terra, se rendendo a forças maiores que eles. Abandono total. Um instinto básico, primário: se perder, e ser encontrado outra vez pela libertação.

Axel também está observando o casal.

— Olha só — ele diz. — Essa é a sensação que sua música causa, como ela faz a galera se mexer.

É demais. Tenho que estar lá dentro.

— Vem. — Pego a mão dele.

— O que você tá fazendo? — ele pergunta. Mas não solta minha mão, só olha para baixo, confuso.

— Vamos dançar.

Yusuf aponta para a expressão de pânico de Axel e ri com Oskar.

— Por que vocês estão aí sentados? — pergunto.

— Essa eu tenho que ver!

— Bom, *eu* não vou mais ver.

Solto a mão de Axel, mas o suor dele permanece na minha até secar. A multidão se abre para mim. A batida empurra meu quadril para um lado, depois para o outro. Minha mão flutua sobre a cabeça. Estou derretida; partes de mim se soltam e são levadas para longe. Neste momento, minha voz jorra pelos alto-falantes, meu corpo transcende barreiras, penso: *estou viva, tinha esquecido e agora me lembro, sou muito agradecida.*

Lá fora no frio, aperto o casaco junto ao peito, fico dando pulinhos, depois acendo um cigarro. Sei que faz mal para mim, mas sempre quero as coisas erradas, as coisas que esquentam meu sangue.

Pat sai para se juntar a mim, enfiando as mãos na jaqueta.

— Mandei as mixagens preliminares para o Lyle e para os outros executivos — ele diz. — Eles estavam nervosos, e quis assegurá-los de que as sessões estavam correndo bem. Eles gostaram. Acho que vão querer todas no álbum.

Eles gostaram. Aos poucos, isso é assimilado. Ele continua:

— Tomara que a gente consiga lançar o primeiro *single* e o clipe no inverno. Não dá pra ter certeza, mas acho que a gente consegue. Acho que temos sucessos aí. E quer saber? Tudo o que aconteceu lá com a Gwen e o Wes... olha, acho que as pessoas vão ficar interessadas por você. Se deram limões, agora vamos fazer uma limonada.

Reflito sobre isso.

— Já ouviu falar daquele mito?

— Que mito?

— Não lembro o nome do rei, mas a punição eterna dele é ficar numa piscina de água que ele não pode beber, embaixo de uma árvore com todos os tipos de fruta que ele não pode comer. Elas estão ali penduradas, mas fora de alcance.

— Você é o cara morto ou a fruta nesse cenário? — Pat pergunta.

— O cara morto — digo, mas depois mudo de ideia. Sou a fruta.

NÃO PERTURBE

Amber Young   Faixa 1 de *Amber Young*

Produzida por
Axel Holm e Yusuf Hassan

3 de abril de 2001

[*Intro*]
Viu aquele aviso na minha porta?
Não vou mais deixar você me perturbar
Não!

[*Estrofe 1*]
Ouvi você falando de mim
Você acha que pedi isso (Oh)
Não vou esperar para ver antes de julgar (Não!)
Como posso esclarecer os equívocos?
Você faz perguntas demais

[*Refrão*]
Viu aquele aviso na minha porta?
Por favor, não me perturbe mais
Está fechada agora, o quarto é meu
Não vou te mostrar o que tem nele

[*Estrofe 2*]
Saia do meu ouvido
Você está me chamando disso e daquilo (Oh!)
Não vou esperar para ver antes de julgar (Não!)
Como posso esclarecer os equívocos?
Você faz perguntas demais

[*Refrão*]
Viu aquele aviso na minha porta?
Por favor, não me perturbe mais
Está fechada agora, o quarto é meu
Não vou te mostrar o que tem nele

[*Ponte*]
Preciso ser sincera...
Tem alguma coisa rolando neste quarto
Mas o que é para você?

[*Refrão*]
Viu aquele aviso na minha porta?
Por favor, não me perturbe mais
Está fechada agora, o quarto é meu
Não vou te mostrar o que tem nele

INFORMAÇÕES

ANOTAÇÃO GENIUS **3 contribuições**

Não Perturbe é a música de abertura e o segundo *single* do álbum de Amber Young que leva seu nome, *Amber Young* (2001). Fãs especulam que é sobre o que estava acontecendo na imprensa na época, envolvendo Young e Wes Kingston, do ETA, o que Young depois confirmou.

2000

Los Angeles

SOU UM CIBORGUE. TENHO LENTES DE CONTATO vermelhas e estou usando um maiô metálico. Durante um breve intervalo da gravação, sou levada do estúdio para meu trailer no estacionamento. Wes está esperando lá dentro. Quando abro a porta com força, ele acorda, bocejando. Seu cabelo está arrepiado para todas as direções.

— Quantas horas você ficou fora?

— Sei lá. Umas cinco ou seis.

— Foi mal, vou assistir.

— Tudo bem.

Ele me puxa para seu colo.

— Eu quero assistir.

— Vamos terminar em algumas horas mesmo.

Ele deve estar sentindo a irritação que estou tentando esconder. Me inclino para frente para mostrar para ele minhas lentes de contato de perto.

— Bizarro. — Ele beija meu pescoço. — Essa é a música que você escreveu com o Axel?

— Não é essa.

A Lolli decidiu que *Mais uma Chance* será o primeiro *single* do meu novo álbum. Lutei por *Não Perturbe*, a música que sou coautora, mas Lyle diz que *Mais uma Chance* é um sucesso na certa, então, em uma sala de reuniões cheia de homens, fui derrotada. Tenho receio de que Lyle agora diga que sou difícil. De que a opinião dele se disperse pela indústria. Ele sempre está chamando as mulheres de difíceis e exigentes — não passam de eufemismos para vadia.

— Bom, Axel falou sobre você ao telefone. Outro dia, sabe, quando eu e o Ty ligamos pra ele pra trocar umas ideias.

Isso me deixa chocada e animada ao mesmo tempo.

— O que ele disse?

— Você conhece o Axel. Ele não é de falar muito. Mas a gente falou sobre como você é talentosa, como todo mundo te subestima. Até eu. — Ele puxa meus quadris. — A gente pode tirar essa roupa?

— Não, levou uma vida pra colocar. E tô me sentindo gorda. É tão apertada.

— Tá bom, você não tá gorda. Sabe que não está.

— Só estou dizendo que é desconfortável.

Ele suspira.

— Às vezes acho que você só diz que é feia pra que eu diga que você não é.

Isso às vezes é verdade, mas não neste momento. Eu o encaro e não tenho certeza do que somos um para o outro. Quero saber. Quero que ele finalmente desenhe um círculo a meu redor e diga: minha.

— A propósito, você falou com o Mike sobre a gente entrar juntos no AMA.

Por um instante, ele não responde. Suspira, mas o que está dizendo mesmo é: "Não acredito. Isso de novo?".

— Você sabe que a gente tem que esperar.

— O que está te preocupando? Que todo mundo vai achar que você superou a Gwen tão rápido? Que todo mundo vai achar que é *você* o sem-vergonha? — Isso me faz rir.

Ele olha para o estacionamento pela janela.

— Não. Só sei que a SMG não vai gostar.

— O que eles vão fazer?

— Sei lá. Eles podem fazer o que bem quiserem. Por isso estou sendo cauteloso. Você tá me pedindo pra deixar meu selo, meu gerente, minha mãe putos…

Baixinho, quase baixo demais para ele ouvir, digo:

— Só achei que talvez eu valesse a pena.

— Você acha que um relacionamento é desistir de tudo pelo outro, mas não sei se isso é que é amor.

— Não acho isso.

O que acho é que o ETA tem que continuar sendo adequado para pré-adolescentes, e eu sou um lembrete de que ele é um homem que já transa. Essas duas ideias são tão incongruentes — entendo a preocupação do selo dele. A vida privada dele deve apoiar a pública. Ele prefere relacionamentos nos cantos, na penumbra, por causa disso.

— Tá bom.

— Tá bom.

— Amber.

— Eu disse que tudo bem.

— Não parece que está tudo bem. — Ele está parado. Há uma batida à porta e nós dois nos viramos na direção dela. Outra batida, depois a mão de Sonny acena do batente da porta, anéis dourados brilham sob o sol.

— Já vai! — grito, saindo do colo de Wes. Ele ainda está segurando minha cintura. De repente, vejo seus dedões, ali, e talvez minha vida inteira esteja sob eles.

— Será que dá para a gente não fazer isso?

— Fazer o quê? — Tiro as mãos dele, depois puxo a porta do trailer de modo mais brusco do que pretendia. Ela bate atrás de mim, balançando antes de fechar.

— Cuidado — Sonny diz, apontando o queixo para a janela. O papo molenga de seu pescoço balança.

— Com o quê?

— O menino.

— Ele não é um menino.

— Ah, é mesmo? Querida, do meu ponto de vista, ele é um merdinha e sempre achei isso.

— Vou manter isso em mente.

— É, aposto que vai.

Sonny me acompanha de volta para o estúdio, onde meus dançarinos já estão gravando, a maioria deles homens meio metro mais altos que eu. Ensaiamos durante uma semana. A coreografia é intensa, passos bem conhecidos para nossos corpos acompanharem. O diretor também fez *Suor*, mas o orçamento deste vídeo é astronômico. Desta vez, temos cromaqui e efeitos especiais.

Uma profissional de maquiagem retoca minha base e o diretor aponta para a minha marca. O rosto dele é torto, permanentemente sugestivo.

Aponto o queixo para o cromaqui.

— É ali que a cidade gigante vai estar?

— Isso, ali mesmo.

— Quero que pareça futurística, como *Blade Runner*.

— Pode deixar. Você é a ciborgue sexy e má que vai invadir a metrópole, capturando todos os homens que tentaram te controlar. Vai ficar fabuloso. Vamos filmar o plano geral primeiro, tá bom?

Wes emerge do meu trailer e me assiste de trás da cadeira do diretor, beliscando um sanduíche de peru e um pacote de salgadinhos. Ele pega um punhado e lambe o farelo amarelo dos dedos. Trocamos olhares entre as tomadas. Lembro como, quando transamos pela primeira vez, eu estava louca para me unir com ele. O lençol entre nossos corpos era espesso demais — queria que ele se esmigalhasse. O primeiro amor é voraz assim. É faminto. É de consumir a ideia de outra pessoa até os dentes morderem um osso inesperado.

Durante a maior parte da infância, Wes morou sozinho com a mãe e dois chihuahuas chamados Pérola e Grená. Depois que os pais se separaram, a mãe pulou de homem em homem. Ele não se lembra da maioria deles. Apenas um rosto é nítido: o homem que apresentou a sua mãe a igreja enorme com uma cruz visível da estrada, o pregador com a voz de deus. Esse ciclo de homens fez Wes pensar que o amor era uma perda contínua. Ele viu a mãe arrasada no sofá, chorando no quarto, sem conseguir dormir, comer ou fazer qualquer coisa, e não entendia como ela continuava se sujeitando a isso. Ele a culpou por não parar de tentar lhe dar um pai, sendo que ele era mais do que capaz. Quando ajudou a pagar as contas médicas, quando ganhou o *Star Search*, quando foi descoberto através das paredes daquele apartamento lúgubre em Los Angeles, ele sentiu que tinha emergido da infância como o próprio pai e a mãe, o irmão e a irmã — ele foi todas as coisas para si mesmo de uma vez. Então o medo não é só de perder tudo com um passo em falso. O medo é que talvez ele precise mesmo de outras pessoas.

TRANSCRIÇÃO DE RÁDIO

JANEIRO DE 2001

Entrevistador: Perguntamos às pessoas o que elas achavam de algumas de suas roupas.

Amber Young: Tudo bem.

Entrevistador: Aqui está a resposta de uma delas. Você vestiu isso no *Billboard Music Awards*. Esse vestido simples. E uma pessoa disse: "Ela nasceu nisso aí?".

AY: Há. Que engraçado.

Entrevistador: Isso não te incomoda?

AY: Não. Tipo, não tem como controlar o que elas pensam. A única coisa que posso fazer é usar coisas que me fazem sentir bem. Eu me senti bem nesse vestido. A estilista com quem trabalho — na verdade, o nome dela é Brenda. Obrigada, Brenda —, a gente escolheu juntas e eu amei. É um vestido especial pra mim. Foi a primeira vez que fui convidada.

Entrevistador: É, mas e se crianças te ouvirem no rádio e quererem copiar o que você está fazendo? Você usou aquilo para chamar atenção?

YA: Para chamar atenção, não.

Entrevistador: Tudo bem. Houve muitos boatos sobre você e Wes. A música da Gwen *Toca e Vai* é sobre a situação toda?

AY: Na verdade, essa música foi gravada antes, então não sei por que todo mundo acha isso. Somos todos bons amigos. Eu e Gwen somos muito próximas.

Entrevistador: Então, sem drama nenhum?

AY: Nenhum.

PRÉ-REFRÃO

2001

2001

Los Angeles

CELEBRIDADES FLUTUAM PELO TAPETE EM FRENTE ao Auditório Shrine. Quando nos cruzamos, Savannah se desequilibra no salto e me abraça. Dois guarda-costas discretos a seguem. Agora ela é monônima. Só Savannah. Me pergunto se ela se sente sozinha só com esse único nome, se ela se sente constrita por ele.

Uma jornalista enfia o microfone na minha cara e pergunta quem estou vestindo. Juntas, olhamos para o top de pele de cobra falsa e a calça combinando, que alarga na altura dos tornozelos. Estou trêmula tentando interagir com ela. A fome revira meu estômago — evitei ficar comendo muito por dois dias. E as vozes chegam todas ao mesmo tempo, de todas as direções. *Olhe para cá, Amber! Amber, aqui! Amber, você está animada para se apresentar no AMA? Amber, para direita, por favor. Amber, sorria para nós. Aqui. Vire para cá. Já viu a Gwen? Amber, está animada para se apresentar hoje? Amber, sorria! Aqui! Olhe para cá. Para sua esquerda.*

Sinto o calor de uma mão na minha cintura. Uma âncora. A meu lado, Gwen sorri. Ela acena com calma para os fotógrafos.

— Acho que vou morrer — ela sussurra para mim. — Falando sério desta vez. Tive dor de cabeça a semana inteira.

— Você pode vir aqui, Gwen? — A assessora dela aponta para um entrevistador no tapete.

Ela aperta minha mão e a solta. Os fotógrafos dão curto-circuito por causa disso.

No auditório, um lustre elegante pende do teto. Gwen é uma cabeça pálida do outro lado do recinto. Longe demais. Wes está sentado com o resto do ETA na fileira atrás de mim. Tento atrair sua atenção. Ele está falando com outra pessoa, todo entrincheirado na conversa, mas seus olhos ficam zanzando na minha direção. Uma hora ele sai de sua fileira e me encontra no corredor. Fecho os olhos por um instante, depois pergunto se ele vem me encontrar no banheiro.

— Agora? — ele pergunta, baixinho.

— Por favor.

Ele concorda. Vai alguns minutos depois de mim. Pelo auditório, pelo corredor, até o banheiro vazio com seu espelho enganador. Fecho a porta do cubículo e me afundo no chão. Por fim, ele se espreme lá dentro e pega minha mão. Digo para ele que vou vomitar.

— Você vai ficar bem — ele diz com firmeza.

— Estou dizendo que não vou conseguir.

— Você já esteve aqui antes.

— Mas nunca cantei.

— Gwen vai estar na plateia. Ela quer te ver.

— Olha, não vai dar. Ensaiei e meu corpo sabe o que fazer, mas já dá até para ouvir o que vão dizer. Ainda mais se eu fizer merda. Qualquer coisa que eu for, qualquer coisa que eu fizer, vão achar uma coisa pra odiar. — Encosto a cabeça na parede. — Já ficou assim antes?

— Todo mundo fica assim. Você tem que se forçar. Já disse.

— Não posso ficar sentada lá. Tô tremendo. — Levanto a mão para mostrar para ele. — Preciso de um tempinho. Desculpa, desculpa, desculpa. — Quantas vezes repito isso? O bastante para ele destrancar a porta. Me pergunto se ele me seguiu só porque pensou que eu queria transar.

Estendo a mão para ele.

— Espere. Fique. Por favor.

— Eu tenho que ir, Amber. Vá para os bastidores. Faça o aquecimento. Ouça uma música, vai te ajudar.

Ele pega meu rosto entre as mãos e me beija. O calor de sua boca permanece alguns segundos, e se vai. Duas mulheres entram no banheiro. Eu as observo pela fresta da porta. Elas retocam a maquiagem e começam a fofocar. Só consigo ouvir o fragmento de uma frase: "...vestida como uma prostituta". A outra ri, a porta bate. Conto até 500 com a cabeça entre os joelhos e encontro Dale esperando por mim no corredor. Ele fica na sombra de qualquer porta que fecho.

Nos bastidores, Sonny está frenético, alegando que causei meio ataque cardíaco nele por ter sumido. Faço o aquecimento em uma cadeira enquanto minha maquiagem é retocada. Ando de um lado para outro com meu nebulizador. Então enfio a mão na bolsa, revirando feito louca, jogando lixo para fora. Encontro no fundo o pedaço de papel que estava procurando, amassado em uma bolinha. "Para Amber", está escrito. Com o dedão, traço os rabiscos que Axel fez.

— Lá vamos nós — Sonny diz, esfregando meus ombros. Um produtor me entrega o receptor de ouvido e me guia para as coxias. O apresentador está me anunciando. Entro no palco no momento exato.

Não lembro muita coisa desta apresentação — apenas Wes se retirando e a batida da porta. Não canto para mim, só quero que Wes assista. Os olhos dele são como ganchos no meu corpo. Prendem, me puxam para baixo. E no tumulto da apresentação, sinto um minuto de silêncio no peito. Que me diz que eu não deveria ter mostrado meu verdadeiro eu para ele, porque agora ele virou as costas.

Pela manhã, estamos em um carro quente, nossa pele colada nos assentos de couro grudentos. Serpenteamos as colinas e estacionamos em um mirante. O sol derrete o gelo do meu café, formando uma camada de água leitosa, e todo o sabor já despareceu quando dou um gole.

Devagar, ele diz:

— Está tudo diferente agora.

Digo para ele que sei disso. Está diferente mesmo. Encosto em seu peito. Fecho os olhos e escuto sua pulsação. Leve, rápida. Nunca vacila. Ele está distraído, passando a mão no meu cabelo.

— Talvez a gente seja muito parecido. Queremos a mesma coisa ao mesmo tempo. Ou talvez a gente evidencie o pior um do outro. É o que parece. Tá tudo aumentado. Sinto mais de tudo por causa de você, e isso inclui todos os sentimentos ruins.

— Todos os sentimentos ruins são resultado de circunstâncias externas. Tá tudo aumentado porque está tudo exposto. — Aponto para a janela. — Você tá tomando uma decisão por causa do que todo mundo pensa sobre mim, não pelo que você pensa. Ou talvez seja a mesma coisa.

As mãos dele estão nas minhas costas, desenhando círculos. Giro em seus braços, como um golfinho passando por um arco.

— O que você achou que ia acontecer? — pergunto.

— Sei lá. Eu só queria ficar com você — ele apenas diz.

— Você poderia mudar de ideia.

Ele se recosta no encosto de cabeça. Bate a cabeça nele algumas vezes. Arrumo seu cabelo para trás.

— Já me decidi.

— Quando você se decidiu?

— Ontem à noite.

— Não foi antes?

Ele balança a cabeça. Algum órgão se torce em meu peito. Há tantas verdades: pode ser que ele me ame um pouco; não é o suficiente; não há como ele mudar de ideia; ele não é de todo ruim nem de todo bom; é uma pessoa que fez uma escolha. Mas nós precisam ser desatados. Eu me desrespeitei, e a necessidade dele de sigilo refletiu isso, então deixei a coisa se arrastar sem fim, porque confirmava o que sempre suspeitei.

— Você me ama? — pergunto.

— Amo.

Mas soa como um eco.

— Mas não posso... não posso fingir que a pessoa com quem estou não tem importância — ele continua. — É horrível, eu sei. Mas a gente já conversou sobre isso anos atrás. Dissemos que a gente ligava. Dissemos que importava com quem as pessoas iam ver a gente.

— Nunca pensei que eu seria a pessoa de quem você teria vergonha. Sei que você acha que sou uma vadia, mas eu me apresentei no AMA ontem à noite. Ou será que você não estava assistindo?

Ele suspira.

— Não é assim que eu te vejo, longe disso. Quando te vi pela primeira vez, achei que você... sei lá.

— Você viu a Gwen.

Ele balança a cabeça.

— A Gwen não estava. Você estava nos bastidores sendo maquiada para o *Star Search*. Sua mãe estava com você.

— Ah.

O sol baixou sobre as colinas para descansar. Estamos desolados, piscando devagar um para o outro. Não há outra direção para a qual olhar, então só ficamos cavando o passado, nós dois chorando, nós dois fazendo barulhos constrangedores, infelizes.

— Penso no seu aborto de vez em quando. — Ele enxuga o rosto com a camiseta. — Sei que foi duro eu não estar lá. Você vai me culpar para sempre por isso?

— Talvez — reconheço. — Não sei. Eu odiei muito quando você me contou como sua mãe ficou chateada. Por que você falou pra ela? Tipo, como isso ajudou? Isso fez com que eu não gostasse da sua mãe, pra ser sincera. Acho que posso te dizer isso agora.

— Ela também não gosta de você.

— Tudo bem.

Ficamos em silêncio por um momento.

— Por que ela não gosta de mim? Ela nem me conhece.

Ele suspira e passa as mãos no volante.

— Ela mencionou alguma coisa que leu sobre você. Você estava falando sobre uma sessão de fotos e disse que não é problema seu a maneira como as pessoas reagem a você. Ela ficou irritada. Disse que você estava implorando atenção e depois reclamando dela.

— Bom, sinto bastante vergonha e culpa, tá? Ela pode ficar tranquila.

— Todo mundo sente. Eu tenho que lidar com as minhas merdas também.

Olho para ele, incrédula. Sinto como se Gwen, a força bruta dela, tivesse despertado meu corpo.

— Quando assinei com a Lolli, me perguntaram se eu era virgem. Quando respondi que não, achei que eles iam pirar. Mas ficaram tão felizes. "Que bom!", foi o que disseram. Mas tudo bem. Não fiz nada de errado. Sei que não.

— Eu me senti culpado também quando nossas fotos saíram.

Apoio os pés no painel.

— Sério? Eu não me senti nem um pouco culpada. Me senti feliz por estar com você. Feliz que todo mundo finalmente sabia. Só me senti culpada quando, tipo, foi imposto a mim pelo mundo inteiro. Comecei a acreditar que de fato era a outra mulher, que tinha destruído um relacionamento real.

Ele olha para as mãos.

— Tenho a sensação de que tudo era melhor antes de a gente ficar junto. Quando era só uma ideia, sabe?

— Pode ser. — Mas ele tem razão, era mesmo. — Você acha que a gente deveria voltar?

Isso pode significar qualquer coisa. Voltar para o tanque de águas-vivas. Voltar para a piscina do hotel, a água límpida e parada antes de nós a perturbarmos.

— Mais um tempinho — ele diz. — Vamos ficar mais um tempinho.

Observamos a última luz do sol. Por fim, ele vira a chave na ignição. Agora, a noite está espalhada a nosso redor, como se uma fogueira tivesse sido apagada. O carro faz a curva morro abaixo, o aglomerado de cidade adiante. E me lembro de passar por esta estrada anos atrás, durante meu primeiro verão em Los Angeles, quando toda a minha luxúria fluía nesta direção, como afluentes para um lago.

2001

Los Angeles

POR UM TEMPO, CADA DIA É REPLETO DE PEQUENAS agonias. Mas o tempo desgasta nossa relação, levando cada vez mais. Quando semanas se passaram e eu não chorei por um ou dois dias, acho que acabou e já era, talvez eu seja forte, talvez eu tenha cicatrizado, mas aí uma música do ETA toca no rádio e estou na cama, soluçando. Os intervalos vão ficando maiores. Vão ficando tão grandes que uma semana sem chorar se transforma em um mês, até que eu seja arremessada de novo.

Logo é primavera. Em Los Angeles, há uma brisa tímida, nuvens instáveis. Gwen tem um raro dia de folga, e eu acabei uma entrevista com a KIIS-FM. A campanha de marketing do novo álbum, *Amber Young*, está prestes a começar. Haverá uma festa de lançamento em Nova York. Apresentações em programas, *Rosie O'Donnell, Live with Regis and Kelly, TRL, Top of the Pops.* Carrego minha expectativa comigo; meus nervos me mantêm acordada à noite. Tomo banhos quentes de banheira e prendo a respiração o máximo que consigo, e quando emerjo, digo para mim mesma que o universo se movimentou um pouco, e nesse mundo meu álbum vai ser um sucesso.

Mas, por enquanto, trégua. Gwen e eu passamos algumas horas relaxando em boias na piscina dela. Ela está com um boné sobre os olhos. Folhas flutuam na água. De vez em quando, Gwen vai até elas e as pega, uma por uma, jogando-as de volta na grama. O cachorro adotado dela vai trotando para cheirá-las.

— Tive um sonho ontem à noite — ela diz. — Tammy estava fazendo uma turnê com você, por algum motivo. Você disse que o mundo estava acabando e eu tinha que entrar num avião ou nunca mais veria nenhuma de vocês de novo. O avião caiu no mar. Dizem que não dá pra morrer em sonho, mas eu sempre morro. Morro, morro e morro toda vez. — Baixinho, ela acrescenta: — Sabe, tem sido difícil. Com a Tammy.

Nossas boias se batem uma na outra.

— Como assim?

— Mike me ameaçou. Me fez demitir ela. Ela foi fazer a turnê com Sol Sister uns meses atrás. Logo depois que você foi pra Oslo, na verdade. Foi quase ao mesmo tempo.

— Como assim, ele te ameaçou?

Ela dá de ombros, mas esse é um gesto para mascarar. Gwen se reveste de verniz. Ela foi ensinada a se negar, a endurecer. Posso ver como é difícil para ela, mas também que está desesperada para abrir os punhos.

— Ele disse que a gente estava muito próximas.

— Sinto muito.

— Tudo bem.

— Não tá tudo bem. Você sempre diz isso. Pode me contar.

— Vai mudar o jeito como você me vê.

— Não vai mudar nada.

— Como você sabe?

— Porque eu sei, Gwen.

Ela se vira de barriga para baixo, passando os dedos na água. A borda do boné resvala na superfície. Ela conta que a Tammy estava dormindo em sua cama e faz uma pausa nesse ponto, olhando para mim. O que ela espera ver? Choque? Medo? Encontro seu olhar, aperto sua mão, um estímulo para ela continuar. Notei os puxões entre ela e Tammy, os pequenos ajustes que fazem para ficar perto uma da outra. Reparo em tudo o que ela faz. Então sei que ela não quer uma reação efusiva minha. Apenas o aperto e nossos olhares fixos: estou vendo você, vendo por inteiro.

— Tudo bem — digo. — Tudo bem. Pode continuar.

Ela respira fundo e continua a história. Elas estão na cama. Gwen está passando o dedo pelas tatuagens nas costas de Tammy, maravilhada com como mudam quando ela se mexe. Tammy diz que a ama, bem baixinho, e Gwen ouve. Ela fica petrificada. Enquanto eu tento agarrar o amor, Gwen cruza os braços — sempre fomos assim.

Gwen repousa a palma da mão na superfície da piscina.

— Não consegui falar a mesma coisa, então só fiquei lá deitada, enquanto ela chorava. Eu fiquei só parada lá. E eu amo ela também, essa é a questão. Mas não consegui dizer, porque dizer para ela seria soltar no mundo. Você é a primeira pessoa para quem conto além de mim mesma.

— Talvez ela saiba.

Ela balança a cabeça.

— Amber, eu *demiti* ela. E fico pensando no que teria acontecido se eu tivesse me permitido. Se eu tivesse mandado Mike à merda. Me acho tão forte, mas aí magoo as pessoas. Parece mais uma fraqueza pra mim.

— Você tentou ligar?

— O que eu iria dizer? Eu te amo, mas sou uma das pessoas mais famosas do mundo e se eu começar um relacionamento, ainda mais um como esse, as pessoas vão falar, e vão ser invasivas, e não quero fazer você passar por isso? Sendo egoísta, que eu não quero me colocar nesta situação?

— Isso, você podia dizer isso aí.

Ela suspira, e algo dentro dela se parte. Um deslocamento, um fluxo de lágrimas que ela afasta às pressas.

— Não tem por quê. Enfim, estou saindo com outras pessoas.

— Está?

— Tem uma pessoa na minha equipe da turnê. E uma pessoa em LA, quando estou aqui. — Ela sorri. — Mulheres sabem muito bem o que fazem.

— Ai, meu deus, me conta mais.

— De jeito nenhum. — Então ela ri, mas a risada tropeça num soluço. — Olha só pra gente. Somos um desastre.

Ela larga a boia, andando na água e recolhendo folhas, girando os cabinhos entre os dedos.

— Sabe o que eu acho? Acho que a gente deveria sair. Você tá triste, eu tô triste, e quem sabe a gente não fique menos triste. Tem uma garrafa no meu armário de bebidas.

— Ótima ideia, Gwendolyn.

Nos servimos de vodca em um recipiente qualquer que ela tem, que não são muitos, já que ela nunca está em casa. Ela bebe de um pote de Tupperware; eu uso um porta-escova de dentes. Gwen escreve uma cantiga enquanto tomamos as doses.

— Você diz: "Estou tão triste", daí eu digo: "Estou tão triste", a gente brinda e juntas dizemos: "Estamos tristes pra caralho". E aí vira. Tá bom?

— Estou tão triste!

— Estou tão triste!

— Estamos tristes pra caralho!

O álcool desce por nossas gargantas. Nós duas fazemos careta e amenizamos o efeito com suco de laranja de polpa.

— Será que acabei de criar um sucesso? Liga pro Axel. Vamos ligar pro Axel!

— *Não*, Gwen. — Mas ela já foi, com o celular no ouvido.

— Não esquenta. Ele não tem graça. — Ela sorri como se fosse uma criança, o que, na verdade, nunca foi. — Axel, você não vai acreditar quem tá aqui comigo. Amber tá aqui e a gente acabou de criar seu próximo... Ah, merda tá na caixa postal. Que droga. Será que a gente canta para ele mesmo assim?

Aproveito a chance para tirar o celular da mão dela.

Mais tarde, no carro, estamos relaxadas. Ela está encostada na janela, com a mão para fora contra o vento.

— Que incrível — ela diz, sonolenta.

— O quê?

— Que somos amigas. Uma indústria inteira quer que a gente se odeie. Pode ser que a gente tenha se odiado, um pouquinho. Mas também nos amamos de verdade.

Pego a mão dela e aperto. Fora da boate, câmeras quase empalam o para-brisa. Gwen faz caretas com os flashes, os barulhos nos espancam enquanto o guarda-costas dela abre o caminho. Ela começou a ter medo desses homens. Não só porque eles a ficam seguindo para todos os lugares, para abastecer, fazer as unhas, mas também porque a cada dia eles se aproximam mais, encorajados. O guarda-costas nos empurra através de uma porta lateral, por um corredor deserto em direção ao caos. Ela voa para a pista de dança como um cometa, e onde aterrissa, há uma cratera de um bom tamanho para dançarmos. As pessoas nos olham uma vez. Duas vezes. A multidão toda olha por cima do ombro. O nome dela reverbera nos corpos. Um homem a chama. Ele é pálido e usa uma regata e calça jeans *baggy*. Ela não só revira os olhos, também o corta com eles, como se ele fosse uma árvore que ela acabou de derrubar.

Começa uma música nova, um remix da música de Gwen *Tá Falando Sério?* — é claro que o DJ a viu. E nós nos soltamos, nos transformando em meninas de vinte e poucos anos. Meninas capazes de tomarem um porre fenomenal, de se chocarem contra uma noite que pode se estilhaçar. Estamos radiantes, com uma animação rara e especial: para variar, não nos importamos com as impressões que vamos deixar. Talvez as fotos tiradas lá fora vão parar em um tabloide amanhã, mas vivemos à espera dessa cobertura, nos preparamos para isso. Ainda vamos passar muitos anos fazendo isso. Hoje, vamos nos mover tão rápido que qualquer fotografia ficará embaçada. Seremos manchas de luz.

Gwen se cansa primeiro. Ela se joga em um sofá, puxando minha mão para que eu a siga. Nossas bebidas entornam.

— Opa. — Ela limpa tequila da mesa com a manga da blusa. — Mike quer que eu faça um filme. Te falei?

— O que você quer fazer?

— Qualquer coisa, menos um filme. Tenho pavor. Já me sinto uma personagem interpretando outra personagem. Com tantas camadas. Enfim, o roteiro é uma merda. É sobre uma menina que sonha em estrelar na Broadway e se muda para Nova York. — Ela bufa perto da bebida. — Eu diria para essa menina ficar em casa.

— Ir pra faculdade.

— Não diga sim pro primeiro empresário que quer te aceitar.

— Não fique com o cara com quem você tá fazendo turnê.

Morremos de rir. De repente, a boate é familiar. A risada me faz cair na real. Mais de dois anos atrás, estive aqui com o ETA, me derramando com uma bebida nas mãos de Wes — toda vez que ele se movia, eu me virava em sua direção.

— Já vim aqui antes.

— Com quem?

— Com o Wes.

— Ah. — Ela franze a testa. — O que foi que rolou com ele, de verdade?

— Nem sei. Talvez eu só quisesse que ele me amasse.

— Acho que ele ama.

— Duvido.

— Eu só queria entender, tipo, *por que* algumas pessoas trabalham juntas? Eu e a Tammy somos superparecidas, e ela me viu e toda a minha ansiedade, e foi tipo, beleza, eu te entendo. Minha mãe e meu padrasto, o primeiro, não esse de agora, também são muito parecidos, mas eles viviam brigando, roubando um ao outro, era horrível.

— Pode ser que as pessoas diferentes precisem de coisas diferentes.

— É, pode ser. E aí, do que você acha que precisa? O que você acha que poderia oferecer para outra pessoa?

— Achei que você estivesse bêbada.

Ela sorri com prazer.

— Fico muito filosófica quando tô bêbada.

Neste instante, um rosto familiar surge, pairando na escuridão. Ele tem uma coleção de características como uma propaganda repetida. Nicky Land, o ator. Ele estende a mão e nós duas a apertamos. Seu rosto e braços são mais alaranjados do que a palma das mãos, que são muito pálidas. Seus olhos me lembram praias do Nordeste no inverno.

— Sou grande fã — ele diz.

— Meu ou dela? — Gwen pergunta.

— Das duas.

— Ah, droga — digo. — Gwen, você acha que a gente deveria deixar ele sentar com a gente?

— Pode ser. — Quando ele está de costas, ela fala sem emitir som: — Você deveria transar com ele. — Ela chega para o lado para ele se sentar. Passa a mão no couro escuro.

— Vou pegar uma outra rodada para a gente primeiro — ele diz, chamando a atenção do bartender. — Vodca? Tequila?

Dizemos que qualquer um dos dois está bom. Para ele, falo sem emitir som "água" e aponto para Gwen.

Assim que ele sai, ela se vira para mim, abaixando a voz:

— Quem é ele mesmo? Já vi ele antes.

— Nicky Land. Ele tá naquele filme da franquia sobre o explorador. Sabe? O explorador com o mapa-múndi tatuado no corpo. Ele olha para o mapa pra se localizar e fala tipo: "Vamos para o Norte!".

— Você tá zoando.

— Ainda não viu esse filme?

— Hã, não.

Quando Nicky volta, está segurando três doses. Suas mãos são cobertas de tatuagens, cheio de anéis nos dedos.

— Aqui — ele diz, colocando os copos no centro da mesa. — Esse é pra você, Gwen.

Ela dá um gole e faz careta.

— Mas é água.

— Ouvi por aí que vocês duas não se suportam — Nicky diz.

— Você acredita em tabloides? Não deveria cair nessa — digo.

— Verdade — ele admite.

— E você? — Gwen pergunta. — Fale sobre você.

Ele dá de ombros e gira um anel no dedo. Mas não sei dizer se está sendo humilde — ele gosta muito de preencher o espaço consigo mesmo. Faz pausas dramáticas, sai pela tangente. Seu começo humilde: nasceu numa fazenda de gado em Queensland e acabou caindo de paraquedas em uma novela australiana quando tinha quinze anos. Com relutância, ele direciona a conversa de volta para nós, perguntando se nós duas realmente nos relacionamos com Wes Kingston daquela banda de meninos. A filha dele é apaixonada por ele, é o que diz.

Gwen concorda.

— Sim. As duas.

— Cara de sorte.

É fácil, atração superficial — posso entrar na água e ainda ver meus pés. Ele pede meu número quando estamos indo embora, e escrevo na palma da sua mão, que é áspera e calosa — experiência prática na pele. As mãos do Wes eram macias como de bebê.

Digo para ele que, na verdade, vou viajar para Nova York de manhã.

— Ah — ele diz. — Vivo indo para Nova York.

— Depois tenho que ir para a Europa.

— Ah — ele diz de novo. — Vivo indo para a Europa.

Nossos olhares se encontram e sorrimos.

Canto *Última Chance* no TRL. Depois, fico andando de um lado para outro no camarim. O número internacional foi escrito em um pedaço de papel pelo Pat, que tem uma letra pavorosa — não sei identificar se os traços são sete ou um. Quase desisto. Mas Gwen perguntaria. Wes também perguntaria. Então reúno a coragem. O telefone toca, e toca, e toca. Disco de novo, substituindo os setes por uns desta vez.

— Alô?

Meu estômago revira.

— Axel?

— Amber. — Ele parece surpreso de verdade ao me ouvir. — Parabéns. Ouvi dizer que a música tá indo bem. Você trabalhou duro.

— Um elogio?

— Sou capaz de elogiar. Curta a noite. Espero que esteja comemorando.

— Espera. Pode abrir o jogo comigo sobre uma coisa?

— Claro.

— Você acha que *Não Perturbe* é a melhor música? Queria que ela fosse o primeiro *single*, mas pode ser que meu instinto esteja enganado. Lyle disse que não era um sucesso, que eu estava me enganando.

— Você não tá errada. Você nunca confia em si mesma. — Ele pausa. — Acho que é a melhor música sim. E eu escrevi as duas, então você sabe que tô dizendo a verdade. Estou escolhendo o filho favorito, mas é isso, gosto um pouco mais de um filho.

— Tenho a sensação de que deve ser a pior música do álbum, se eu te ajudei a escrever.

Ele ri.

— Amber, você se enxerga, mesmo? Você tem um contrato para um álbum. Tem produtores como eu. Tem todo um time por trás de você. A maioria das pessoas não tem coisas assim.

— Acho que a Lolli deveria lançar ela como o segundo *single*. Acho que eu deveria estrear ela hoje à noite.

— Bom, é você quem manda.

— Quem manda? Gostei.

— Que bom. — Então, com seu jeito direto, ele acrescenta: — Vou nessa.

Nos despedimos. Digo para Sonny que quero mudar a lista das músicas para o *SNL*. Perscruto seus olhos, como se desviam e então se voltam para mim. Ele dá de ombros, diz que se eu estou segura, tudo bem. Digo para ele que estou. Estou segura.

Estou apaixonada de novo: por este novo álbum, *Amber Young*, e como me faz sentir ao cantá-lo. A simplicidade da capa, que é uma foto simples do meu rosto em preto e branco. O giro pelo mundo, uma programação rápida e variante, assim como a de Savannah e de Gwen. Na 14ª posição na *US Billboard 200*. Entre as 40 mais tocadas no rádio. Não me incomoda não ter o mesmo sucesso que Gwen ou Savannah, porque, para variar, eu me basto; o mundo não me odeia como eu achava que odiava. E quando *Não Perturbe* é lançada como o segundo *single* em abril, atinge a sétima posição na *Billboard Hot 100* e fica no topo das paradas em sete países europeus. Agora a minha parte dos *royalties* vem das letras também, não só por ser a artista. Minha música. Minha. É a música rodeando cada ouvido, levando o país à loucura.

A Lolli planeja minha primeira turnê como artista principal para promover o álbum. Quando Lyle me chama em seu escritório para me contar as boas-novas, digo:

— Te falei sobre *Não Perturbe*, Lyle.

Ele ri. Está muito acostumado com o excesso, não lembra o que é estar faminto.

— Todo mundo tem sorte às vezes, não é mesmo?

Uma menina dá um passo à frente. Tem doze anos, talvez treze. Ela me entrega um pôster com uma foto minha, arrancado de alguma revista. Há quatro pedaços de fita adesiva no verso — estava pendurado em algum lugar, talvez na parede de seu quarto. O resto da fila atrás dela se empurra para frente.

— Qual seu nome?

— Zoe.

Autografo o pôster. *Para Zoe.* Um coração. *Com amor, Amber.* Devolvo para ela.

— Obrigada por ter vindo. Adorei sua bandana. Muito fofa.

Outra menina. Onze, talvez doze anos. Ela tem meu novo CD. Aparelho na boca.

— Qual seu nome? — Ela me entrega o CD e nossas mãos roçam sem querer. Ela se encolhe e olha para a mão, maravilhada.

— Daniela.

— Oi, Daniela. Muito legal te conhecer. — Escrevo *Para Daniela.* Um coração. *Abraços. Amber.* — Espero que você tenha gostado do álbum. Tem uma música favorita?

Ela abraça o CD.

— Gosto de *Não Perturbe.* — Seus olhos se iluminam, animados. — Porque quando ouço essa música no meu quarto, meu irmão sabe que não pode entrar.

— É a minha preferida também. Meu irmão também não podia entrar no meu quarto quando eu era mais nova.

Um menino, acompanhado da mãe. Dez, talvez onze anos. Ele está tremendo como uma estrela distante no céu. Eu me ajeito na cadeira para olhar nos olhos dele.

— Oi, qual seu nome?

Homens musculosos de barba e com jaquetas de couro. Grupos de adolescentes agitados. Um avô com a netinha. Um homem que quer que eu autografe sua bunda, antes de Dale intervir. Meninas prestes a se tornarem mulheres, com o corpo se desenvolvendo, saindo das inseguranças adolescentes. Meninas transbordando de um desejo subterrâneo que não conseguem nomear, mas já conseguem sentir.

2001

Paris, França

DE MANHÃ CEDO, MEU TELEFONE TOCA EM DISSOnância com os passarinhos. É Axel perguntando se estou em Nova York. Digo que não, então, sentindo que há algo estranho em seu tom de voz, pergunto qual o problema.

— Liga a TV nas notícias.

Procuro o controle remoto nas almofadas do sofá. Uma luz intensa vaza por entre as cortinas. Um repórter está falando rápido em francês e não consigo entender uma palavra do que ele diz. A cobertura é de fumaça subindo das Torres Gêmeas.

— O que é isso? O que aconteceu? Teve um incêndio?

Ele me diz tudo o que sabe, que não é muito.

— Quer ficar ao telefone?

— Eu devia fazer outras ligações. Você sabe se o Wes tá em Nova York?

— Não sei — digo. — Já faz meses que não falo com ele.

— Não sabia.

— Tudo bem. — Na televisão, bombeiros arrastam uma mangueira do tamanho de uma cobra gigante pelos destroços fumegantes.

— Bom, tenho que desligar — ele diz depois de um momento. — Tenho que ir agora.

Desligamos. Fico anestesiada, encarando a televisão. Assisto durante horas com Dale e Sonny. Um antes e depois é mostrado, bem diante de nossos olhos.

Não quero viajar de avião quando a turnê começa. Ninguém quer viajar de avião.

Tenho doze anos de novo. Primeira vez em um avião. Minha vida, uma agitação constante das primeiras vezes: menstruação, beijo dentro de um armazém, este voo. Quando foi que gastei todos os meus começos? A rota é de Newark para Orlando, paga pelos produtores do *Star Search.* Minha mãe masca chiclete de nicotina e folheia uma revista. Pressiono as mãozinhas na janela. Nunca me ocorre ter medo. Dela, talvez, mas não do avião cortando o céu. Nasci para isso; estamos seguras nessa barriga de alumínio. Cada movimento que faz é decidido, em rota. O avião está me levando para algum lugar, e nesse lugar novo, talvez eu seja diferente.

ASSUNTO: IDEIAS

De: amberforeveryoung23@yahoo.com
Data: 01/12/2001 23:45
Para: aholm@aol.com

Oi, Axel,

Pat me deu seu e-mail. Espero que tudo bem eu escrever pra você. Tenho algumas ideias e Pat disse que tudo bem eu passar para você. Me avisa.
Amber

Assunto: Ideias
De: aholm@aol.com
Data: 02/12/2001 09:13
Para: amberforeveryoung23@yahoo.com

Cadê as ideias?
Axel

Assunto: Ideias
De: amberforeveryoung23@yahoo.com
Data: 05/12/2001 15:09
Para: aholm@aol.com

Oi, Axel,

É uma música aleatória que não sai da minha cabeça. Tá me deixando um pouco maluca, como você costuma dizer. Talvez eu possa te ligar e cantar pra você alguma hora?

Pro gancho, tô pensando:
Você só está arrancando ervas daninhas
Está vendo as coisas meio vazias
Você tem muitas necessidades

Amber

Assunto: Ideias
De: aholm@aol.com
Data: 06/12/2001 09:13
Para: amberforeveryoung23@yahoo.com

Parece bom. Animado pra ouvir.
Axel

TRANSCRIÇÃO DE RÁDIO

SETEMBRO DE 2000

Entrevistador: Tudo bem, tudo bem, então vamos brincar do seguinte. Vamos brincar de "transar, casar, matar" com o ETA. Vamos começar com os álbuns de vocês. *Tempestade em uma Garrafa, Irmandade, Regresso.*

Alex Kowalczyk: Transaria com *Tempestade em urna Garrafa*, mataria *Irmandade*, casaria com *Regresso.*

Cam Barone: É, concordo.

Entrevistador: Muito bem, agora Amber Young, Gwen Morris, Savannah Sinclair.

(*risadas*)

AK: Você vai arranjar confusão para a gente.

Entrevistador: É só uma brincadeira. É um jogo, meninos.

AK: Eu respondo. Me caso com a Savannah Sinclair.

Ty Jefferson: É só uma oportunidade para ele se gabar.

Entrevistador: Tudo bem, Wes, você.

Wes Kingston: Caramba, não posso responder essa.

TJ: É, não vamos responder essa.

Gabe Barone: Eu digo que casaria com todas elas.

CB: Isso, casaria com todas.

Entrevistador: Wes, quero muito ouvir sua resposta.

WK: É só uma hipótese, beleza?

Entrevistador: Claro.

WK: Tá bem, eu provavelmente casaria com a Gwen. Transaria com a Amber.

(*risadas*)

Entrevistador: Muito bom, muito bom! Por que transar com a Amber?

WK: Ela é muito gostosa, claro. Mas aí eu teria que matar a Savannah, e não quero fazer isso. Beleza, tipo, olha, eu me casaria com todas elas também. Elas são todas incríveis.

TJ: Podemos ir para a próxima?

REFRÃO (REPRISE)

2002

2002

Londres, Inglaterra

AS PORTAS DO ELEVADOR SE ABREM EM UMA RECEPÇÃO rococó. Dale sai primeiro. Ele me guia para a mesa que prepararam no restaurante do hotel, onde jornalistas estão sentados em fileiras de cadeiras dobráveis. Assim que estou acomodada no assento, Sonny bate palmas e vai para trás do púlpito.

— Vamos começar. Aqui. Primeira fileira.

Um homem se levanta.

— Oi, Amber. Apenas imaginando o que há de diferente neste álbum comparado a seu primeiro. Obrigado.

— Acho que este álbum é meu amadurecimento, minha redefinição. É muito pessoal pra mim. Trabalhei com tantos produtores maravilhosos, um monte de gente muito boa, brilhante e acho que ele é muito ousado. Obrigada.

Sonny aponta. Outro homem se levanta. As outras mãos se abaixam, mas não perdem a tensão, já que estão prestes a subir de novo.

— Obrigado, Amber. Minha pergunta é se você planeja se divertir aqui em Londres.

Troco um olhar com Sonny.

— Depende dele — digo e aponto para o púlpito. Os homens todos riem com educação. — Obrigada — acrescento, e o jornalista faz um movimento com a cabeça.

Outro se levanta. O cara pigarreia antes de falar.

— Detesto ter que perguntar, Amber, mas para tirar isso logo do caminho, você está namorando alguém?

Pego a garrafa de água na mesa, abro a tampa, tomo um gole refrescante.

— Não, não estou, no momento. Sério, não tenho tempo pra namorar. Obrigada.

Esse mesmo homem continua:

— O que você diria para as pessoas que pensam que o escândalo Wes Kingston e Gwen Morris foi o único motivo para o seu sucesso com este álbum?

— Hum, bom, acho que eu diria que se você tá ouvindo minhas músicas só por causa das pessoas com quem dormi, então não consigo entender. É claro que entendo a curiosidade. É natural. Mas acho que, no geral, é complicado alegar isso. Será que esse é o *único* motivo? Quer dizer, acho que isso poderia muito bem ter se desenrolado de outra maneira. Poderia ter acabado com a minha carreira. Mas agora vou receber perguntas adoráveis como esta pelo resto da minha vida, né? Muito obrigada.

— Você agora, por favor — Sonny diz. — Isso, aí. Quarta fileira.

Outro gole de água. Espero ansiosa.

— Na mesma linha, o que você diria para as pessoas que ficam espantadas com sua aparência?

Me inclino para frente, semicerrando os olhos.

— Desculpa, minha aparência? Não sei o que você tá querendo dizer com isso.

— Sua sexualidade — ele diz sem rodeios. — Muitas meninas novas no mundo inteiro são suas fãs. Só estou perguntando se você acredita que está dando um bom exemplo para elas.

Esse tipo de perguntas não passa das opiniões deles mesmos.

— Estou dando o único exemplo possível que posso dar, que é ser eu mesma, ou tentar ser. Não posso ficar me preocupando com como isso é percebido. Se fosse me preocupar com o exemplo que dou para cada menina no planeta, com todos os sistemas de valores diferentes, eu enlouqueceria. Obrigada.

E continua. Uma sessão de fotos na recepção, depois, enfim, vamos para o local do show. Me deito no chão do camarim com a Gloria. Meus olhos se fecham. Figurinos são trazidos e alguém coloca a cabeça para dentro.

— Vamos estar prontos em cinco minutos, Amber — diz.

Me viro de lado. Sinto o chão gelado na bochecha. Que alívio ter cinco minutos de descanso. Gloria pergunta baixinho se tive notícias do ator.

— Nicky? Sim. Ele vem hoje. Vai trazer a filha.

— A filha? — Seu rosto redondo se alonga com o choque.

— É. Você já ficou com alguém que tinha filhos?

— Não, nunca.

— Pensei que eu ia achar esquisito. Ou talvez eu esteja me pressionando pra achar isso? Mas acho toda a experiência de vida dele atraente. Sei lá. — Fico de barriga para cima de novo e abro os olhos. A voz de Sonny ressoa no corredor. Hora de levantar.

Depois da passagem de som, Nicky Land e a filha são levados pelo segurança. Uma batida à porta do camarim. Dale me lança um olhar cúmplice antes de sair.

A menina é tão pequena. O entusiasmo a deixa agitada, e me lembro desta exata sensação quando senti que era um balão sem rumo em um mundo afiado. Hoje é o primeiro show dela.

— Ouvi falar de você — digo. — Seu nome é Camila, né?

Ela faz que sim, acanhada. Não sei dizer se ela tem seis ou dez anos, então decido ajustar a maneira como a trato dependendo de sua reação, mas seus olhos revelam uma inteligência inesperada. Nicky me contou que a mãe dela é a atriz Lila Rodriguez, e vejo a semelhança: os cílios longos, os olhos castanhos afetuosos. A mãe tão evidente na filha.

Ela fica curiosa com os produtos que a maquiadora deixou para trás. Pega embalagens de batom, girando-as para poder inspecionar a cor, murmurando sua aprovação. Então aponta para um *collant* dourado pendurado numa cabide.

— Por que você usa esse tipo de coisa?

Nicky se engasga com uma risada. Vou até a roupa.

— Esse é um dos meus figurinos. Sabia que eu tenho sete trocas de roupa neste show?

Nicky coloca a mão no ombro dela. Ela me encara, piscando rápido, quase confusa. Deve estar pensando: é ela? É a Amber Young? Me pergunto se sou uma decepção.

Nicky revira a mochila, tira meu novo CD e me entrega.

— Ela queria que você autografasse — ele diz. — Não queria?

Pego o CD. Há arranhões no plástico; talvez tenha sido bastante amado. Autografo meu nome na capa e escrevo uma mensagem mais comprida do que em geral escreveria. Desenho dois corações.

— Aqui. Desculpa se minha letra não estiver boa.

Ela lê minha mensagem.

— Tá meio ruim mesmo.

Nicky aperta o ombro dela. Eu me viro para ele.

— Não quer que eu autografe alguma coisa pra você também?

Ele ergue as sobrancelhas. Puxo a mão dele. Devagar desenho os círculos da minha assinatura na palma da mão dele.

— Só queria ser justa.

Depois do show, convido Nicky para ir a meu quarto. Camila está com uma babá. Colocamos um cinzeiro entre nós e descansamos nas cadeiras da varanda do quarto de hotel. Ainda estou na onda da apresentação, mesmo horas depois. Me pergunto se o show foi impressionante para ele: os arcos de fogo, os longos cones de luz cruzando o palco.

— Você é incrível — ele insiste. — Incrível mesmo. Tem uma presença e tanto.

Olho para o horizonte, para a cidade.

— Acho que viro outra pessoa. Mas já fiz umas merdas. Tenho tanto pra melhorar, sabe?

— Não deu pra perceber nada. E a Camila amou. Ela estava dançando assim. — Ele imita as mãos dela para o alto. — Acho que ela ficou meio nervosa lá no camarim. De vez em quando ela é tímida.

— Mas ela deve estar acostumada com esse tipo de coisa, não?

— A mãe dela deixa ela muito isolada. Acho que é mais comigo que ela vê... — Ele gesticula. Tudo isso, ele quer dizer.

— Lembro quando tinha a idade dela.

— Ontem, não foi?

— Que horror. Cala a boca. Tenho vinte e dois anos. — Odeio o tom de choramingo na minha voz ao insistir.

— Eu tinha vinte e dois quando tive a Camila, sabia?

— Não sabia.

Ele estende o braço — as tatuagens se esticam em sua pele —, relutante em me contar mais.

— E aí, do que você se lembra quando tinha a idade dela?

— Tudo parecia tão cheio de possibilidades.

Ele ri.

— E agora, na idade avançada de vinte e dois anos, você está farta?

— Não — digo, apagando o cigarro. — Só que sei como as coisas acontecem. Não fico mais fantasiando. Naquela época, achava que ia ser famosa e que seria mágico. Eu seria feliz. Agora entendo que isto aqui é um trabalho. Esta vida. Tem desvantagens como qualquer outra coisa. Não é só um destino. É solitário, é tedioso, é trabalho pra caramba. Amo e sou muito grata, mas ainda é trabalho.

— Quanto tempo você vai ficar em turnê?

— Nove meses.

— Meu deus. E depois?

Dou de ombros.

— Vou gravar um álbum novo.

— Você foi pra escola?

— Fui, mas não terminei. Não era boa na escola. Pelo menos foi isso que me disseram ao longo dos anos. E você?

— Também não. Vivia matando aula. Achava que era muito melhor que a escola.

— Eu me esforcei muito, na verdade. Era boa em seguir instruções. Se tinha uma tarefa, entregava no prazo, mas era sempre uma coisa mediana. Nada especial.

— Você é especial. Qual é. Lembro da primeira vez que te vi no palco do Teen Choice Awards. Acho que foi um ano atrás. Você estava apresentando com algum outro cantor. Alguém daquela banda de meninos.

— O Ty. Do ETA.

— Isso, ele. E você estava com um vestido preto. Eu fui indicado, então estava sentado perto do palco. Lembro de te ver de perfil. — Ele passa o dedo indicador pela minha mandíbula. — Você estava tão... — E seu dedo escorrega para a minha boca.

Seu outro dedão faz círculos nos nós do meu dedo. Passo para seu colo, pego o dedo que está na minha boca e o inspeciono.

— O que é essa tatuagem? — pergunto, apontando para uma data.

— O aniversário da Camila.

Eu me inclino e a beijo.

— E essa aqui? — Um triângulo em seu pulso.

— Essa é a Trindade.

— Você é religioso?

— Nem um pouco.

— Nem eu.

E nossas bocas se encontram. Ele me pega, atravessa a porta deslizante e me joga na cama. A camiseta dele aterrissa a meu lado. Seu peito inteiro é coberto de tatuagens e há uma cicatriz no braço, sobre a qual não faço perguntas. Ele demora um pouco para ficar duro, então uso as mãos, depois a boca, mais rápido, mais rápido, e quando ele está em cima de mim, suas mãos separam meus joelhos e ele rebola entre as minhas pernas, me provocando, perguntando se o quero, e eu quero, tanto que choramingo em seu ouvido para ver sua reação, mas, mais importante, para ver a minha. Cada encontro é um novo acordo. Estou me protegendo dos meus desejos. *O que será que eu quero?*

— Posso ir por cima? — pergunto, e ele nos vira, pressionando o rosto entre meus peitos.

Suas mãos agarram meus quadris, me pressionando com força para baixo, me levantando. Digo para ele que o quero mais perto. Ele gosta da ideia também e me vira de novo, desta vez para ficar de lado. Seu corpo largo envolve o meu, encontrando o ângulo exato. Mordo um travesseiro para me abafar.

— Forte demais? — ele pergunta.

— Não, não, continua.

Ele continua. A cama balança com um esforço evidente. Ele pergunta se pode gozar, o rosto e a pele queimam. Digo que pode, mas só na minha barriga. Ele tira e depois me limpa com a camiseta. Então, coloca a boca entre as minhas pernas, e eu guio sua língua, e quando ele me faz gozar, sou uma árvore trêmula em uma tempestade, raízes arrancadas por inteiro.

A imprensa descobre o relacionamento. Aparecemos em algumas capas, nossos rostos retocados com *photoshop* colados em uma versão esquisita da quimera. Dizem que estou grávida dele. Estou grávida de gêmeos.

Por que não pode ser só sexo? Por que não pode ser só o crescimento que experimento sempre que estamos juntos — de prazer, sim, mas também um conhecimento mais profundo de mim mesma?

Sempre que ele está deitado a meu lado, quieto e imóvel, sei que está pensando em Lila Rodriguez. Ele se vira na cama, revelando a tatuagem nas costas: *Lila*. Fico imaginando se alguém algum dia vai tatuar meu nome na carne. Será que eu deveria ter essa aspiração? É como Wes disse: penso que o amor deveria ser catastrófico; um impacto, atirando estilhaços na minha vida. Quando era mais nova, achava que se a pessoa desistisse de alguma parte dela por você — espaço na pele, da família —, era devoção verdadeira. Mas só acreditava nisso porque meu pai nos deixou por uma mulher que conheceu num clube, e eu tive que encontrar algum significado para essa perda. De vez em quando imagino a cena. Como ele olhou de relance: ali, emergindo da piscina, sua ruína. Ela deveria estar com uma aparência deliciosa. Imagino seios do tamanho de limõezinhos, a água pigando do quadril. Talvez tenha sido uma decisão fácil. Talvez, naquele momento, ele soube que desistiria de tudo só para fodê-la. Ou talvez tenha levado semanas, meses. Talvez ele tenha olhado para mim no berço e ficado devastado.

— Como terminou? Com a Lila? — pergunto para Nicky numa manhã. Os lençóis estão úmidos com nosso suor.

— Nossa babá. — Ele coloca um travesseiro sobre os olhos para bloquear a luz.

— A babá da Camila? Acho que vi alguma coisa sobre isso. Não sabia que foi você.

Ele faz que sim, o travesseiro balança em cima dele. Quando ele emerge, joga o travesseiro para o lado.

— Foi um erro. Vários erros. — Ele me conta que estavam morando na Espanha. Lila estava fora por dois meses para uma gravação em Toronto. Ele continua: — O nome dela era Sofia. Ela tinha mais ou menos a sua idade. Enfim, uma noite, ficamos sozinhos em casa. Camila estava dormindo. Ela tinha deixado alguns livros e bonecas no chão, essas coisas, aí desci para arrumar. Sofia estava acordada, comendo cereal. Batemos um papo aleatório. Ela me ouviu. O triste é que foi só isso que precisou: ela me ouvir. Eu andava bebendo muito e estava tão cansado. Eu e Lila estávamos criando a Camila entre gravações e acho que a gente já não tinha tempo para nós mesmos. Aí passei a noite com a Sofia. Achei que não ia acontecer de novo. Me senti péssimo. Mas é claro que aconteceu de novo. Aconteceu várias vezes.

Pergunto como Lila descobriu.

— Sofia ficou grávida. Foi difícil esconder.

— Ela teve o bebê?

Ele faz que sim.

— Qual a idade?

— Ele tem dois anos. Estou surpreso por você não saber.

— Eu não queria ler sobre você. Bom, até li, mas só um pouco. Queria que você me falasse sobre você. Esperava que você fizesse o mesmo por mim.

— Às vezes fico preocupado com a Camila — ele diz, baixinho. O que ele quer dizer: como pode criar a filha em um mundo desses?

— Quando eu era criança, ninguém nunca me disse que eu poderia ser o que quisesse. Fico feliz que você diga isso pra ela, mesmo que não seja verdade.

— O que você queria ser?

— O que sou agora. Só que imaginei de um jeito diferente.

— Diferente como?

— Imaginei que eu seria feliz.

Ele passa a mão pelo meu corpo.

— Queria poder ajudar com isso. Ah, se você soubesse todas as coisas que quero fazer com você.

— Me conta.

E ele conta. Fecho os olhos e ouço. Coisas tão boas.

Aqui está ele, deitado nu na cama, respirando de leve. Seu peso me esmaga. Seu cheiro me esmaga. Não de um jeito ruim, de um jeito humano. Faço uma manobra para sair de seu abraço para fazer xixi. No final do corredor, sua filha está dormindo.

Está tudo escuro. Abro a torneira e lavo as mãos. No espelho, pareço muito jovem. Ele também me trata como se eu fosse muito jovem. Vivia me fazendo perguntas no começo, mas não faz tantas mais. Agora, o que mais faz é conversar comigo ou responder as perguntas que faço. Pode ser que tenha alcançado algum limite, a borda do que quer saber sobre mim. Será que há pessoas por aí que despertam o nosso interesse infinito, a ponto de querer saber tudo, alguém em quem podemos mergulhar e nunca encontrar o fundo?

Há tanta comida na geladeira dele — ele sempre estoca comida para a Camila. Abro gavetas apinhadas de carne, queijos finos, legumes soltos. Nenhuma comida embalada — então o que vou comer? Encontro cereal integral numa gaveta. Me sentindo culpada, levo a caixa para o sofá, sempre pensando no Sonny, como as fotos vão ficar se eu comer demais, como vão ficar se eu comer de menos.

As janelas que vão do chão ao teto revelam a extensão de Londres abaixo. Observo a cidade respirar a luz. Já estive muitas vezes aqui, mas nunca por dentro, nunca me perdi nela. Tenho vivido num modo ligue-os-pontos há anos. Nicky diz que eu deveria ver o teatro restaurado de Shakespeare, o The Globe, mas não sei se terei tempo. É um morro escuro a distância, situado em algum lugar às margens do Tâmisa.

Me sinto muito tranquila por não o amar. Prova algo vital para mim: posso estar com alguém, sentir prazer nisso, e permanecer eu mesma. Jogo grãos de cereal no ar e os pego com a língua.

Depois de um tempo, acendo a luz do escritório dele, metade do qual foi convertido em uma academia improvisada. Estou na esteira, com as pernas açoitando o assoalho, quando Gwen liga. Coloco no viva-voz, o celular apoiado no suporte para copo.

— Não foi eu que te falei — ela diz —, mas o Alex vai fazer carreira solo. Ele estava gravando na Electric Lady também. Cruzei com ele.

Pauso a máquina e me viro para o espelho para ver a forma dos meus membros.

— O que será que Wes pensa sobre isso?

Do outro lado da linha, Gwen reage ao puxão de uma escova no cabelo. Um rosnado de dor.

— Ele tá tranquilo — ela diz. — Ele sempre foi bem tranquilo. É o melhor cantor, mas falha ao não se diferenciar. Ele quer que tudo seja entregue de bandeja para ele.

— Não é bem assim. Ele quer provar que não precisa da ajuda de ninguém. Ele liga muito para a opinião que os outros têm dele. É só nisso que ele pensa.

— Ele só pensa nele mesmo.

— Bom, talvez a gente esteja dizendo a mesma coisa. Talvez se importar tanto com a opinião dos outros te transforme numa pessoa egoísta, de certa forma. Mas se for assim mesmo, a gente é bem egoísta também.

— Nunca disse que a gente não era. A gente faz arte. Não estamos, tipo, ajudando as pessoas.

— Você tá ajudando as pessoas. Para de pensar assim. Tantas pessoas te admiram, te amam, fariam qualquer coisa por você. Quando meninas choram no quarto, aí começam a ouvir seu álbum, pulam na cama, e finalmente sentem que tudo vai ficar bem. Isso é você. É isso que você é capaz de fazer. Tá bom?

— Tá bom. Obrigada por dizer isso.

— De vez em quando você pensa na Cloud9? Ando pensando nisso recentemente, por alguma razão.

— Eu literalmente pensei nisso outro dia. Na Rhiannon, na Claudia, na coisa toda. Eu tinha tanto medo. Não sei se já te contei como eu tinha medo. Achava que, se não saísse, nunca me tornaria alguém. Era *isso* que me apavorava. — Ela ri. — Que triste, né?

— Eu só saí porque você saiu. Achava que deveria agradecer só por estar no grupo. Me sentia culpada por querer mais.

Gwen fica em silêncio por um instante.

— Tipo, eles viviam dizendo quantas meninas queriam nossos lugares. É assim que eles te pegam. Com essa conversinha. Podem tratar a gente como lixo porque tem uma substituta à espera. Alguém disposto a aceitar o mesmo tratamento de que a gente tá reclamando e que ficaria entusiasmado com isso por um tempo.

— Foi isso que Rhiannon disse quando você saiu. Todo mundo pode ser substituído.

— É, mas se eu ouvir o Mike dizer Lauren Li mais uma vez, juro por deus. Ou o seu nome. Ele não para de falar de você. — Ela pausa. — Talvez a gente devesse ter montado nosso próprio grupo. Nós duas, juntas. Aí a gente teria tido uma à outra esse tempo todo, em vez de ficarmos sozinhas.

— A gente teve uma à outra esse tempo todo.

Ela suspira.

— Onde você tá agora? — pergunto.

Essa é uma das perguntas que atiramos de um lado para outro. Onde você está agora? Para onde vai depois?

— Nova York.

— Você tá bem mesmo? — Vi a cobertura da imprensa: as fotos sem retoque, cruas, dela na noite, usando muito delineador. Fotos dela fumando um cachimbo em uma praia pedregosa, à qual ela teve que responder com uma declaração cuidadosamente formulada. Mas tenho ciência do quanto a mídia pode ser distorcida e parcial.

Ela demora para responder.

— Estou tentando melhorar.

— Quem tá com você? Mike? Tem alguém aí para conversar com você?

— Minha mãe tá aqui.

— Ah. Que bom. Quando a gente estiver em Los Angeles de novo, vamos morar juntas e aí vamos cuidar uma da outra.

— Não vou morar no seu apartamento.

— Eu quis dizer na sua casa, claro.

— Quando você volta?

— Logo. Depois de Oslo. Vou dizer pro Axel que você mandou um oi.

— Tá bom — ela diz.

Ela não compartilha da minha animação para gravar álbuns. Ela se sente presa na cabine acústica. No palco, na sala de ensaio, ela pode se mover, e não é confrontada consigo mesma.

— Tem falado com a Tammy?

— Não.

— Achei que você ia ligar pra ela.

— Mudei de ideia. Vai cair direto na caixa postal. Sei que vai. Como vai o velho?

— Ele não é velho.

— Ele tem o que, uns quarenta anos?

— Ele tem, tipo, uns trinta. E tá dormindo. Mas você tá mudando de assunto. Não faça isso.

— Não estou — ela insiste.

— E se ela quiser te ver? Vamos imaginar juntas. Vocês se encontram em algum hotel. Tomam uns drinques. Vão pro seu quarto. Você diz pra ela como se sente de verdade. Ela diz: "Pois é, Gwen, eu te amei desde que comecei a dançar pra você." Porque essa é a verdade. Vocês têm uma noite maravilhosa.

Muito sexo selvagem. Ficam tão felizes que nem conseguem respirar direito. Vocês estão apaixonadas e tudo é lindo. Que tal?

— Ou — ela diz, sussurrando agora — eu ligo pra ela. Cai na caixa postal. Ela não atende porque acha que sou uma babaca, e sou mesmo. Ela encontrou outra pessoa, alguém que conheceu na turnê da Sol Sister, quem sabe outra dançarina com um corpo maravilhoso, e *elas* estão transando muito. Ela me vê nos tabloides e sabe que se livrou de uma enrascada.

— Mandar mensagem primeiro não machucaria.

— Não.

— E se a gente escrever um e-mail pra ela?

— Não, Amber.

— E se eu fizesse um rascunho pra você?

— Não. Tenho que ir. Te amo.

Um repórter da *Rolling Stone* vai se encontrar comigo no Jardim de Luxemburgo. Está nublado em Paris hoje. Preguiçoso. Meu carro estaciona perto de um banco, onde o repórter espera com um caderno e uma pasta de documentos marrom.

Ele estende a mão. Diz: "Prazer em conhecê-la, Amber", mas dá para sentir o peso de seu desgosto. Não é um prazer me conhecer. Ele deve ter saudade do início dos anos 1990, quando a revista cobria o Nirvana e a Sinéad O'Connor. Agora ele foi designado para escrever sobre a Gwen, a Savannah, o ETA, eu: o Sonho Adolescente. Para ele, somos o gás do refrigerante, o açúcar e a química que tornam a comida porcaria tão viciante. Não o espelho da cultura, da cultura dele, que, para início de conversa, nos criou.

Ele está se perguntando: por que essa menina? Se tirarmos os embrulhos da vida dela, ela não é nada extraordinária. Bonitinha, alguns dizem. Bonita de um jeito sutil. Ela está na sua cara. Ela é tudo junto. Ela é, como ela mesma insiste em toda entrevista, só uma menina comum. Mas os Estados Unidos têm um jeito de produzir os próprios deuses. Eles se deleitam com isso. Acendem a fogueira e observam as chamas lamberem o sacrifício. A suposta menina comum se torna uma propaganda ambulante de álbuns e produtos colecionáveis da turnê, de tabloides e perfumes. Ela é imortal e, ao mesmo tempo, tragicamente mortal.

— O que acha de darmos um passeio? — o repórter pergunta, apontando para o parque.

Digo que sim. Andamos por uma vegetação acastanhada, passamos por uma fonte com a água coberta com uma camada de folhas caídas, cadeiras abandonadas que devem ser disputadas durante o verão. Uma das primeiras perguntas dele é se eu me considero um símbolo sexual. Isso me faz parar. Será que me considero? Não sei. Tenho consciência de que é assim que sou vista, de que é como a Lolli pretende que eu seja vista. Mas é como entregar minha sexualidade para outra pessoa.

Ele me vê em uma luta interna, faz uma anotação. Por fim, digo para ele que não, o que o faz franzir a testa. Então falamos sobre meu álbum, a melhor parte da entrevista. Estou promovendo algo — eu mesma, mas principalmente o álbum — e tenho que convencer o homem de que há algo interessante por baixo da superfície gordurosa. Mas a pergunta sobre Wes é inevitável. Eu espero, e ela chega. O tom de voz dele é familiar, uma inflexão casual, como se fôssemos amigos.

— Eu não estaria fazendo meu trabalho se não te fizesse esta pergunta. O que realmente aconteceu com Wes Kingston e Gwen Morris?

Sou cuidadosa com as palavras. Aprendi como elas podem ser empunhadas contra mim. Digo:

— Conheço os dois desde sempre. Conheci a Gwen lá atrás quando estávamos na Cloud9 juntas e ela é uma das minhas melhores amigas. Wes é um amigo. Estamos todos de boa. É isso. Acabou se tornando algo muito maior do que de fato é. — Faço uma pausa. — Sei que você queria uma reposta diferente. Algo mais sensual.

— Não — o jornalista diz. — Eu nem estava esperando uma resposta, na verdade.

Às vezes desejo poder engolir minha própria voz.

— É tudo o que vou dizer. Somos tão jovens. Somos tão, tão jovens.

Semanas depois, em uma festa pós-premiação, ouço o ETA antes mesmo de vê-los. A risada deles é uma lembrança de outros tempos. Desde a época que fizemos a turnê juntos, eles não mudaram muito. A barba deles continua meticulosamente aparada, os cabelos ainda estão grudentos de gel. Mas algo esfomeado urrava dentro deles antes, ficando mais peludo e musculoso, e agora esse animal foi drogado.

Que diferenças eles veem em mim? Talvez meu sucesso seja visível. Meu cabelo está mais comprido, pintado de ruivo como era na infância. Há um time rotacionando a meu redor em uma órbita elíptica: minha maquiadora, minha estilista, uma assistente chamada Brianna, minha assessora Cara, Dale, Sonny. Um sistema completo de luas. Tenho um novo contrato de permissão de uso de imagem com uma rede de fast-food, que Sonny diz que vai consistir em um futuro comercial no Super Bowl e algumas propagandas impressas. Uma casa que comprei para a minha mãe em Nova Jersey com esse dinheiro. Uma turnê com um nome. Uma persona pública, uma versão específica de mim mesma que irradia para além dos limites do meu corpo. E talvez eles possam ver a chance de sexo bom em mim também. Não estou falando da pele exposta — sexo bom é bem mais sutil que isso. Ele atarraxa uma lâmpada bem apertada dentro da gente.

Um tapinha em meu ombro. É o Ty, com um sorriso enorme. Ele me puxa para si. Ele é alguém para pôr na mão e manter pertinho do peito.

— Meu deus, já faz quanto tempo?

Ele coça a cabeça.

— Não faço ideia.

— Como estão as coisas?

Ele dá de ombros, meio triste.

— Muito trampo.

— E o Gabe?

O sorriso volta para o rosto dele.

— Tá bem. Ele tá por aí em algum lugar. Com muitas cócegas hoje.

Atrás dele, Wes está atraindo os holofotes para si. Todos os olhares estão nele. Ty segue meu olhar pelo salão.

— Ele sabe que eu estou aqui?

Ty faz que sim.

— Será que devo ir lá dar um oi?

— Eu não iria. Deixe que ele venha até você.

— Tá bom, acho que você tem razão.

E quase como se estivesse respondendo aos pensamentos que voam em sua direção, Wes olha para nós. Ele levanta a mão. Levanto a minha. Meu corpo ainda se lembra dele — me pergunto se sempre vai ser assim entre a gente. Então ele se vira, se esquivando para responder à pergunta de alguém, e mesmo que não tenhamos trocado nem uma palavra, sinto como se tivéssemos conversado. Em mim, ele deve ver sexo, sucesso, a turnê mundial, o álbum campeão de vendas, tudo o que ele acreditou que eu não conseguiria sem ele. Fico satisfeita com isso, mas também me sinto um pouco destruída, porque agora sei a verdade: não importa o que eu faça, quem eu me torne, sempre haverá escassez nos olhos dele.

Ele estende o braço para alguém atrás de si e a puxa para seu círculo. Uma mulher. Alta, pálida, mais ou menos da altura dele. Ela inclina a cabeça para observá-lo falando com outra pessoa, absorvendo a conversa, mas sem participar. Ela fica ali, esperando. Abre e fecha a boca.

— Quem é aquela?

Ty hesita.

— Shannon.

Ele me conta que ela estava no clipe da música *Meu Paraíso*, o *single* principal do quarto álbum deles. Os meninos andam pelo Jardim do Éden vestindo túnicas de hera. Shannon interpreta a linda mulher-serpente. Escamas pintadas com tinta spray em sua pele cintilam à luz do sol. Ela segura uma maçã madura no alto para seduzir Wes, e, juntos, eles dão uma mordida, degustando a polpa macia. Apesar de saber que ela é má, ele a quer mesmo assim. Então ela desliza até o solo e expõe as presas, e tudo termina em perversão.

Agora ele está pegando a mão dela na frente de todas essas pessoas. Ele não consegue parar de tocá-la: roça o cotovelo dela, o quadril com a ponta dos dedos. Eu me viro de costas, porque a sensação é de ver um lugar em que já moramos só que com uma decoração diferente, com móveis e cômodos que não existiam quando morávamos lá; tudo que era familiar, agora desconhecido.

Durante a sessão de fotos da *Rolling Stone*, finalmente compreendo: estou dentro da minha própria vida. Não estou usando uma fantasia, é a própria pele.

Está frio no estúdio. Ou o aquecimento do lugar está com defeito, ou o deixaram em uma temperatura baixa. Estilistas me cobrem em veludo e seda cor âmbar, a cor do meu nome. Iluminam minhas bochechas, meus seios, a ponte do nariz. Espalham loção bronzeadora e pó bronzeador em todo o meu corpo. Mel escorre dos meus lábios e dedos, pétalas de flores espalhadas pelo chão como em uma suíte de lua de mel.

Olho por cima do ombro para a câmera. O mundo um dia esteve embaçado, mas não está mais. A lente está pouco a pouco entrando em foco — então, de repente, ali estamos.

MAIS UMA CHANCE

Amber Young   Faixa 7 de *Amber Young*

Produzida por
Axel Holm

20 de fevereiro de 2001

[Estrofe 1]
Pare de me chamar à noite
E comece a rezar
Voltar para mim
Pode exigir intervenção divina

[Pré-refrão]
Você sabe do que eu preciso?
Você sabe como me agradar?

[Refrão]
Você teve mais uma chance, baby
Não jogue fora
Se quiser ser meu homem
É um pouco complicado
Tenho exigências, tenho planos
Você precisa entender
Você tem mais uma chance

[Estrofe 2]
Vamos lá, faça dar certo
E comece a mudar
Não é tão difícil
E eu sou paciente

[Refrão]
Você teve mais uma chance, baby
Não jogue fora
Se quiser ser meu homem

É um pouco complicado
Tenho exigências, tenho planos
Você precisa entender
Você tem mais uma chance

[Ponte]
Como você vai me impressionar?
Me mostre o que vai fazer
Não preciso de nada muito elaborado
Só quero você

[Refrão]
Você teve mais uma chance, baby
Não jogue fora
Se quiser ser meu homem
É um pouco complicado
Tenho exigências, tenho planos
Você precisa entender
Você tem mais uma chance

INFORMAÇÕES

ANOTAÇÃO GENIUS **| colaborador**

Mais uma Chance é o principal *single* do segundo álbum de Amber Young, *Amber Young.*

FOMOS TODOS CAPTURADOS POR AMBER

MÃES A ODEIAM, MENINOS A AMAM, E O RESTO DE NÓS AMA ODIÁ-LA

ROLLING STONE, 2002

Amber Young passa a língua nos lábios antes de falar. Agora, estão úmidos como seiva. Seu cabelo ruivo é da cor das sequoias, seus olhos, castanhos da cor do mogno. Ela fala tão baixinho que tenho que me aproximar para poder ouvi-la. É isso que ela quer, não é? Quando ela ergue os olhos com cílios volumosos para me olhar, não posso evitar de pensar se os boatos são verdadeiros. Como um cavalo de Troia, será que um piscar desses olhos fez a grande cidade vir abaixo? A cidade, nesse caso, o relacionamento entre Gwen Morris e Wes Kingston.

"Sei que as pessoas acham que a música é provocante. Ainda mais quando comparada ao que Savannah e Gwen estão fazendo. Eu entendo", ela diz. Seus olhos redondos estão arregalados. "Mas acho que não tem nada de errado em ser autoconfiante e segura do meu próprio corpo. Não sou virgem. Digo isso na lata. Lamento se as pessoas ficam chocadas." Ela ri. Penso comigo mesmo: quem é Amber Young, a menina que abre o jogo com tanta facilidade para o mundo?

***

Antes de tudo isso, ela anda num ritmo relaxado pelo Jardim de Luxemburgo. Um guarda-costas a segue, sem tirá-la de vista. Young acabou de sair de uma entrevista e está bem mais quieta e introspectiva do que o esperado. Como dito, ela fala muito baixo. É quase uma paquera. E isso não é tudo: ela está vestindo um top corselet e uma saia curta, um bom pedaço de barriga e um decote generoso à mostra.

"Me vestir assim me faz sentir bem", ela diz. "Não entendo essa preocupação toda. Tipo, eu quero me expressar através da minha roupa. Se eu estivesse na faculdade, me sentiria à vontade vestindo isto aqui."

Quando perguntada se ela se considera um símbolo sexual, ela diz que não. "É responsabilidade demais", explica. "Não quero ser responsável por ninguém, exceto eu mesma."

***

Young nasceu em Montclair, Nova Jersey, em 1980, filha de uma dona de casa e um pai ausente, que deixou a família logo depois que ela nasceu. Ele agora mora em Columbus com a segunda esposa e dois filhos pequenos. Donna Young criou Amber e o irmão mais velho, Greg, como mãe solo. Para dar alguma coisa para a filha fazer enquanto estava trabalhando como recepcionista, Donna a inscreveu em um show de talentos da escola, que foi onde Amber chamou a atenção de uma agente pela primeira vez.

Amber sempre quis ser cantora, e a mãe logo soube que a filha seria uma estrela. "Estava na cara", Donna Young diz. "Fazia tudo o que podia para levá-la às audições." O talento de Amber deixou um agente de A&R da Siren intrigado. Ele viu a gravação dela e uma oportunidade de reforçar a seleção da nova banda de meninas da gravadora, a Cloud9. "Ela tinha uma voz muito impressionante", diz Simon Riordan, o representante da Siren que a descobriu. "Não acreditei que ela não tinha treinamento. Eu disse, tudo bem, vamos treiná-la, vamos colocá-la nesse grupo. Ela vai realizar grandes coisas."

Outra participante da formação inicial da Cloud9 foi Gwen Morris, que deixou a banda para seguir a carreira solo. Depois de assistir à ascensão de Morris ao estrelato e pensar que era capaz de algo similar, Young participou de uma audição para os representantes da Lolli e assinou um novo contrato logo depois. Acredita-se que as duas não se dão bem e não podem nem ficar no mesmo ambiente sem brigar. Qual é o problema? Talvez o caso bastante divulgado de Amber com o namorado de Gwen, Wes Kingston. A respeito do elefante na sala em forma de Wes Kingston, Amber não fala muito. "Ele é um amigo", refuta. Mas o que seria esse olhar cúmplice? Difícil dizer. Pergunto sobre as fotos deles na varanda de um quarto de hotel, que causou uma onda de choque na imprensa. Nada. Ela dá de ombros, despreocupada.

"Olha, somos todos tão jovens."

Pressiono mais e ela fica um pouco na defensiva.

"Muitas pessoas dizem que aquele escândalo me pôs no mapa. Isso magoa. Achei que minha carreira tinha acabado, na verdade. Poderia ter acabado."

Mas não foi o interesse no escândalo que ajudou a venda de seus discos? Sua imagem de menina malvada, impulsionada pelo caso, não ajudou na venda dos discos? "Só espero que as pessoas possam me ver desassociada dele e de tudo aquilo", ela diz. "Pode haver um elemento aí que me ajudou, que foi nunca ter tido essa imagem de menina inocente e romântica como Gwen ou Savannah. Não há a imagem de menina boazinha para ser destruída porque ela nunca existiu. Sempre fui imperfeita e está tudo bem." Ela dá de ombros de novo. Sua atenção se volta para a primeira turnê como artista principal, promovendo seu segundo álbum, *Amber Young*. Sua estreia, *Em seu Olhar* (1999) foi na mesma tendência do pop adolescente que já tinha sido bem explorada por suas contemporâneas Savannah Sinclair e Gwen Morris, e *Amber Young* tem sido mais bem-recebido pela crítica e pelo público. Mas Sinclair sabe fazer *riffs* e Morris sabe dançar. O que Amber tem para oferecer?

Ela cutuca as unhas, melancólica. "É claro que quero que as pessoas gostem de mim", ela diz. "Todo mundo quer isso. É uma emoção humana normal. Mas tudo o que posso fazer é soltar a música no mundo e esperar que as pessoas escutem. Estou fazendo música para meninas como eu e tenho a esperança de que elas se sintam inspiradas ou menos sozinhas com essas músicas. Estou fazendo música porque amo como me sinto com isso. Não estou tentando dizer que é algo revelador."

Patrick Mackey, da Lolli Records, diz que a expectativa para o terceiro álbum de Amber é ainda maior. "Amber sabe quem ela é, e achamos que isso vai atrair muitas jovens que querem ser confiantes. Nessa idade, as meninas estão começando a explorar e experimentar. Elas precisam de um exemplo."

E todas essas mães que dizem que as roupas de Amber são minúsculas, sua maquiagem, pesada demais, sua sexualidade, efusiva e descaradamente óbvia? Ela é, de fato, o pior pesadelo dessas mães. Quando pergunto a respeito dos pais que têm medo de sua influência sobre as filhas, Amber não parece muito preocupada. Ela diz: "Adolescentes vão aprender sobre sexo de um jeito ou de outro. É uma vergonha a gente não ter nenhuma, ou quase nenhuma, educação sexual nos Estados Unidos, então as crianças vão para a internet, ou encontram outras saídas, para buscar informação que deveria ter sido ensinada com responsabilidade na sala de aula. É o trabalho dos pais e dos professores ter essa conversa, não meu. Eu sou cantora."

Ela me diz que não é religiosa, não bebe nem usa drogas, mas já teve experiências com meninos. Não tem vergonha disso. "Meninas jovens vão explorar a sexualidade. Fato. Não estou fazendo nada de errado."

Em outras palavras, Amber vai direto para o refrão, sem a necessidade de estrofes.

***

Depois da turnê de promoção de *Amber Young*, Young diz que está ansiosa para voltar à Noruega para gravar o próximo álbum com o produtor e coautor Axel Holm. Ela adora o isolamento do país, com suas paisagens deslumbrantes e uma população em grande parte indiferente a sua fama.

"Lá ninguém sabe quem eu sou. Ninguém está nem aí", ela diz. "Não sei o que acontece. Fico totalmente isolada quando estou trabalhando em um novo álbum. Amo isso. É revigorante. É como uma piscina num dia quente de verão. Aí, depois de um tempo, a gente começa a sentir falta do calor de novo."

PONTE

2003

2003

Oslo

O INVERNO ESTÁ SE DERRETENDO NA RUA. O SOL é gentil no meu rosto. A luz suave é refletida dos prédios, brota das janelas. O tempo curto em Oslo tem sido uma quietude no meu mundo de movimento, mesmo trabalhando em uma ou duas músicas por dia — é quase um milagre a rapidez com que o álbum está tomando forma. Chuto uma bolinha de gelo na porta do estúdio. Os passos de Dale são pesados atrás de mim; às vezes tento esquecer que ele, por contrato, me segue para todo lado. É um perseguidor pago para me proteger de perseguidores reais. Quando chegamos à escada, ele observa com cuidado minha descida.

Axel acena quando entro no estúdio, mas não desvia o olhar do computador. Desde que o vi pela última vez, sua barba cresceu. É da cor da areia depois que o mar recua.

Ele clica o mouse com agressividade.

— Como foi o passeio?

— Frio.

— É porque você tá sem roupa.

Gesticulo para meu suéter, meu chapéu *bucket.*

— Estou vestida.

— Aqui — ele diz, me entregando seu casaco pesado de inverno, cheio de pena de ganso. — É melhor.

Deslizo na cadeira de rodinha.

— Agora não preciso.

— Pra próxima vez.

— Beleza.

Quando ele vira a cadeira, acaba girando demais, seu pé roça no meu sem querer. Então ele dá um toque na tecla de espaço e ouvimos a gravação juntos.

Ele franze a testa e estala os dedos, um por um da mão direita, um hábito seu. Aponto para a tela.

— Acho que a gente precisa de ainda mais textura. Vamos dobrar.

— É, boa ideia.

Volto para a cabine acústica, coloco o fone de ouvido.

Sua voz no meu ouvido:

— Pronta?

— Aham. — Fecho os olhos. — *Na escuridão da noite/ Não há*... Merda. Posso fazer de novo? Foi muito ruim. *Na escuridão da noite/ Não há sonho/ Não há luz/ Apenas vergonha.*

Pelo vidro, ele faz um joinha.

— *Na escuridão da noite/ Não há sonho/ Não há luz/ Apenas vergonha.*

— Legal. Só faz "vergonha" de novo. Assim. Carregue com mais emoção. *Vergonha.*

— *Vergonha.*

— De novo.

— *Vergonha.* Mais uma?

— Sim, só mais uma.

— *Vergonha.*

Ele balança o mouse.

— Isso, ficou muito bom.

Olho para a partitura.

— Quando foi mesmo que você escreveu essa música?

— Em algum momento ano passado.

— Não parece comigo.

— Por que não parece com você?

— É meio angustiante. Sei lá. Parece... que tem quase uma influência *dream pop* nela. Só um pouquinho.

— Você disse que gostava.

— Mas você não gosta.

— Pode ser que eu tenha escutado de novo e mudado de ideia.

Balanço a cabeça.

— Só estou surpresa.

Ele se reclina na cadeira. Batuca o lápis no queixo.

— Mas por quê?

— Sei lá. A música é tão triste. Tão nostálgica.

Ele dá de ombros.

— Da minha perspectiva não é.

— Da perspectiva de quem ela é?

— De alguém que está triste.

— Muito esclarecedor, obrigada.

Ele ri enquanto reviro minha bolsa. Então jogo um pedaço de papel amassado em cima do teclado. Uma das muitas ideias rabiscadas e embrionárias que acabaram se materializando em guardanapos e restos de papel durante minha turnê e, por fim, em e-mails para ele.

Você só está arrancando ervas daninhas
Está vendo as coisas meio vazias
Você tem muitas necessidades

Ao terminar de ler, ele olha para mim e passa os dedos pelo papel para alisá-lo.

— É, eu lembro dessa. Sobre quem ela é?

— Sei lá. Pode ser minha mãe falando comigo. Apesar de que todo mundo vai imaginar que é sobre Wes, claro. Talvez seja sobre Wes. Da maneira que você quiser interpretar. Não ligo.

— Foi isso que ele te disse?

— Agora você sabe por que eu renunciei ao amor para sempre.

— E o seu ator?

Dou de ombros.

— Não foi nada sério.

Axel coça o queixo.

— Tem mais aí?

Vasculho dentro da bolsa, onde guardei todos os meus pedaços de papel, e entrego um punhado para ele. Ficamos os dois em silêncio enquanto ele lê minhas palavras, e eu vou ansiosamente lhe entregando mais, como uma criança cujas pinturas feitas com os dedos são penduradas na geladeira.

— Essa aqui é bem boa — ele diz, erguendo a nota adesiva original. — Vamos tentar essa para segunda estrofe.

Alguma coisa dentro de mim pula de alegria. Volto para a cabine acústica e nossos olhares se encontram através do vidro. Já fizemos isso tantas vezes que conseguimos decifrar os gestos e tons de voz um do outro e, às vezes, quando ele está falando com Yusuf ou Oskar em outra língua, consigo entender a essência do que está dizendo só pela sua expressão.

O tempo fica comprimido aqui; nunca sei em que momento do dia estamos. Dou uma olhada no relógio. Meia-noite e pouca. Eu já deveria saber — Axel ganha vida a essa hora da noite, quando gargalhadas ressoam nas ruas geladas de pedra, quando ruídos esporádicos dos motores dos carros desaparecem na esquina. Assim que começo a cantar a nova estrofe, ele semicerra os olhos.

— A gente sabe muito bem que você pode ter um controle melhor — ele diz. — Quero mais suave.

Tiro os fones de ouvido e levanto a sobrancelha.

— Suave, é?

— O quê?

— Desculpa. Só estou cansada e tô sendo esquisita.

Ele balança a cabeça e suspira.

— Começa de novo, por favor.

A tela de mensagens do meu celular tem umas figurinhas: uma mensagem em uma garrafa e uma estrela-do-mar alaranjada. Aperto selecionar, mensagens de texto, criar mensagem.

Me avisa se tá td bem?

Gwen me liga — ela odeia ficar trocando mensagens de texto, diz que não tem tempo para isso.

— Querida — ela diz, tirando sarro do Sonny. — Você não precisa se preocupar comigo, querida. Estou ensaiando pro show do intervalo.

— Eu sei. Foi mal, estou virando sua mãe.

— Não fale assim. Ela é muito pior. Fica apavorada por eu ficar na rua, cheirando doses cavalares de substâncias misteriosas, mesmo se eu estiver bem na frente dela. Acho que ela acredita que eu posso me clonar, sério.

Como é ter uma mãe no pé assim o tempo todo?

— Tá bom. Vou te liberar.

— Você vai assistir? É só pular a parte do jogo, claro.

— Claro.

Desligamos, ainda dando risada. Axel nos recebe para jantar no apartamento dele. Está aquecido e é bem iluminado. Sonny está aqui de novo e, por consequência, a conversa é animada. Quando volto para a mesa, ele está contando a história de um ator famoso, Tony Wexler. Puxo minha cadeira.

— É verdade — ele está dizendo. — Já fiquei com a mesma quantidade de atores que a Amber.

Todo mundo ri, exceto Axel. Ele está vestindo uma blusa de gola alta bordô da mesma cor do meu vinho.

Yusuf pergunta:

— Quem é Tony?

— É uma estrela do cinema. Lindo demais — digo. — Sonny sempre fica se gabando do caso amoroso que tiveram nos anos 80. Eles eram vizinhos em Nova York.

— Não, a gente não era *vizinho*. Eu estava selecionando o elenco para um show e ele era o ator principal, foi assim que o conheci.

Sonny toma um gole de vinho. Apontando para Yusuf, pergunta:

— Qual é a coisa mais louca que já aconteceu com você?

Yusuf se encolhe sob nosso olhar coletivo. Ele é quase tão avesso à atenção quanto Axel.

— Foi quando fui atrás do Axel numa boate em Estocolmo. Eu ia toda noite, até que uma vez coloquei uma fita demo no bolso dele. Era um tiro no escuro. — Ele sorri. — Mas na noite seguinte ele vem até mim e diz: "É seu?". Ele estava com a minha fita. Quando disse que era, ele perguntou se a gente podia compor junto.

— Ainda bem que deu certo — Axel diz, erguendo o copo de água para Yusuf. — E você, Amber?

Giro o vinho.

— É mais surreal do que louco. Mas numa turnê, olhei para o público. Tinha uma menina nos ombros do pai. Ela estava segurando um cartaz. Tinha uma coisa muito simples escrita: *Eu te amo, Amber*. Nunca esperei ver nada desse tipo. Por muito tempo, o consenso geral foi de que eu era horrível. Por causa da coisa do Wes e da Gwen, sabe. Mesmo antes de tudo isso. Eu surgi depois da Savannah e da Gwen, aí todo mundo dizia que eu não tinha originalidade.

— Não existe originalidade pura — Axel diz, franzindo a testa. — Nada surge do nada. A única coisa que a gente pode fazer é tentar criar com os mesmos ingredientes que todo mundo tem.

Depois do jantar, peço licença para usar o banheiro. Percebo Axel em tudo: uma escova de cabelo ao lado da pia com fios de cabelo dourado. Uma pilha de zines de música acima do vaso sanitário. Apenas um brinco abandonado em uma prateleira, o cobre gasto transformado em pontos prateados. Nenhum outro vestígio da pessoa a quem pertenceu. Curiosa, abro a porta que dá para o quarto dele. Embora o chão tenha sido varrido, há uma meia perdida. Todo o resto foi empilhado em cima da cama. Suéteres pesados de lã, cuecas boxer xadrez, livros velhos, um arranhador para gato. Mergulho cada vez mais fundo nele, passando a mão pelos tecidos, pelos papéis, por sua vida. Seu toca-discos ainda está girando, os alto-falantes, ligados baixinho. A capa de um álbum da Billie Holiday está ao lado no chão.

— O que você tá fazendo? — Axel se encosta no batente da porta.

Levo um susto, envergonhada.

— Olhando seus discos.

— Pode aumentar o volume — ele diz, apontando o queixo para o toca-discos. — Estava ouvindo antes de vocês chegarem.

Levanto a agulha para colocá-la na primeira ranhura. Giro o botão. Música se infiltra pelo ar a nosso redor. *I'm a Fool to Want You.*

Ele entra no quarto; dou um passo para trás na direção da cama.

— Foi divertido — digo. — Você cozinha bem. Sou uma negação na cozinha, sabia? Estou quase sempre comendo em hotéis e não consigo fazer nada sozinha… — Paro de falar. De repente, me sinto insegura. Por que entrei aqui?

— É estranho. — Ele sorri para si mesmo e fica de joelhos na frente dos discos. Com os dedos, com delicadeza, os tira de dentro da capa e os segura pela borda. — Artistas estão sempre indo e vindo aqui. Só que não costumo oferecer jantares.

— Então você tá dizendo que eu sou especial.

— Não tenho favoritos, Amber. Você sabe disso.

— Tem sim, você só é legal demais pra me dizer quem é. — Ele reage com um sorrisinho, o que deve significar que tenho razão. — Com quem mais você trabalha mesmo?

— Gwen, claro. Somos bons amigos. Mas acho que não vou fazer nada pro próximo álbum dela. Mudança de direção.

— Ela ama R&B. Acho que ela quer fazer experiências com o som dela. Tentar coisas novas.

Ele concorda.

— O pop roubou muita coisa do R&B, sabia? Bom, o pop pega de tudo, na verdade. É o catador de lixo da música, vamos ser honestos. — Ele pausa por um momento. — Quem mais? Hum. ETA, óbvio. Acabei de fazer uma música pro álbum solo do Alex. Chloe Woods. Lauren Li. Carly Ramona. Ela é muito talentosa. — Enquanto ele nomeia artistas, fico deitada em sua cama, entre todas as suas coisas, encaro a pintura descascando no teto. Ele continua mexendo nos discos. Ergue um, mas não consigo ver qual.

— Nossa, isso aqui é bom. Vou colocar esse aqui para tocar pra você — ele diz. Ele para o disco da Billie Holiday, cantarolando uma música, sempre preenchendo os silêncios. Distraída, canto uma letra por cima.

Ele paralisa.

— Como é que é?

— Hã?

— Faz de novo. — Ele cantarola sua melodia e eu continuo improvisando. Seus olhos estão arregalados. — Não pare.

Ele procura alguma coisa na gaveta e segura um gravador de fitas velho perto da minha boca, observando com atenção enquanto canto, enquanto o gravador guarda o som.

— Caramba, muito bom. O que você acha?

Digo que é bom. Ele pergunta qual o horário mais cedo que consigo chegar ao estúdio. Sorrio.

— A gente precisa mesmo dormir?

Ele passa a mão no cabelo.

— Sim, a gente deveria dormir. Você deveria, pelo menos. Mas a gente acorda logo cedo e começa a sessão com isso. — Ele cantarola a melodia de novo. — Legal. Adorei.

Sua expressão é a de quem viu o céu ficar limpo. Estamos os dois eletrificados, eufóricos. Não consigo acreditar que ele vive a vida deste jeito: andando e aí tropeçando em uma ponta de brilhantismo.

— A gente deveria voltar, né? Junto com todo mundo?

— Acho que sim — ele concorda. Abre a porta para mim, me observa passar, depois liga o toca-discos de novo, a voz da Billie Holiday escoa devagar pelo corredor.

— … Amber sobre o Wes — Sonny está dizendo na cozinha.

Ao entrarmos, todo mundo olha para baixo.

— Sobre o Wes? — digo, puxando a cadeira.

Sonny abre e fecha a boca. Oskar está com os olhos arregalados. Yusuf empurra comida no prato.

— O que tem ele, Sonny?

Sonny coça a cabeça como um cachorro com pulga. Por fim, abaixa a mão.

— Ele casou com a namorada em Vegas, querida. Foi o que li. Mas pode ser só um monte de bobagem. Pode nem ser verdade.

Pego uma faca. Passo pela manteiga mole. Espalho em uma fatia de pão. Faz tanto tempo que não como pão e, depois de um momento curtindo a sensação almofadada na língua, engulo.

— Que idiota.

Sonny ri, pega a fatia de pão do meu prato e dá uma mordida para que eu não coma o resto.

— Viu? — ele diz, com a comida remexendo na boca. — Ela não tá nem aí. O que foi que eu falei pra vocês?

Depois que os pratos estão vazios, fumo um cigarro na calçada. Quando sinto o calor irradiando de outro corpo, me viro e vejo Axel a meu lado. Sua gata malhada corre em volta de uma lata de lixo, com um rato morto pendurado na boca. O corpo flácido cai. A gata o pega de novo.

— Que bom que você tá usando meu casaco.

Quando ele diz isso, eu me ajeito melhor nele.

— Tá chateada? — ele continua. — Imaginei que estivesse. Wes vivia falando de você, então sei que ele gostava de você.

— Obrigada por dizer isso. Mas eu tô bem. Não tô surpresa. Tá tudo bem, sério. Ele não era a pessoa certa para mim, nem eu para ele, em vários aspectos.

— Por quê?

— Eu estava passando por um momento difícil. Estava muito… sei lá o que estava rolando comigo. Mas é aí que a gente sabe se um relacionamento é bom ou não. Se consegue aguentar a turbulência. Então, tudo bem. Uma merda, mas tudo bem. — Ele fica em silêncio, então explico melhor. — Ele tinha vergonha de mim.

— Vergonha?

— Talvez vergonha não seja a palavra certa. Não sei se você, tipo, sabe disso ou não, mas nos Estados Unidos não sou considerada uma pessoa de família. Quando a imprensa passou a me retratar de uma determinada forma, ele não conseguiu lidar com isso.

Ele tira o cigarro da minha boca, o que me faz sorrir. Bate a cinza e faíscas voam pela rua. Sua testa está franzida.

— É a coisa mais ridícula que já ouvi na vida.

— Tá tudo bem. Agora o espaço que ele ocupava está cheio de todas essas coisas, todas essas ideias que me deixam animada.

— Que bom. Você tá aprendendo sobre você mesma.

— É, estou sim. — Olho para ele. — E você?

Ele parece desconfortável. Ele sempre fica assim quando perguntam a respeito dele.

— Te conto outra hora.

Estou morrendo de vontade de pressionar um pouco mais. Quem é você? Quem são as pessoas que você já amou? Quem amou você? Um quentinho familiar se alojou na minha barriga, entre as minhas pernas. Meu primeiro impulso é deixá-lo se espalhar; o segundo é abafá-lo. Só sei que posso ficar quieta com ele. Tudo está quieto. O ar corta de tão gelado e o céu é de um azul profundo, e me dou conta de que a noite não pode ser escuridão pura, porque vai sempre ficando mais clara, aos poucos, com a aproximação da manhã. A cidade está imóvel. A meu lado, ele se mexe, e talvez ele também esteja se contendo.

QUEM É SUA MELHOR AMIGA DO POP?

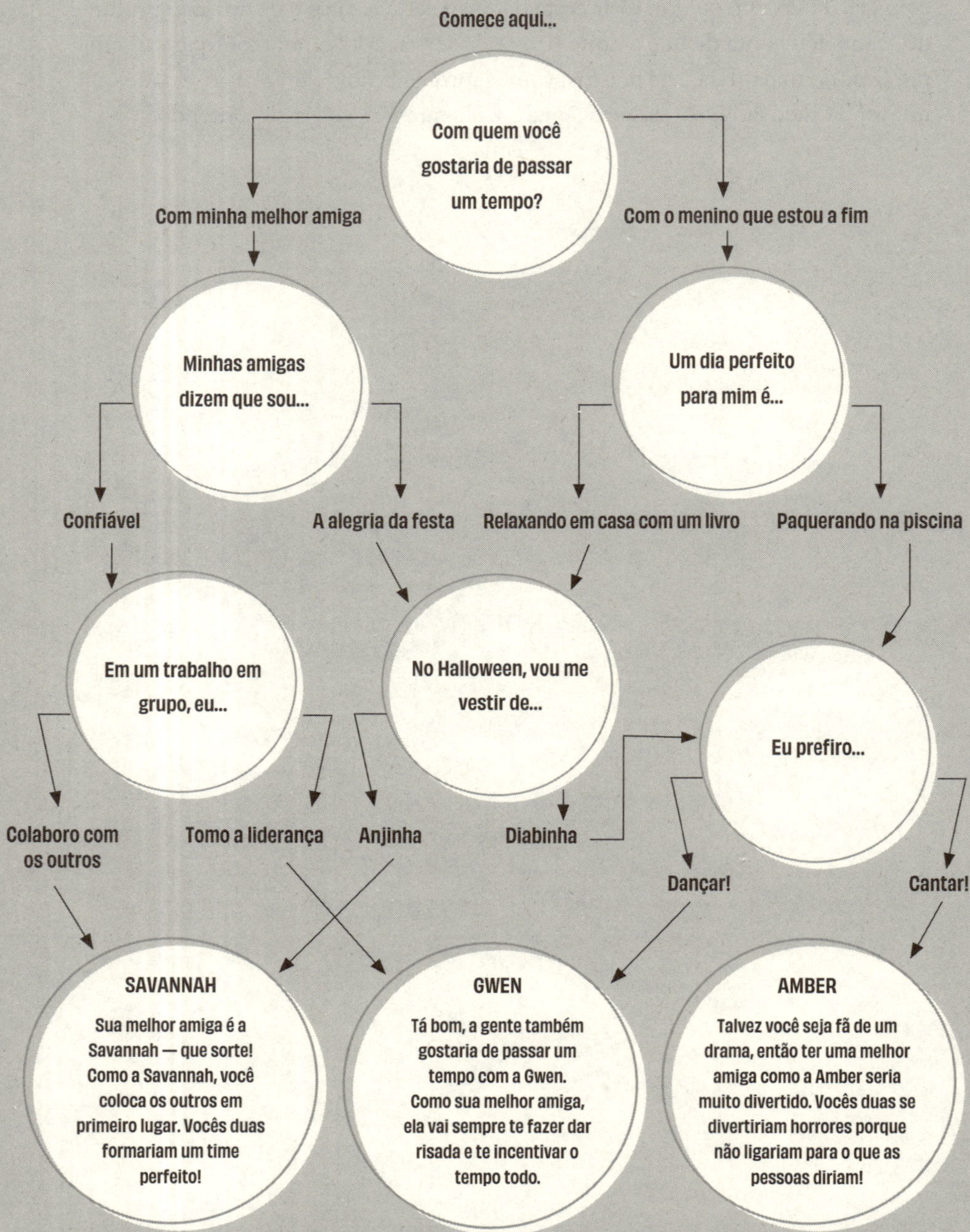

2003

Oslo

NAS JANELAS DE OSLO, FAMÍLIAS ESTÃO REUNIDAS ao redor de mesas. Uma mãe se abaixa para beijar a testa da criança na cama. Um grupo de adolescentes compartilha uma garrafa. Um casal está transando, cada metida e expiração embaça a janela. Sons da noite. Humanidade. Toda vez que estou aqui, lembro que a vida pode ser leve.

Axel destranca a porta da sala de controle. As luzes do teto tremeluzem. O computador chia quando ele se encosta nele.

Aponto para o teclado encaixado no canto da sala.

— Toca alguma coisa pra mim.

— Tá bom, mas só se você cantar.

Me sento ao lado dele, forçando-o a chegar para o lado. Nossas coxas roçam uma na outra. Nossos joelhos.

— Que tal *The One I Want*?

Ele bufa.

— Foi você que escreveu, né?

— Tá bom. — Ele posiciona os dedos sobre as teclas. Devagar, começa a tocar. Sei cada palavra, todas as partes do Wes. Não sai da minha cabeça, da memória coletiva, há anos.

Quando te vi de novo
Tentei esquecer
Mas sua imagem estava estampada em mim
Feito um carimbo

Faz anos, babe
Ainda me arrependo
Não consigo seguir em frente
O tempo sem você é um desperdício

Está claro para mim
Deveria estar claro para você
É você quem eu quero
O que mais posso fazer?
Menina, eu imploro
Serei seu brinquedo

Está claro para mim
Deveria estar claro para você
É você quem eu quero
O que mais posso fazer?
Menina, eu imploro
Serei seu brinquedo

Me transforme em seu bobo da corte
Me transforme em seu rei
Faço qualquer coisa

Está claro para mim
Deveria estar claro para você
É você quem eu quero
O que mais posso fazer?
Menina, eu imploro
Serei seu brinquedo
É você quem eu quero
O que mais posso fazer?

Ele ergue as mãos. As teclas sobem pouco a pouco, peixes mortos na água.

— Queria saber tocar.

— Você pode aprender.

Cutuco a unha.

— Pode ser. Daí quem sabe as pessoas me respeitem mais. Se eu soubesse tocar um instrumento, sabe?

Ele apoia o cotovelo nas teclas e se vira para mim.

— Eu não tocava nenhum instrumento antes de começar a produzir. Conheci uma banda numa boate uma vez e, sabe-se lá como, convenci eles a me deixarem produzir e mixar pra eles. Guardava todo o meu dinheiro para comprar equipamento e aprendi a usar o Logic sozinho no computador do meu pai.

No começo, as coisas que saíam eram bem medíocres. Yusuf sabe tocar uns sete ou oito instrumentos, aí ele me ensinou um pouco, só que queria ter mais estudo formal. Mas você já tem seu instrumento, Amber. Ele é embutido, e o resto das pessoas não vai poder usá-lo nunca. — Ele aponta para minha garganta.

Passo a mão por ela e fico corada.

— O que você pensa sobre o álbum? Seu terceiro álbum?

— Os executivos da Lolli querem construir meu sucesso.

Ele balança a cabeça.

— Não, como você quer que ele seja? Você. A artista.

A artista. Na maior parte do tempo, não ouso me considerar uma. Artistas não tem dedos manchados de tinta? Eles se debruçam sobre algo significativo, um trabalho que um dia será pendurado num museu. Cantam baladas profundas e sentimentais como a Savannah.

— Porque acho — ele continua, percebendo minha hesitação — que a gente precisa saber o que estamos tentando dizer.

— É estranho eu ter só uma cor na cabeça? Tenho uma cor. Um sentimento. É como a minha vida está neste momento.

— Qual é?

— Dourado. É como se tudo fosse dourado. Vou soltar mais palavras. Quem sabe um pôr do sol. Orvalho. Néctar. Mel. Desejo. Luxúria. Coisas desse tipo.

— Tô entendendo o que você tá querendo dizer.

— A primeira faixa deveria ser uma introdução. Com muito coro. Tem o vocal principal. Um som de fundo. É mínimo e maravilhoso, como se você estivesse numa igreja medieval. E aí aumenta e tudo se quebra. Entramos logo com *Dor*, aí aquela ilusão de, sei lá... castidade, talvez? Moralidade? O que for, a gente destrói já de primeira. É isso que eu quero.

— Legal. Gostei da ideia. Bastante.

Continuamos conversando, uma conversa tipo limpadores de para-brisa em uma torrente. De mim para ele e de volta para mim.

— Sozinho, ninguém entende onde está — ele está dizendo. Meus olhos estão ficando pesados com a voz dele. — Só quero ajudar artistas a enxergarem quem desejam ser, ajudá-los a se tornarem isso.

Quem eu desejo ser, Axel? Sei que você consegue ver, e talvez agora eu consiga também. Quero mais de novo. Logo antes de dormir, me dou conta de que é isso que Axel e Gwen têm em comum: eles veem o potencial ardendo em outras pessoas, e conseguem liberá-lo, como um dedão acendendo um isqueiro.

Trabalhamos juntos na introdução durante algumas horas, depois decidimos dar uma volta na primeira luz do dia. Ele me leva a um museu a céu aberto no Frogner Park. Estátuas de granito projetam sombras compridas. Eu as observo, e elas observam de volta: mulheres nuas que se transformam em árvores, uma mãe carregando duas crianças nas costas. O solo fica rangendo. Espinhos de gelo entre pedaços de terra. Paramos em frente a um obelisco de corpos humanos, grudados um no outro como os contornos de um cérebro. Ali perto, uma mulher velha, nua, no colo de um homem com uma barba comprida. Ela cobre o corpo com as mãos. Ele tem uma das mãos em seu pescoço, a outra, na cintura. Sinto os anos conservados entre eles.

— Gostei dessa dali — aponto para a escultura.

— Também gostei. — Axel está a meu lado, o rosto inclinado na direção do casal. — Uma ex-namorada costumava chamá-los de Magnus e Maud. Ela gostava de dar nomes para as estátuas.

— Achei que sua parceira fosse o trabalho. É o que você sempre diz.

Ele volta a andar, com as mãos nos bolsos.

— Minha parceira é o trabalho. De acordo com ela, esse era o problema no fim das contas.

Os passos de Axel são muito mais largos do que os meus; tenho uma cãibra ao acompanhar seu ritmo.

— Axel, desculpa, mas você tem que me contar mais.

— Ela voltou para Estocolmo. Quando transferi o estúdio para Oslo, ela veio comigo. Estava se sentindo sozinha aqui, mas eu tinha que cuidar do meu pai. Eu queria fazer música. Todos os amigos dela e a família estavam na Suécia. Ela estava infeliz, aí acabou. Pra falar a verdade, eu não expandi minha vida para que ela encontrasse um lugar nela. Esse foi meu erro.

Tremo um pouco ao perguntar:

— Você ainda ama ela?

Ele ri.

— Acho que não, não. Você ainda ama seu ator? O senhor Land.

Dou risada também.

— Não. Aquilo não foi nada.

— Não precisa não ser nada.

Ele tem razão. Não é que não tenha sido. Nenhuma experiência é nada.

— Sinto como se estivesse ligado à emoção — digo. — Quero dizer, o sexo está. Pelo menos pra mim está. Mulheres deveriam transar sempre que quiserem. Isso é importante. Pode me interromper se eu estiver divagando. Mas, pra mim, é muito emocional, e não consigo evitar sentir alguma coisa por aquela pessoa naquele momento, e torcer que a pessoa sinta algo por mim. Depois de um tempo, a pessoa sabe do que a gente gosta, deixa a gente maluca, e às vezes parece que pode ler mentes. O que é bom, o que não é. Pode ser informação demais e tal, mas sabe quando a gente tá transando e fica repetindo "eu te amo" um para o outro o tempo todo? É a melhor coisa. — Olho para ele e sei que meu rosto está vermelho. — Desculpa.

As mãos dele estão enfiadas no fundo dos bolsos do casaco.

— Não, não — ele diz, se mexendo no lugar. — Tem razão. Acho que... tenho pensado no que você disse na praia de Venice. Você disse alguma coisa no sentido de "música é como se apaixonar por alguém". Acho que é verdade mesmo.

Quero dizer para ele que mudei de ideia. Agora música é como sexo. Quando estamos transando, ouvimos um ao outro, nos adequamos e experimentamos, e depois... que deleite.

— Você está mesmo reconhecendo que tenho razão sobre alguma coisa, Axel?

Ele parece confuso.

— E eu não faço isso?

— Nunca — digo, e continuamos andando.

O resto do mundo acorda, nos lança para a claridade. Alguns corredores passam por nós. Vejo quando o reconhecimento bate — os olhos arregalados, toda a concentração caindo por terra. Eles viram a cabeça para olhar para mim. Eu não deveria ter deixado Dale no estúdio, mas queria ficar fora de vista com o Axel, só um pouquinho. E as pessoas são bem mais reservadas aqui, até indiferentes. Sempre há um punhado de fãs na frente do hotel e do estúdio, mas raramente alguém se aproxima de mim na rua.

— Como está seu pai? — pergunto para Axel.

Os passos dos corredores se dissiparam ao longe e estamos sozinhos de novo.

— Ele está... — A mão dele faz um rastro no ar. — Ele sabe que tá morrendo e isso o deixa bastante frustrado. Ele tá se dedicando a ler todos os livros que nunca teve a chance de ler. Está convencido de que não vai terminar a tempo, então passa o dia inteiro com eles. Aí consegue viajar e viver muitas vidas num curto espaço de tempo. É um consolo. Acho que quando chego, ele fica desanimado porque tem que se afastar da história em que está concentrado. É perturbador demais encarar a vida real dele. Mas somos muito parecidos. Acho que, no fundo, ele gosta quando eu estou lá. Só que nunca diz isso. Somos assim. — Ele cria duas linhas paralelas com as mãos. — Mas acho que ele tá um pouco de saco cheio de mim. E eu tenho dificuldade de esquecer minha infância, como ele me tratava naquela época.

— Como dá pra cuidar de alguém que te magoa?

Ele balança a cabeça.

— Eu simplesmente tiro meu ego da jogada.

— Como se isso fosse fácil.

Ele dá de ombros.

— Pra mim, é. Sinto que… como posso explicar? Sinto que consigo me afastar de mim mesmo, de algum modo. Tenho alguns impulsos, mas só não fico cedendo mais a eles.

Olho para ele, perplexa. Gostaria de poder pegar o cérebro dele nas mãos e investigá-lo.

— É por isso que você não bebe?

— É e não é.

— Como assim?

— Acho que os pais podem afetar a gente sem ter a intenção. Sendo maus exemplos, acabam ajudando. Mostram o que não fazer. Uma vez, vi meu pai em mim, e isso era o que mais me dava medo. Vi como ele vivia sem propósito, e eu não queria viver assim. Eu ficava fora a noite toda, todas as noites em Estocolmo, e estava virando ele. — Ele ri para si mesmo, depois olha para mim. — Não posso me permitir nada. Porque aqui dentro — ele aponta para a cabeça —, não é relativo. Se eu beber um pouco, vou querer tudo.

— Talvez eu seja assim. — Por um momento, o único som é o dos nossos passos. — Ele tá melhorando?

Axel balança a cabeça.

— Quando você visita ele?

Ele dá de ombros.

— Quando posso. Em geral, no fim da manhã ou no início da tarde, por aí.

— E quando é que você dorme?

Ele observa um esquilo subir correndo o tronco grosso de uma árvore.

— E quando é que *você* dorme?

— Quase nunca. Tem sido incessante pra mim. Há seis anos.

Ele coça a cabeça.

— Você acha que vai tirar um tempo livre depois do próximo álbum?

Balanço a cabeça.

— Sonny quer fazer outra turnê. Uma etapa nacional, depois uma na Europa. Talvez Austrália. — Faço uma pausa. — Mas não consigo dormir na maioria das noites mesmo. Fico só lá, deitada. Pensando em todas as coisas que eu gostaria que fossem diferentes.

— O que você queria que fosse diferente?

— Várias coisas. A maneira como minha mente funciona. A maneira como as pessoas me veem. Minha mãe.

— E como ela está?

Como ela está? Agora ela mora em uma casa numa rua sem saída, o tipo de casa pela qual costumávamos passar, dizendo: "Essas pessoas têm mais dinheiro que deus." Ela pinta o cabelo com profissionais. Participa de um clube do livro. Eu lhe dei o tipo de vida que ela costumava ver de sua mesa de trabalho, acompanhando agendas de consultas com o dedo.

— Está bem. Não somos próximas.

Ele muda de assunto, sentindo que não quero falar sobre ela.

— Você não tem que ficar deitada na cama desejando que as coisas fossem diferentes, Amber. Tem algo dentro de você… você tem isso, seja lá o que for. É por isso que você é artista. Já disse isso antes, mas acho que você não se enxerga com clareza. — Suas sobrancelhas se juntam. — Sua mente é um lugar maravilhoso e complexo. Não é difícil ver isso.

Sangue corre para as minhas bochechas. Ele está olhando para uma estátua, passando a mão pela bochecha dela, tão devagar, como se talvez pudesse lhe dar vida.

Baixinho, ele pergunta:

— Vem comigo hoje?

— Onde?

Ele tira a mão da pedra e se vira para mim.

— Pro hospital. Ele ia gostar de conhecer uma pessoa nova.

A enfermeira sabe quem sou. Essa informação existe entre nós, mas ela decide me tratar como uma desconhecida e até pergunta meu nome para escrevê-lo no registro de visitantes. Quando digo, sua boca se contorce com a confirmação.

Ela diz para Axel:

— Ele tá acordado.

Nós a seguimos por corredores polidos e brancos, suavizados por grandes janelas e pela luz do sol. Axel estende a mão para abrir a porta, e essa ação é tão lenta, quase suspensa, que me pergunto se ele a está retardando. Ou talvez seja só a maneira como ele se move, e eu nunca tenha prestado atenção — metódico, cada momento desfrutado, em vez de acelerado.

Seu pai, Per, está em uma cama dobrável com uma bandeja de comida à frente. Está fazendo careta ao pegar a comida do prato com um garfo — a mesma expressão que vi com tanta frequência no rosto de Axel. Ele ergue o olhar. Essa é a primeira pessoa que vejo que está para morrer. Seu rosto tem um aspecto amarelado com sulcos azuis-escuros ao redor dos olhos, e seus membros estão finos e frágeis.

Per faz uma pergunta para Axel em norueguês, e Axel responde com meu nome. Depois, em inglês, ele diz:

— Uma amiga.

Axel se senta na lateral da cama do pai e eu, em uma cadeira. Eles falam baixinho um com o outro, até Axel suspirar, mudando para o inglês para me incluir.

— Estamos trabalhando no terceiro álbum de Amber — ele diz.

Per estreita os olhos e se vira para mim.

— E você está gostando? De trabalhar com Axel?

— Ah, eu… ele é muito… — Pauso, sorrindo para mim mesma. — Ele é meio babaca.

Per cai na gargalhada, coloca o pote de pudim de chocolate na bandeja.

— Mas genial. — Coloco a mão no braço de Axel e a tiro no mesmo instante. — Muita gente diz que ele é um gênio.

Per diz mais alguma coisa em norueguês, o que faz Axel revirar os olhos.

— O que foi? — pergunto.

— Ele disse que eu devo ter te pagado pra dizer isso.

Me inclino para frente e olho nos olhos cinza de Per, que são de um tom mais escuro que os de Axel.

— Não, sério. É mesmo. Não do tipo que espera ser tratado de forma diferente por causa disso. Axel é bem humilde, então deve estar odiando que eu fale assim. — Me viro para Axel e seu rosto está vermelho. — Olha só! E tá mesmo! Tá odiando demais.

Axel coça atrás da orelha.

— Por mais estranho que pareça, não tô odiando tanto. Pode continuar.

Trocamos um olhar, flagrado pelo pai dele. Per nos observa em silêncio e diz:

— Você tá muito diferente hoje, Axel.

Me viro para Per.

— É?

— Ele costuma ficar fazendo umas perguntas chatas. Se eu tô bem, se tenho água, se tenho um livro, se preciso de um médico. Hoje ele tá rindo.

Decido ignorar porque se eu encostar, sei que a superfície vai estar quente.

— O que você anda lendo? — pergunto a Per.

Ele levanta um livro grosso, e não consigo entender o nome, mas mexo a cabeça como se entendesse.

— Você lê? — ele pergunta.

— É surpreendente, mas sim, eu sei ler. É um choque para muitas pessoas. — Axel sorri. Eu continuo: — Leio mais os livros que a Oprah indica. Conhece a Oprah?

Per faz que sim. Ele não diz mais nada, estica o braço e aperta um botão. Axel o ajuda a se sentar.

— Ele precisa ir ao banheiro — explica.

A enfermeira pega o outro braço de Per e, juntos, eles o tiram da cama. Agora vejo quão frágil ele de fato está. E vejo que ele está bastante envergonhado por precisar de ajuda dessa maneira. As laterais de sua camisola hospitalar estão soltas, então fico de costas até que ele esteja no banheiro com a enfermeira.

Axel suspira e se senta na cama.

— Obrigado por ter vindo. Ele tá muito feliz por você estar aqui. Não tem a oportunidade de conhecer muitos dos meus amigos.

— Gostei dele de verdade. Ele me lembra você.

— Lembra?

— Lembra. Acho que são os olhos. Tem muita coisa que ele não tá dizendo, mas dá pra ver como os pensamentos dele são rápidos. É como se ele estivesse descartando várias opções antes de finalmente escolher uma.

Axel faz um barulho, pensativo.

— Mas ele tem razão.

— Sobre o quê?

— Eu tô diferente hoje.

Per deseja privacidade para seus exercícios, então fico zanzando na recepção do hospital. Levo o celular ao ouvido. Toca por muito tempo e cai na caixa postal dela.

— Oi, mãe. Tô em Oslo no momento. Não sei se te falei. Estava pensando que seria legal se a gente se encontrasse quando eu voltar pra Nova York. Me avisa. Tchau.

Há alguém atrás de mim — uma solidez que chama minha atenção. A enfermeira. Seu sorriso é tímido. Sei o que ela vai pedir antes que faça isso. Claro, digo, claro que dou um autógrafo. Ela me entrega uma folha de papel e eu escrevo: *Obrigada pelo seu trabalho aqui. Per tem sorte de ter você. Com amor, Amber*. Então entrego o papel de volta para ela e é um daqueles instantes na vida quando provavelmente há mais palavras a dizer, mas não a conheço, e ela não me conhece, então não as dizemos.

Entramos na boate. Axel diz:

— Tenho receio de que você seja famosa demais pra isso aqui agora.

Concordo. Tivemos que sair de fininho por uma porta de serviços do hotel em que estou para entrar em um carro e vir para cá. Como disfarce, estou usando uma peruca platinada. Ele coloca uma mecha de cabelo de volta para dentro do boné, mordendo a língua, concentrado.

— Certo. Agora, eu não faria a menor ideia.

Ele cumprimenta um segurança conhecido e somos levados para descer um lance de escadas e entrar em uma boate pequenininha e grudenta que parece uma catacumba, com tijolos expostos, uma caveira decorativa em cada parede. As luzes estroboscópicas são de um tom violento de vermelho.

— Espere aqui — Axel diz, e é consumido pela multidão.

As batidas do meu coração aceleram. Suor escorre por mim, um batismo contínuo por outros corpos.

Estou animada com o anonimato total, com a liberdade de movimento, com todos esses lábios inchados que foram beijados e beijados até serem obrigados a emergir para recuperar o fôlego. Aqui não sou ninguém; aqui posso ser qualquer um.

Axel roça meu ombro. Ele é mais alto do que a maioria das pessoas aqui; sua cabeça, um telescópio submarino acima da superfície. Ele aponta para um espaço onde podemos ficar e observar. Nenhum de nós dois está bebendo. Nenhuma gaze para cobrir o acanhamento. Ainda assim, quero dançar — e por que não? Vou ficar em Oslo apenas duas semanas, depois vou embora, gravar com diferentes produtores em Los Angeles, depois uma breve etapa da turnê na América do Sul, depois, depois, depois, uma ladainha sem fim, e entre isso tudo, talvez só um respiro. Uma noite como esta. Puxo o braço dele e o levo para dentro da multidão.

Ele resmunga.

— Amber.

— Por favor?

As luzes estroboscópicas saltam do rosto dele, como chuva tamborilando numa poça. Ele dá alguns passos na minha direção para ajustar minha peruca. A música muda, e os olhos dele também. Vejo que a música o capturou.

— O que tá dizendo? — grito.

— O quê?

— O que a música tá dizendo?

Ele ouve o norueguês veloz, depois ri.

— Não sei se eu deveria te dizer. — Mas mesmo assim ele se aproxima, a respiração morna no meu pescoço. — *Você quer ser fodida? Eu bem que ia curtir uma foda.*

— Legal. Nunca imaginei que ia ouvir uma coisa dessas saindo da sua boca.

Ele é empurrado contra mim por um estranho e agarra um dos meus ombros para se equilibrar. Agora que já nos tocamos com tanta casualidade, estamos nós dois um pouco mais soltos. Sua mão encontra a minha e ele me gira. Uma das nossas músicas novas, *Mentindo para mim mesma*, se espalha pela pista. A produção é impecável — sintetizadores, uma batida rápida, todo tipo de nuances que são doces ao ouvido e levam dias para ele mixar. A batida acelera, se torna ofegante. Ela vai aumentando, do jeito que ele pretendia. Como vai terminar?

— É linda — grito.

— O quê?

Eu me estico para gritar no ouvido dele.

— É muito linda.

Ele sorri e seu rosto é uma chama confusa. Fico tentada a passar os dedos nele, só para ver se eu me queimaria. Quando foi que comecei a me reprimir? Não se aproxime dele. Se afaste. Quando foi que uma nova cor se sobrepôs àquela que eu sempre soube ser a dele? Agora não consigo deixar de me perguntar se ele é devagar e intencional com mulheres. Se é atencioso. Preciso. É assim que imaginei que ele seria. Será que ele consegue ver esses pensamentos passarem pelo meu rosto junto com a luz?

Sonny está no estúdio com uma filmadora digital. Ele a vira para Axel.

— Diga oi!

Axel dá uma olhada por cima do ombro.

— Pra que isso?

— Pro DVD dela.

— Oi — Axel diz. Um aceno sem graça. — Como é que vou trabalhar com isso aqui, Amber?

— Dá só cinco minutos pro Sonny. Ele só vai me filmar cantando na cabine. Será que não dá para você me dizer que eu estou fazendo um bom trabalho? Assim meus fãs não vão pensar que você é ruim comigo.

Ele revira os olhos, mas há um brilho neles. Na gravação, ele está curvado com seu capuz, lançando farpas de irritação.

Em um dado momento, pego a câmera de Sonny.

— Aqui temos o meu produtor, Axel Holm. É ótimo trabalhar com ele. Axel gosta de dizer que pode me derrotar no xadrez, mas ontem à noite, eu acabei com ele.

Ele balança a cabeça, escondendo o sorriso antes que eu consiga capturá-lo.

Gwen ao telefone. Sua respiração ansiosa, rápida. Equilibro o celular entre a orelha e o ombro.

— Preciso atender — murmuro para Axel.

Fico surpresa quando ele concorda. Sua cabeça está abaixada perto da de Oskar e eles estão concentrados na tela à frente. Um produtor mais jovem que eu não conhecia os observa atento, ansioso, com uma penugem de pêssego brotando no rosto.

Empurro a porta. Do outro lado da linha, me dou conta de que Gwen está chorando. Na hora penso no pior.

— Gwen, respira, o que foi?

Sons abafados, arranhados. Alguma coisa sugada.

— Mandei um e-mail pra ela.

— Tá tudo bem? Você parece que tá péssima. E se você viesse pra cá, pra Oslo? A gente poderia…

E é neste momento que compreendo: ela está chorando de alegria.

Ela me conta que encontrou Tammy no hotel Beverly Hills. Já fazia um tempo que ela estava esperando, mexendo a bebida. Então ela olhou para cima. Lá estava ela, Tammy, entrando pela porta para saudar a luz radiante do sol. Elas se sentaram ao bar e conversaram. Só amenidades no início, depois entraram fundo no assunto. Decidiram dar um passeio de carro juntas, para um lugar mais afastado. Foram até o parque Joshua Tree enquanto o sol estava a pino. Tammy estava preocupada; tinha visto todas as fotos pouco lisonjeiras, as alegações de uso de drogas pesadas. Gwen disse que não passava de um exagero. Sim, claro, teve cocaína e remédios estimulantes, e umas outras coisas. Só para experimentar. Só para sentir.

Ficaram de mãos dadas pela primeira vez em um espaço aberto, entre as rochas alienígenas, a vegetação rasteira incomum. Entrelaçar os dedos foi como exalar o ar. Gwen se virou para ela, a pessoa na qual ela se apoiou por anos, o olho no furacão da imprensa, e do julgamento, e das viagens intermináveis, esse bote em um grande oceano de correntes. Tammy disse que era doloroso demais estar perto dela. Gwen entendeu. Ela sabe que é difícil amá-la. Ela pode ser distante, ambiciosa, fria. Escondeu-se dentro de si mesma depois dos contratos que a SMG pôs a sua frente, depois que lhe disseram que tudo poderia acabar num estalar de dedos. Ela tinha dezesseis anos de idade. Mas talvez a gente possa quebrar as promessas que fizemos aos dezesseis. Talvez a gente devesse quebrá-las. Ela quer se livrar dessa pele, se livrar das horas sentada nos salões de beleza, pintando o cabelo com aquele rosa que se tornou sua marca registrada. Se livrar da necessidade de aceitar apenas perfeição de si mesma. Da necessidade de moldar o próprio corpo até que ele nunca se canse. Qual a importância disso tudo? Mesmo depois de toda a disciplina, machucou as cordas vocais na turnê. Fez uma cirurgia rápida, só três dias de repouso antes de se forçar a suportar. É quando suas lembranças se embaralham, quando palcos e cidades começam a se sobrepor. Em algum momento, demitiu Tammy. Em algum momento, começou a morrer, e morrer, e morrer nos próprios sonhos. O único motor que a faz seguir em frente são os fãs, que ficam horas de pé nas filas à espera de encontrá-la. Será que a amam? Ela vivia se perguntando anos atrás, na praia. Se amam, de verdade, não iriam querer que ela fosse feliz? Se soubessem, não iriam querer isso para ela? Ela espera que sim. Quer acreditar nisso.

E agora? E agora? Mordo o lábio, esperando que ela me diga.

— Tô tão feliz — ela diz. — Nunca estive tão feliz.

Encosto a cabeça na parede, chorando e sorrindo ao mesmo tempo. Porque mesmo depois de tudo o que conquistamos, tudo o que ainda esperamos conquistar, amor é o alicerce de todos os nossos desejos. Não conseguimos construir nada estável sem ele.

— Você não pode falar nada sobre isso, claro.

— Não vou falar. — Estou sorrindo tanto que minha mandíbula começa a tensionar, estou dando pulos com tanta vontade que Axel estica a cabeça para fora do estúdio. Ele fala sem emitir som: "Tudo bem aí?". Quando confirmo, ele desaparece. — O que aconteceu depois?

— Acampamos no parque. Minhas primeiras férias em uns três anos. Disse pro Mike que eu estava incomunicável. Ele pirou. Disse que minha carreira tinha acabado. Sei lá o que mais. Eu e Tammy só ficamos lá, batendo papo por horas, fizemos trilha, transamos pra caramba. — Nesse ponto, suspiro. Ela ignora, pois sabe que vou pedir mais detalhes. — Eu acordava todo dia de manhã e pensava: minha vida não pode ser assim. Como pode ser minha? Sabe?

— Nossa!

— Era essa a sensação? — ela pergunta. — Com o Wes?

Pela fresta da porta, só consigo ver o topo da cabeça de Axel. O resto dele está escondido atrás da cadeira. Ele está balançando a cabeça com alguma coisa que não dá para ouvir.

— Talvez no começo. Mas acho que não, não. Acho que não dá pra comparar.

É minha última noite em Oslo e estamos no restaurante favorito de Axel. É o tipo de coisa que ele gosta — um lugar típico, bem discreto. Mas mesmo assim, uma mulher começa a gritar e chorar quando me vê e, depois que autografo um guardanapo para ela, algumas outras pessoas se arriscam a vir até nossa mesa e pedem fotos e autógrafos. Até que uma hora Sonny começa a dizer não por mim para podermos comer.

— É uma tradição estranha essa que você tem, Axel — Pat diz, quebrando a casca de um caranguejo gigante. — Por que você ouve as músicas ao vivo?

Axel coloca com delicadeza o rabo de um camarão no prato.

— Gosto de ver a reação. As expressões, os movimentos.

— Ele gosta de inflar o próprio ego — digo.

— Há-há — ele diz. — Muito engraçado, Amber.

— Tô errada?

Pratos são levantados, reposicionados. Eu me sinto erguida e abaixada com eles. O vinho deixou tudo leve. O mundo estremece. Pat e Sonny estão com as bochechas rosadas, suas risadas carregam força excessiva. Eu os observo com atenção: homens que me ajudaram e me machucaram na mesma medida. Os dois se beneficiaram da minha carreira, mas todos fingimos que é o contrário. Não sei como responder algumas perguntas. E ainda não pensei em perguntar outras tantas. Pequenos momentos que coleciono nos bolsos — vezes que Sonny me disse não, me disse que eu estava gorda, que era burra, uma menininha que não sabe de nada. Vezes que ele me guiou da maneira que achava que era a melhor. Vezes que foi compassivo: sua oferta para que eu ficasse em sua casa durante a confusão com a mídia, e depois, em Reno.

Nossos pratos são retirados. Sonny derruba vinho no colo e pede licença para limpar a camisa. Pat diz que precisa ligar para Lyle. Eu já deveria saber o que fazer depois; conheço meus padrões, o empurrão na direção da desordem. Pergunto se alguém à mesa quer fumar. Oskar, como previ, diz que não. Yusuf balança a cabeça, diz que precisa ir para casa, voltar para a esposa. Axel levanta e bate farelos do colo. Claro, ele diz. Me segue para fora, carregando meu casaco porque o esqueci.

Encontramos um banco para sentar. Passo o isqueiro para ele e nossos olhares se encontram na chama.

— Como você tá se sentindo? — ele pergunta.

— Sinto como se esse fosse o melhor trabalho que já fiz.

— E tem razão.

— Obrigada.

— Desculpa se sou duro com você. Só sou assim porque sei que você é boa. Sei do que você é capaz. Se alguma vez pareceu… — Ele balança a cabeça. — Enfim, você entendeu o que eu tô querendo dizer.

O espaço entre nós, de repente, é um cânion. Encosto em seu ombro em busca de calor. O calor circula através de nós. Está tudo quieto, exceto pelo barulho de seu coração e sua respiração, pesada, quase irresistivelmente lenta, como se pudesse parar a qualquer momento.

Ele me passa o cigarro, só uma bituca agora.

— Se você estiver com frio, a gente pode ir pro meu apartamento. É perto.

— Tá bom.

Quando chegamos, ajeito o casaco no encosto da cadeira da cozinha e deixo os sapatos na porta ao lado dos dele. Ele joga as chaves na mesa e se vira.

— Vou colocar uma música, beleza?

— Claro — digo, baixinho. Para onde foi minha voz? Toda a minha coragem sumiu.

Música pulsa pelos alto-falantes. Bossa-nova. A sutileza do violão, cordas levemente dedilhadas. Axel se senta no sofá, pega o violão e começa a afiná-lo, passa a mão sobre a madeira com carinho, como se fosse um corpo.

— Quer tocar?

Ele dá tapinhas no lugar ao lado e me passa o instrumento, que é mais leve do que eu esperava. Sem querer seu dedão roça no meu durante a troca.

— Isso é um Dó — ele diz, tocando a corda. Ela treme, depois para. — Seu primeiro dedo deve ficar aqui, na segunda corda. Segundo dedo, aqui. Você tem que esticar o terceiro até aqui em cima. Mais, mais. Aí. — Suas mãos manobram a minha com um toque tão leve que me faz ranger os dentes. A vibração se espalha pelo ambiente.

De repente, sinto muita vontade de me deitar.

— Está tudo bem? — ele pergunta, olhando para mim.

— Quem sabe um copo de água?

— Claro, vou pegar pra você.

Eu me acomodo na cama dele. Seu cheiro está por todo lugar — nos travesseiros, nos lençóis. Não consigo suportar.

— Aqui. — Ele coloca o copo nas minhas mãos. — Pode beber. — Ele inclina o copo, observando com aprovação conforme bebo. Repouso o copo na mesa de cabeceira e seco a boca com a manga. O rosto dele está tão perto do meu. O silêncio aumenta a pressão, como o oceano faz quando nadamos para longe.

— Será que você pode me beijar logo? — Não tenho vergonha, me sinto ardente. Nos encaramos por um instante. Seus olhos estão arregalados. Devagar, bem devagar, ele se aproxima. Então seus lábios estão nos meus, macios e quentes. Tremo de alívio. Abro a boca e pressiono na dele. Ele geme baixinho, quase distraído. E se afasta, balançando a cabeça.

— Desculpa.

Abro os olhos.

— Por que você tá se desculpando?

— Sei lá. Você bebeu um bocado. Eu queria, quero, cuidar de você. Não foi minha intenção quando te trouxe aqui.

— Não bebi tanto assim, Axel. Eu até estava meio alegrinha no restaurante, mas agora estou sã.

Seus olhos examinam meu rosto. Ele encontra alguma solução nele.

— Não posso, Amber.

— Não pode — repito, ciente de como minha voz soa falhada, rouca.

Parece que ele vai dizer mais alguma coisa, mas apenas faz um gesto com a cabeça.

— Mas por que não pode?

Ele olha para mim por um longo momento. Então, suspira. Diz algo para si mesmo em outra língua, e nunca saberei o que foi.

— Acho que isso pode ter significados diferentes para cada um de nós. A gente trabalha junto. O que isso significa?

Balanço a cabeça.

— Não é, tipo, inadequado, Axel. Você não é meu chefe.

— Você é mais nova que eu.

— Já estive com uma pessoa mais velha que você.

Ele olha para o teto, bate o pé contra o piso de madeira. Seus olhos estão brilhando.

— Não, tem razão. Tem razão. Desculpa.

— Achava que eu nunca tinha razão — ele diz, baixinho.

— Nesse caso, tem. Preciso ir.

— Não, não precisa. Tá tarde. Fica aqui — ele insiste. — Pode ficar na cama. Eu durmo no chão.

— Tudo bem. A gente pode dividir a cama.

Então ele se deita na cama a meu lado e deixa um espaço educado entre nós, uma ausência que dá para sentir. A gata dele pula em seu peito, balançando com sua respiração, e começa a amassar pãozinho nele.

A noite se abre como um bolso e meus pensamentos a preenchem como moedas soltas. Sou inconsequente. Impulsiva. Estou disposta a destruir uma amizade por uma atração unilateral. Penso em uma coisa que disse para Wes anos atrás: *Será que duas pessoas podem ser de verdade felizes se ninguém está olhando?* Agora sei que podem. Sei por que senti; fui feliz de verdade a sós com Axel no estúdio. Imaginei que esses momentos entre nós tinham sido extraordinários, mas agora sei que é apenas a vida dele. Meus milagres são mundanos para ele.

Eu me viro para ver o contorno de seu rosto. O cabelo loiro-escuro cacheado atrás das orelhas. Assim que sei que ele está dormindo, choro baixinho para não o acordar. Ao lado, sua respiração está estável, seu calor, distante. Os olhos amarelos impiedosos da gata me observam no escuro.

Ele está acordado e preparando o café da manhã. Fumaça sai de uma caneca na mesa de cabeceira, dois pacotinhos de açúcar, um potinho de creme, se eu quiser.

— Como está se sentindo? — ele pergunta.

— Péssima.

Ele ri de nervoso.

— Precisa de comida? Aqui. — Ele me entrega uma fatia de pão.

Começo a despedaçá-lo.

— Que horas são?

— Seu voo sai em duas horas. Sonny ligou e disse que já fizeram o *check-out* no hotel pra você. Pode ficar tranquila. Eu disse para eles que você tá bem. Um carro vem te buscar.

Ele está ignorando o que aconteceu ontem à noite como um favor para mim. Misturo o açúcar na caneca com uma colher e olho para a xícara dele.

— Você toma café preto?

— Tomo.

Sorrio.

— Não me surpreende. Gostou logo de cara, não foi?

— Não, na verdade, tive que me forçar. Levou vários anos.

Lá fora, um carro está à espera para me levar de volta a Los Angeles. O escapamento paira sobre a rua. Axel me entrega meu casaco. Nossos dedos se tocam, e eu queria poder colocar a mão dentro da dele.

— A gente se vê.

Ele concorda e se abaixa para acariciar a gata.

— É, a gente se vê.

DOR

Amber Young   Faixa 2 de *Honey*

Produzida por
Oskar Aasland & Axel Holm

18 de agosto de 2003

[Estrofe 1]
Você não foi feita para ele
Dói ficar com você
Engula a verdade
Será que não dá para ver que o tempo está passando?
Será que não pode abrir mão, libertá-lo?

[Refrão]
Mas o que eu faço, o que eu faço
Com toda a dor?
Só posso culpar a mim mesma
Na escuridão da noite
Não há sonhos, não há luz
Só vergonha

[*Estrofe 2*]
Você só está arrancando ervas daninhas
Está vendo as coisas meio-vazias
Você tem muitas necessidades
Não consegue se recompor?
Não consegue esquecer?

[Refrão]
Mas o que eu faço, o que eu faço
Com toda a dor?
Só posso culpar a mim mesma
Na escuridão da noite
Não há sonhos, não há luz
Só vergonha

[Ponte]
O toque dele, a pele dele
Fico imaginando o alívio
Será que ele vai voltar ou
Será que vai finalmente me deixar em paz?

[Refrão]
Mas o que eu faço, o que eu faço
Com toda a dor?
Só posso culpar a mim mesma
Na escuridão da noite
Não há sonhos, não há luz
Só vergonha

[Refrão]
Mas o que eu faço, o que eu faço
Com toda a dor?
Só posso culpar a mim mesma
Na escuridão da noite
Não há sonhos, não há luz
Só vergonha

INFORMAÇÕES

ANOTAÇÃO GENIUS **5 CONTRIBUIÇÕES**

O QUE ARTISTAS DISSERAM SOBRE A MÚSICA?

"Eu estava sentindo tudo isso e não fazia ideia do que fazer. Houve um momento em que as pessoas não sabiam lidar comigo. Acho que muitas pessoas entendem isso. Enxergo os versos como se numa conversa com o refrão, tipo um bate-bola entre mim e meu monólogo interior."

— MTV'S *Total Request Live, 2003*

Assunto: Quanto tempo
De: peaceluvgrrl81@yahoo.com
Data: 03/04/2003 03:05
Para: tammyd@aol.com

Tamara — lembro de uma noite depois de um show. A gente teve que dormir no ônibus e eu levei você pro meu beliche porque queria te mostrar uma coisa. O que era? Acho que era meu Tamagotchi. Eu estava dois anos atrasada no Tamagotchi. Queria que meu Tamagotchi ficasse com o seu, mas no fim você nem tinha um. Enfim, você veio e me disse que tinha notado como eu andava cansada. Você era a única pessoa (além da Amber) que perguntou se eu estava bem durante a turnê inteira. Você via que eu estava recolhida. Eu nunca falava. Eu me fechava depois de cada show. Fiz você achar que eu odiava todo mundo. Mas eu não te odiava, só estava com medo.

Sei que a coisa toda com o Wes te magoou. Me magoou também. Tentei mentir, mas não foi bom, apesar de ter atraído atenção pra mim. Naquela época, tudo o que eu queria era ser famosa. Quando Mike agarrou meu braço, me prendeu na parede e disse: "Você acha que não sei o que tá rolando? Você acha que sou idiota?", acreditei mesmo que ele tiraria tudo de mim. Mas de que vale o sucesso se estamos sozinhas?

É engraçado como a gente achava que o progresso era feito nos anos 90. Às vezes me pergunto se décadas são como marés, e a areia é homens tipo o Mike, que ficam irritados e com medo de perder a importância. A água recua e começa tudo de novo. Quando Mike me disse que eu tinha que te tirar da turnê ou perderia tudo, minha cabeça girou em todas as direções. Você sabe como é.

Me desculpa. Eu estava errada. Sinto tanta saudade de você. Você está em Los Angeles?
Gwen

CHORUS (REPRISE)

2003

☆

2003

Los Angeles

FOTÓGRAFOS SE AMONTOAM AO REDOR DO CARRO no aeroporto, pressionando as câmeras contra as janelas. Forçamos a passagem e pegamos um trânsito intenso. Uma hora depois, estou nos portões da casa de Gwen nas colinas. Caules altos de bambu bloqueiam a entrada da garagem contra olhares curiosos. A casa dela é bem melhor do que meu apartamento, já que vivo dormindo em hotéis. Mas aqui é minha casa também: o piso terracota aquecido pelo sol, o aroma floral dela que exala pelos corredores, as paredes bege de estuque e o galinheiro de madeira. Os cachorros resgatados que correm atrás dela.

Gwen está no quintal perto da piscina. Está com uma camiseta em que está escrito "KISS MY SASS" e óculos escuros sem aro e coloridos. A raiz do cabelo está aparecendo, fios de cabelo preto se impõem ao rosa-choque. Corro até ela e nos abraçamos, balançando de um lado para outro sem sair do lugar. Ela abaixa os óculos e diz que pareço cansada.

— É a viagem.

— Vamos tomar um café, então. Você precisa de café.

Dois guarda-costas nos seguem em uma SUV, enquanto ela me leva em seu conversível. Os portões se abrem e nós disparamos para fora. Ela acelera nas curvas. Digo que prefiro não morrer, mas ela não diminui, fica verificando no retrovisor à procura de paparazzi.

O sol de meio-dia está queimando. Tinha esquecido como Los Angeles pode ser cruel — a cidade é muito mais bondosa a uma certa distância. Acabamos em uma rua principal pontuada por semáforos a cada cem metros. Pessoas vão se acotovelando para fazer compras, entrando e saindo das lojas, sacolas cafonas balançam nos braços.

Ela se vira para mim, tamborilando os dedos no volante.

— E aí, como foi em Oslo?

— Foi tudo bem. Fiz papel de idiota.

— Como?

Conto para ela o que aconteceu. Ela fica chocada.

— Você e o Axel?

— Não, porque ele me deu um fora.

— Axel é lindo, claro. Mas ele é tão... — Ela enruga o rosto inteiro. — Ele é tão sério e quieto. É a última pessoa com quem eu te imaginaria.

— É, ele nem quer ficar comigo. — Mesmo que quisesse, minha turnê está chegando, tem a divulgação do álbum, uma vida que cruza com a dele só por algumas semanas a cada ano.

— O que ele disse *de verdade*?

Conto para ela. Praticamente memorizei. Depois, ela franze a testa.

— Então ele te ama.

Ela pisa com força no pedal em um sinal vermelho. Atrás de nós, os guarda-costas derrapam para parar também. Olho para ela sem acreditar.

— Não ama não. Não é nada disso, sem chance. De onde foi que você tirou isso?

— Ele acha que você só queria sexo.

— Ele não se sentiu atraído por mim e foi educado.

— Amber, ele literalmente disse... *você* disse que ele disse: "Acho que isso pode ter outro significado para você", ou sei lá o quê. Ele não pode simplesmente dormir com uma das artistas. Tipo, a maior parte dessa indústria é fodida. Tem uma tonelada de caras nojentos. Mas o Axel não é. Ele não é desse tipo. Ele é super-reservado. Pondera sobre tudo o que faz milhões de vezes. Já foi num restaurante com ele? Ele leva, tipo, uma hora para fazer o pedido. Acho que você entendeu tudo errado.

Balanço a cabeça. Estacionamos na frente da Starbucks. Quando ela tira a chave da ignição e abre a porta, as câmeras de prontidão se apinham. Não ficamos particularmente surpresas com o surgimento delas — a presença de câmeras em Los Angeles é um fato.

— Oi, pessoal — ela diz. — Vocês podem se afastar um pouquinho pra gente poder sair?

Um homem na multidão grita:

— Para trás. Ei, para trás!

— Muito obrigada.

— Quando foi a última vez que você viu Nicky, Amber?

— Gwen! Amber! Como vocês estão?

O guarda-costas dela prensa o braço forte no peito deles e os empurra para a direita. Estamos quase na porta, bem pertinho, mas eles são um muro na nossa frente.

— O que vocês andam aprontando, meninas?

— Você pode só se afastar um pouquinho, por favor? — Gwen diz em um tom agradável, mas seus olhos estão vidrados. — Obrigada.

O guarda-costas os enxota de novo.

— Se afastem dois metros. Dois metros, pessoal.

Os homens cedem alguns centímetros de território, insuficientes para que alcancemos a porta, e agora estamos no meio de todos eles.

— Amber, você tem visto o Nicky?

— Vocês vão tomar café, meninas?

— Pois é, o que vocês vão fazer hoje, meninas?

— Esse top fica ótimo em você, Gwen.

— Obrigada, David. — Ela finalmente puxa a maçaneta e entramos na loja. Esperamos para pedir, quietas, raios de interesse viajam na nossa direção. Ela se apoia no balcão, bloqueada pelos dois seguranças. E mais tarde, de volta ao carro, depois do empurra-empurra para passar pelos homens de novo, ela diz:

— Quase nem vale a pena sair de casa. — Estamos paradas no sinal vermelho. Ela está com a testa apoiada no volante e os olhos, fechados.

Tomo um gole do meu latte. Não está tão doce como imaginei.

— É, tô ligada.

O sinal abre. Ela dirige.

Estabelecemos um ritmo para nossos dias. Acordamos e comemos as sobras da comida que pedimos no dia anterior. A assistente de Gwen, Maura, e minha assistente, Brianna, repassam nossa programação. Carros me buscam para sessões de estúdio. Quando chego em casa todo dia a noite, encontro Gwen e Tammy dando uns amassos no sofá ou assistindo a DVDs. *Sex and the City*, *Buffy* ou *Felicity*, já que Gwen assiste às séries populares retroativamente quando tem tempo. Greg liga de Phoenix, onde é dono de uma oficina com colegas da faculdade. Diz que eu deveria ir visitá-lo. Queria ir, digo para ele. Então ele pergunta se eu poderia levar Gwen.

— Gwendolyn! — chamo. — Meu irmão te acha gostosa.

Um gritinho estridente no fim do corredor.

— Posso te pedir outra coisa?

— Pode. O quê?

— Pode me mandar um pouco do seu cabelo?

— Não.

— Pode me mandar alguma coisa que já usou? Uma coisa de que não precisa mais. Quem sabe autógrafos?

— Manda um e-mail pro Sonny sobre isso.

— Qual é o e-mail dele mesmo?

Passo para ele e logo depois ele desliga.

Um dia, Gwen volta de uma reunião e vai logo ligando o chuveiro. O vapor passa por baixo da porta. Tammy e eu nem nos preocupamos em bater: Gwen só chora quando é abafada pela água corrente. Dentro do chuveiro, ela está curvada como se fosse uma concha, cabelo caído no rosto, água escorrendo pelas costas e empoçando nos pés.

Tammy se ajoelha em frente ao corpo nu de Gwen. Eu me sento com as pernas cruzadas no tapete do banheiro.

— O que foi? — Tammy pergunta, colocando as mãos no rosto dela.

Gwen leva a cabeça para trás. Água preenche sua boca. Ela cospe.

— Não vejo a hora de mandar o Mike embora. Odeio ele. Sabe o que ele disse pra mim? Ele chegou perto e deu até pra sentir o hálito fedorento dele. Ele disse: "Gwen, seu último *single* não alcançou os 40 mais tocados. Você não deveria estar descansando no momento. Deveria estar trabalhando mais ainda." Ele disse que eu tô distraída e que ele sabe por quê. Como se as vendas do disco fossem culpa minha e não, tipo, um problema da indústria como um todo. — Ela diz para Tammy: — Ele falou que não posso te levar pra Nova York pro Grammy. Disse que ninguém pagaria. Daí ele pegou e falou: "Já fiz tanto por você e agora você decidiu jogar tudo no lixo."

— Ele é esquisitão — Tammy diz. — Vivo dizendo isso.

Gwen diz que quer ficar um pouco sozinha, então a deixamos ali, mordendo o interior das bochechas, o resto do corpo imóvel.

No corredor, Tammy pega meu braço.

— Fico feliz que você esteja aqui. Tô preocupada. Tem sido ruim. Não sei se ela te contou.

— Ruim como?

— Então, ela falou com um advogado sobre romper o contrato com o Mike e o advogado descobriu um negócio muito nojento. Mike Esposito não é nem o nome verdadeiro dele. Parece que rolou um caso de pornografia infantil contra ele na Carolina do Norte. Muitos anos atrás. Ele se safou, sem acusações nem nada, mas achou que as pessoas não deixariam ele ser empresário dos filhos delas se conseguissem rastreá-lo, aí ele mudou o primeiro nome. É com isso que ela tá lidando. O Mike deve entrar com um processo contra ela. E a coisa pode se arrastar.

Esquisitão, de fato. Talvez ainda pior. Mike quis ficar tão perto da Gwen pois assim ficaria difícil distinguir a temperatura deles. Era ela a fonte de calor, ou ele? Conheci um monte desses tipos ao longo dos anos. Ele gosta de dizer que descobriu a Gwen. Se não fosse por ele, ela não seria nada. Mas tire o Mike Esposito da jogada, e Gwen ainda é um talento singular. Tire a Gwen de Mike Esposito e ele é um nada.

Tammy está cutucando o piercing do nariz. Eu pergunto:

— Como você está? Tá tudo bem?

Quero que ela saiba que tenho ciência de seu carinho e tudo o que ela aguenta pela Gwen.

Ela se encosta na parede.

— Tô bem. Sei lá. Ontem todas as dançarinas filmaram uma coisa pro especial da Gwen no *TRL* e eu fiquei lá, tipo, de lado. Deixo todo mundo falar sobre ela. Era pra gente ter uma "conversa de meninas" ou algo do tipo para as câmeras. A CJ falou... Você conhece a CJ, né? Ela é legal. Pediram pra ela perguntar para a Gwen "qual o seu tipo ideal de homem?", como se fosse uma pergunta casual durante um ensaio.

— Ela te ama muito. Você sabe disso, né?

— Sei, sei sim.

Aponto para sua tatuagem.

— É a Gwen?

Ela sorri para o botão de flor no braço, aquele que notei quando a conheci.

— É. Então, cada folha é um acontecimento da vida. Alguma coisa importante. E tenho muito orgulho dessas coisas. Olho para elas pra me lembrar de que muitos dos meus sonhos se tornaram realidade, que vou crescendo a cada ano. E cada botão é uma pessoa que amei. Aí este aqui embaixo é meu ex. Ele era um imbecil. Este aqui é a Gwen. Logo vou transformar tudo numa flor.

Naquela noite, dá para ouvi-las transando. Coloco os fones de ouvido para dar privacidade, para colocar música por cima dos gemidos, da respiração pesada. Gwen, fazendo barulho para ninguém além de si mesma.

Estamos comendo na cozinha. Ela está com a revista *Us Weekly* aberta em cima do balcão. De repente, ela cai na gargalhada e empurra a revista para mim. As fotografias são de nós com nossa aparência mais humana, mais ordinária, cuja intenção é de ser a vítima.

Estrelas: Elas são como nós!

***Gwen Morris** e sua amiga **Tamara Scott** vão comprar óculos de sol.*

***Adrian Lee** abastece o carro.*

***Carter Moore** saboreia um balde de frango frito com **Ciara Ferguson**.*

***Maria Colmenares** leva os três cachorros para passar com o marido **Troy Bennet**.*

***Amber Young** se delicia com uma bola de sorvete.*

***Lila Rodriguez** leva uma multa por estacionamento indevido.*

Esfrego minha foto, atacando a casquinha de sorvete, o sol preenche cada fenda do meu corpo, iluminando tudo o que eu gostaria de esconder. Na página oposta, Tammy e Gwen ao lado de um mostruário rotativo de óculos de sol.

— Ah, sim, sua amiga Tamara.

— Estava tentando lembrar por que é que faço isso. — Gwen gira o rosto para o lado para dar uma mordida no sanduíche. Ela mastiga e engole antes de continuar. — Tinha uma menininha com uma peruca rosa outro dia. Ela me contou que fez um trabalho sobre mim na escola. Era algo do tipo "o que você quer ser quando crescer". Como se eu fosse uma profissão! Bailarina, astronauta, professora, Gwen Morris. Eu nem fiz faculdade e agora essa criança tá fazendo um trabalho sobre mim.

— Pelo menos você terminou o ensino médio.

— Mal terminei. Foi on-line.

— Mas ainda conta. Conta sim.

Ligamos o som na cozinha. Quando o DJ anuncia a nova música dela, *Contando até Dez*, nós duas congelamos, inseguras. Ela odeia ouvir a própria voz, acha que é sua característica mais fraca. Mas sei que ela deve sentir um nó na garganta quando toca no rádio — eu sempre sinto. A sensação é a mesma da primeira vez. Então fechamos as mãos como microfones e dublamos a música, pulando de uma cadeira para a outra, subindo no balcão. *Uma noite, duas pessoas num quarto/ três da madrugada, por você, faço tudo.* Tammy aparece, atraída pelo barulho, os móveis arranham o piso.

— O que vocês estão fazendo? — ela pergunta. Passa os braços ao redor da cintura de Gwen. Gwen apoia as costas no peito de Tammy, fecha os olhos.

— *Faço tudo* — ela sussurra, balançando de lá para cá.

Gwen e eu estamos sentadas a uma mesa antes vazia. Estamos no baile anual pré-Grammy, no Beverly Hilton, mas já puxamos o saco de tantos executivos que nossos sorrisos fingidos começaram a doer.

— Ouvi dizer que eles terminaram — Gwen diz. Primeiro, acho que ela está falando de Wes e da esposa. Mas sigo seu olhar para o outro lado do salão, onde uma mulher loira e alta atravessa a multidão. — Alex comentou comigo. Não é público ainda. Tipo, eles não anunciaram, mas sim, o noivado acabou, mas ela ainda tá de aliança.

Pergunto se Alex disse mais alguma coisa.

Gwen pega uma asinha de frango no prato, o molho escorre pelo queixo.

— Ele começou a falar merda dela. Aí eu saí. Não suporto ele, o jeito como ele estava falando dela. Eu gosto da Savannah. Ela é a pessoa mais gentil do mundo. Não é como a gente. Lembro que quando ela me derrotou no Grammy, ela pegou minha mão nos bastidores. Ela me deu o prêmio pra eu segurar, e falou, tipo, "você deveria ter ganhado". Achei que ela estava mentindo. Fiquei tão irritada. Não podia conceber alguém nessa indústria ser tão generoso. Mas agora acho que ela foi sincera, que disse aquilo de coração. Tem toda a coisa com a mãe dela também.

Estendo a mão e limpo o molho em seu queixo.

— Ah, é. Ouvi alguma coisa a respeito disso.

— Ela é uma mulher super-religiosa. Anda bem irritada com a direção que a carreira da Savannah tá tomando. As músicas mais maduras. — Então Gwen olha para mim. — Você começou tudo isso com *Suor*, sabia? Agora está todo mundo te seguindo. Todas queremos ser vistas como adultas e não como menininhas.

Observo Savannah em seu vestido prateado brilhante, o brilho de luz em cada diamante. Ela ri com dentes da cor de neve intocada. E me lembro de quando ela tinha uns quinze, dezesseis anos. Uma boneca numa casinha. Ela sempre escondeu mais do que Gwen ou eu, manteve a maior parte do corpo fora dos limites. Então, a pergunta era: o que há por baixo? Vamos imaginar juntos. E quando penso no início — em 1997 —, Savannah, e não nós, que era a virginal, o lírio branco puritano. Ela era a cidade na colina. Era a expectativa sem fim. Ela confirmava, várias vezes, *sim*, ainda era virgem. E mesmo que Gwen e eu concordássemos que era um termo nebuloso, impreciso — virgem —, éramos arremessadas contra ela de diferentes maneiras. Se eu era a serpente, Gwen era Eva, a linda menina sucumbindo à tentação, inocência perdida nas apresentações no *VMA* e nas capas de revistas.

Na noite seguinte, vamos à cerimônia no Madison Square Garden. Gwen sobe ao palco em um vestido de seda claro, o tecido de um tom mais claro que seu cabelo. Alex Kowalczyk está a seu lado, com as mãos nos bolsos.

— Sabe, quando fui convidado para apresentar o próximo prêmio — aparece no monitor dele —, de início, fiquei surpreso que íamos apresentar juntos.

— Eu também fiquei — Gwen diz. — Fiquei me perguntando se eles tinham se enganado... Tem aquele outro membro do ETA que eu namorei.

— E você não é a Savannah. Caramba. Não vou contar pra ela que apertei sua bunda ao sair do palco.

— Pode ser que eles tenham confundido a gente.

— Eles nunca acertam. Mas, enfim, estamos aqui para apresentar o prêmio de Melhor Performance Vocal Pop. Os nomeados são todos artistas incrivelmente talentosos. Não é, Savannah?

A música está mudando. Onde começamos? Flautas esculpidas em ossos milhares de anos atrás. Um ritual primitivo em que os primeiros humanos cantavam, provavelmente para alguma divindade. Corais em catedrais compridas, um jovem virtuose que se tornou um eunuco para que sua voz parasse de mudar. Meninos que cantavam para reis. Homens que compunham sinfonias. Agora Axel Holm, banhado pela luz azul de seu computador.

Músicas em MP3 podem ser baixadas por 99 centavos. Tenho um iPod terceira geração cintilante. E há um consenso, por parte dos encarregados das gravadoras, de que a indústria nunca mais será a mesma, mas ninguém é capaz de dizer no que essas mudanças irão acarretar. Apesar disso, entrego meu novo disco: 13 músicas. Nove escritas e produzidas por mim, Axel, Yusuf e Oskar em Oslo; as outras quatro por compositores e produtores nos Estados Unidos.

Eu o nomeei *Honey*. De início, Lyle e os outros executivos da Lolli odiaram o título. Suas vozes grossas começam a abafar a minha. Mas bato o pé. Porque o álbum é como um sol preguiçoso se arrastando pelo lençol. O olhar de uma pessoa incendiando um sentimento radiante. Tudo por dentro gritando *sim*. Com tanto tesão que a gente mal consegue respirar. Tão excitada que pode causar até morte. A doce tensão da espera e enfim conseguir. A vulnerabilidade de se extravasar, na esperança de receber alguma coisa — qualquer coisa — em troca.

2003

Nova York

A FESTA DE LANÇAMENTO DE *HONEY* É ORGANIZADA numa boate em Nova York. Há um carpete ocre para combinar com a arte da capa: meu corpo nu lambuzado de mel, com enxames de abelhas, beija-flores e flores estrategicamente posicionados.

Do banco de trás do carro, observo a cidade passar. Fico observando a humanidade, imaginando o que todas essas pessoas carregam consigo. Sugiro narrativas. Aquele casal, tropeçando no final da quadra, acabou de se conhecer em um bar e está indo fazer sexo rotineiro, mas da próxima vez será melhor. Aquele homem, amassando o saco de *fast food*, está tentando se lembrar da última vez que viu a mãe. Não sei nada a respeito deles, mas todos, imagino, sabem algo a meu respeito, têm uma ideia crescente de quem sou eu. A lua cheia está sempre aí, não está? Mesmo quando a luz não se reflete nela por inteiro?

O carro para. Até agora, a imprensa está quieta, testando as câmeras, erguendo os equipamentos nos ombros. Quando saio, eles disparam, e um muro de som entra em erupção. Cara diz:

— Podem se afastar, por favor? Obrigada. Se afastem. Estamos tentando passar. Vocês não vão conseguir a porra da foto se a gente não conseguir tirar ela do carro.

Piso em uma calçada marcada de chiclete esmagado. Cara me guia para cada meio de comunicação com o qual ela quer que eu fale e me puxa quando a entrevista fica longa demais.

Amber, aqui! À direita, Amber. Pode se virar para cá, Amber? Como esse álbum se difere dos outros, Amber?

— No tom. Está ainda mais maduro. — Sinto a mão de Cara em meu cotovelo. — Estou explorando o que minha sexualidade, minha feminilidade, significa pra mim. Obrigada.

— Você tá namorando alguém? Quem você tá namorando? — eles perguntam, como de costume. No fim, são sempre, sempre previsíveis. Levo a pergunta na brincadeira, mas meu coração está batendo com uma esperança irrestrita e ingênua.

O carpete recebe outros músicos, atores, estrelas novatas de *reality shows*, chefes homens que dirigem as gravadoras de suas torres altas. Um Baldwin. Pat com o cabelo ruivo lambido para trás com gel. Sonny, minha mãe, Greg. Ty, cujo álbum solo não está sendo vendido pela Siren da mesma maneira que o do Alex, e o motivo é absurdamente óbvio. Quando ele solta minha cintura, é substituído por um executivo. Mais disso. Sou girada ao redor e empurrada para os homens, que me olham com malícia e dão risada, jogando a cabeça para trás. Bocas se contorcem para comer aperitivos. Canudos mexem drinques. Gwen anda pelo carpete vestindo um conjunto de moletom azul-bebê. Quando nossos olhares se encontram, só por um instante neste caos, estamos dizendo: ninguém nunca vai me entender como você. Ninguém jamais conseguiria. Se ficarmos uma de frente para a outra, entrelaçarmos as mãos, nos apoiarmos nos calcanhares, nenhuma de nós jamais cairia.

E, por fim, um homem vestindo uma camiseta preta larga, jeans escuro. Tudo em seu comportamento aponta para dentro. Ele emana ondas douradas do rosto conforme acena com a cabeça. Uma foice de desejo me corta ao meio, e eu me forço a me virar de costas.

Minha mãe está de pé sozinha no bar; Greg está conversando com alguma menina que acabou de conhecer. O martíni balança na taça quando ela a leva à boca. Seus olhos estão inchados com uma sombra escura e os lábios, rachados e secos. Sua beleza murchou, mas os ossos ainda estão ali, como uma árvore no inverno. É possível ver onde a abundância já esteve presente, onde poderia crescer de novo.

— Oi, mamãe — digo. — Como vai?

— Ah, bem estressada. Seu pai me ligou.

Essas coisas significativas costumam acontecer quando menos se espera, porém eu nunca deixei de esperar. Aguardei pacientemente. Minha carreira era fumaça, e eu a soprei, na esperança de que ela faria o alarme disparar.

— Ligou?

— Ele já ligou várias vezes, Amber.

Não sei para onde empurrar minha raiva.

— Você não me disse nada.

— Ele quer dinheiro.

— Pode ser que ele queira me conhecer.

Ela ri.

— Ele só tá interessado porque tem dinheiro na jogada agora. Eu disse pra ele: "Pode falar pra sua nova esposa, sua nova família, que a filha criada sozinha, por mim, não quer *nada* com vocês", mas parece que os meninos saíram por aí dizendo pra todo mundo que você é a irmã mais velha deles.

— Só que não sou.

— Bom. — Ela dá de ombros. Damos uma olhada geral na festa, o zum-zum das conversas. — Eles são novos demais pra entender. E seu pai não tem direito a nada disso. Ele não estava lá quando eu te levava para as audições.

Vasculho as lembranças da infância, me perguntando se descartei o crédito que ela merece. Porque de fato me lembro dela dirigindo por estradas engarrafadas, me buscando mais cedo na escola para correr para a cidade, da mesma forma que me lembro de seu abandono. Assim que fiz sucesso, ela se recolheu na casa que comprei para ela. A mãe da Gwen queria cogerir a carreira dela. Foi o que a mãe da Savannah fez. A minha levantou as mãos para o céu, disse que já era hora de eu ser adulta. Talvez ela interprete isso como confiança em mim, mas sempre enxerguei como negligência. As duas versões dela existem na minha cabeça ao mesmo tempo, lutando por domínio, e nenhuma ganha no final. Pergunto:

— Alguma vez você pensou em ir numa turnê comigo?

— Eu sabia que você era capaz de fazer isso sozinha.

— Houve momentos em que eu precisei de alguém.

Ela pisca.

— Vou te falar uma coisa. Posso não ter sido a melhor mãe do mundo, mas sei de uma coisa. Você não teve uma mãe que te forçou a ser artista. Eu te levava e trazia da cidade, e era um saco pra mim, mas só fiz isso porque você ficava implorando pra te levar às audições. Você tinha idade suficiente para viver sua vida. Eu não ia ficar te mimando num ninho, Amber. Nosso ninho não era o melhor lugar do mundo. Você estava pronta para voar. Reconheço isso. E não consigo acreditar que você é *minha* filha. Meu deus. Você é a única coisa boa que já fiz na vida. — Ela balança a cabeça.

Essa frase, um dardo no peito. Me pergunto se estive, durante a vida inteira, esperando que ela dissesse isso.

— E o Greg, claro — ela acrescenta. Pesca a azeitona no martíni e a leva à boca. Depois que engole, estende as mãos e segura meu rosto. — Você está com alguém? Ando lendo sobre você e todos esses homens nas revistas, mas não faço ideia do que está rolando de verdade.

— Estou tirando um tempo pra mim mesma — digo. — Para a minha carreira.

— Nenhum menino? É novidade.

— Mãe.

— Pode ser uma coisa boa. Estava contando uma história antes. Lembro que, quando você tinha uns sete ou oito anos, um encanador foi lá em casa arrumar a pia. Ele era jovem, tinha uns trinta anos, acho. E você ficou toda corada e ficava seguindo ele pela casa, fazendo perguntas. Ele te deu uma flor que pegou do jardim de alguém. Você ficou carregando aquela flor pelo apartamento por dias. — Ela ri e se engasga, bate no peito. — Você era sempre assim. Louca por meninos. Aí foi ficando mais velha, eles começaram a te olhar de um jeito diferente. Você era uma menina linda. Tinha uns olhos castanhos grandes. Todo mundo, em qualquer lugar que eu ia, vivia dizendo: "Que menina linda." Não tinha uma vez que ia ao mercado e alguém não dizia isso.

— Nunca me senti bonita.

— Você andava ocupada demais implicando consigo mesma. Você implicava com a própria pele. Se arranhava. Teve alergia no pescoço. Lembra? Apareceu no dia do baile da escola e você gritou comigo no carro, dizendo que não podia ir, que estava feia, que ninguém tinha te convidado. Acho que você tinha uns treze anos.

— Lembro — digo. Eu lembro: a mão dela firme na minha cintura quando contei que tinha transado. As garrafas vazias escondidas. Noites que se transformaram em feridas porque ela não estava em casa, fazendo sabe-se lá o quê. Mas pode ser que ela achava que, se levasse sua podridão para outro lugar, não nos infectaria.

Então pego sua mão e digo que a amo. Ela olha para mim com desconfiança: qual a pegadinha? Mas não há nenhuma. Ela era mais nova do que sou hoje quando me teve. Ainda virando gente. Deve ter havido dias, depois que meu pai foi embora, em que até a luz pareceu pesada, mas ela não tinha um nome para o sentimento.

— Eu também te amo — ela diz.

A história do meu nascimento: foi uma cesárea, eu não queria me virar, então ela foi anestesiada enquanto o médico a cortava. Em outro século, talvez eu tivesse sido apanhada no canal vaginal — unhas agarradas ao calor de seu útero, recusando a sair. Ela deve ter sangrado; talvez eu tivesse levado nós duas. Mas não levei, e agora sou além dela, uma pessoa completa.

Me encontro ao lado do DJ para dar um breve discurso. Lyle Michaels está com o braço ao redor do meu ombro. Sua mão desce devagar pelas minhas costas, um elevador enguiçado. Quando meu corpo inteiro se encolhe, ele finalmente tira a mão.

Agradeço a todos por estarem presentes e levanto a taça. Câmeras piscam e estalam. Sou engolida pela multidão, meu novo álbum sai ofegante dos alto--falantes, e ali, num canto, vejo Axel de novo. Estou torcendo para que ele venha até mim quando se sentir pronto. É como esperar por um gato, um que só se move quando acha que não está sendo observado, e só vai para lugares onde não o queremos. Tenho que engolir todo o meu desejo, todo o meu anseio, e esperar que não seja visível. Só então ele irá aparecer. E tenho razão.

— Oi — ele diz, sem jeito.

— Que bom que você saiu debaixo de sua rocha.

— Você sabe como gosto da minha rocha.

Tenho tanta ciência da presença dele — como acalma as águas a meu redor, todos esses corpos rodopiando.

— Eu não sabia se você vinha.

Ele olha em volta, claramente desconfortável.

— Você sabe que não eu gosto dessas coisas.

— Sei. Mas tô feliz que você esteja aqui.

— É mesmo?

— Sim, tô.

Ele balança a cabeça e ri.

— Que bom.

— Vamos ouvir. Feche os olhos. — A nosso redor, a dissonância se dissipa em silêncio. O álbum está em *Dor* e eu vou descascando as camadas. Por trás do meu vocal, por trás das harmonias, por trás de tudo, posso ouvi-lo.

Quando abro os olhos, pergunto se ele quer conversar.

— Quero sim. Onde?

Procuramos um lugar. O dorso de sua mão encosta em meu braço, e não sei dizer se foi por acaso ou não. Ele começa a me contar que, quando visitou Nova York pela primeira vez, aos vinte e poucos anos, odiou.

— Parecia o interior de um computador. Tudo grudado como uma placa de circuito. — Ele faz careta. — Não ria de mim.

— Não tô rindo.

— Tá sim.

— Jamais iria rir de você, Axel.

Ao encontrarmos um corredor deserto depois dos banheiros, iluminado apenas por uma placa neon piscante, nos encostamos na parede um de frente para o outro, distantes apenas alguns centímetros.

— Queria me desculpar — digo. — Pela minha última noite lá em Oslo. Eu não deveria ter feito aquilo.

Ele cruza os braços.

— Tudo bem, Amber.

— Não, eu fui muito irresponsável.

Ele passa a mão pelo cabelo. Axel é legal. Eu poderia me encostar nele como na janela de um carro, vendo o mundo passar. Mas posso ver o sofrimento também: ligações de longa distância, Oslo num ônibus de turnê. Querendo estar onde eu não estaria. Meu foco se dispersando. A voz da minha mãe. Nenhum homem para variar, que coisa boa. Mas, e se um dia, eu conseguir carregar duas coisas ao mesmo tempo? Crescer não é isto: aprender que dá para ser moderada em vez de extremista, perceber que isso também pode ser tão prazeroso? Não ser consumida por uma pessoa, mas alimentar outras enquanto elas nos alimentam?

Ele me dá uma olhada. A sensação é o que imagino como deve ser uma eletrocussão: um golpe intenso de calor. Nunca imaginei que ia me sentir assim pelo Axel — mas vez ou outra a atração desperta em nós. Vez ou outra ela levanta a cabeça, espantada e atordoada ao descobrir o que quer.

Ele nunca vai dizer nada porque não é da natureza dele. Vai ter que ser eu.

— Quero esclarecer uma coisa. Queria ter certeza de que você… ando meio preocupada que talvez você tenha me entendido mal em Oslo.

Suas sobrancelhas se unem.

— Tá bem.

— Assim que eu falar, a gente pode fingir que eu não falei, se você quiser. Só acho que você deveria saber.

Seu rosto relaxa. Me faz lembrar da alegria fácil, descomplicada, que vi quando ele gravou as primeiras sementes de uma música em seu quarto.

— Amber, eu entendo.

Foi assim que fizemos músicas juntos, não foi? Do cérebro dele para o meu, e de volta para o dele. Do meu para o dele e para o meu. Esta é só uma conversa que já tivemos tantas vezes antes: *tente de novo. Como fizemos ontem? Não, da outra vez*. Tudo o que é preciso para que a gente pouse no mesmo lugar.

— Você entende?

Ele faz que sim.

— E você?

Dou uma risada leve.

— Não tinha entendido. Mas tem outra turnê com o álbum, Axel. Vou ficar um ano fora. Sendo bem honesta, lá em Oslo, eu não tinha refletido bem, e deveria ter feito isso. Eu deveria saber o que eu queria.

— Então você acha que a gente não deveria — ele continua por mim.

Balanço a cabeça.

— Pode ser melhor mesmo. Concordo com você. De verdade. Você precisa trabalhar com outros produtores, se expandir, tentar coisas novas. Quero isso pra você.

— Eu sei. Você é lógica pura.

— Nem sempre.

Ele está bem ali, do outro lado do corredor, e eu tenho que me controlar, mas meu desejo salta. Quero alcançar o caos dentro de mim, despejá-lo um pouco nele, só para ver o que ele vai fazer com isso. Então eu tombo. Estou do meu lado do corredor, depois estou no dele. Beijá-lo de verdade é entrar em meu próprio corpo. Ficar grata por ele. Quando a mão dele está entre as minhas pernas e sua língua em minha boca, não consigo acreditar como pode ser tão gostosa, tão faminta, tão vital que é capaz de receber todas essas sensações e enviá-las para mim. Estou tão molhada que também sinto uma pontada de vergonha, mas ele está fazendo barulhos tão maravilhosos em meu ouvido, e o mundo não pode bater na minha mão neste corredor vazio.

— Deixa que eu faço — ele diz, descendo por meu corpo dando beijos até ficar de joelhos. — Você quer?

Digo que sim, então ele levanta minha minissaia jeans e pressiona a boca entre minhas pernas. Coloco as mãos em sua cabeça. Seus dedos e língua trabalham juntos, circulando e pressionando todos os lugares certos, primeiro devagar, depois mais rápido. Ele é bem como imaginei que seria. Meticuloso. Generoso. Todos os sentidos, exceto o tato, somem. A pressão dentro de mim vai pouco a pouco crescendo e se quebra como uma janela, e ele é a pedra jogada.

Quantas pessoas disseram que sou uma vadia? Uma puta. Um lixo. Que eu deveria ser queimada. Talvez tenham razão sobre ser queimada: estou vermelha e em chamas por causa da respiração ofegante, do sangue correndo por tudo, para cada membro.

Axel vai beijando meu pescoço, meus lábios, meus ombros. Ele sussurra:

— Quero que você sempre se sinta bem.

— Quero que você se sinta bem também — digo, mas quando estou com a mão em seu cinto, alguém entra, e dá outra olhada quando nos vê. Damos risada, nossos rostos tão juntos que trocamos ar quente.

— Tudo bem se você precisar esperar?

— Claro — ele diz.

— Quero dizer até depois da minha turnê.

— Entendi o que você quis dizer. — Ele se aproxima para falar no meu ouvido, me prendendo contra a parede: — Amber. — Sua voz é tão macia quando ele diz meu nome. — Quero que você seja feliz. Você sabe muito bem onde me encontrar se quiser fazer outro álbum comigo, tá bom? — Ele me abraça, e eu fecho os olhos.

Outros homens eram como bateias agitadas nos rios à procura de ouro: eu poderia ser o que eles procuravam. Mas cansei de ser metal.

Volto para a pista de dança. Gwen arregala os olhos quando me vê. Ela começa a passar os dedos pelo meu cabelo, limpa meu batom com um guardanapo.

— Onde é que você se enfiou?

Me sento no colo dela, eu a puxo para perto para ficarmos com as bochechas encostadas.

— Você tem uma inteligência emocional e tanto, sabia?

— Hum, sim, sabia.

Minha música está tocando, algo que eu e Axel escrevemos juntos. Algo que eu escrevi. Inclino a cabeça para cima para encontrar o som.

2003

Nova York

MEIO DO VERÃO, UMA PILHA DE LIXO NA CALÇADA. Um rato corre para trás das rodas de um caminhão. Fico zanzando na calçada, fumando a ponta de um cigarro, abanando o rosto com a outra mão. Sonny empurra a porta pesada com todo o corpo e sai para a rua tropeçando. Tenta me convencer a voltar.

Eu deveria entrar no palco em um cavalo sem sela, vestindo um *collant* semitransparente com um sutiã de conchas. O cabelo solto nas costas, soprado para trás por um vento artificial.

— Preciso andar num cavalo real antes do show — digo para Sonny.

— Vai ser a mesma coisa que o fantoche que temos agora.

— Um cavalo é um animal de verdade. Aquela coisa aglomerada numa vara não é um animal de verdade. Além do mais, a Sociedade Protetora dos Animais vai me odiar. Não quero machucar o cavalo. E se o cavalo pular no público? O que a gente vai fazer?

— O cavalo não vai se assustar. Vai ficar bem.

Sonny é o tipo de pessoa que não tem consideração nem simpatia pela maior parte dos animais. Ele se afasta dos cachorros que passam por ele na rua com medo de ser mordido.

— É um cavalo treinado?

— Muito bem treinado. Um profissional vai estar no palco com você. Ele vai guiar o cavalo o tempo todo.

— Quero andar no cavalo antes — repito. Sonny mexe os anéis nos dedos rechonchudos. Já faz seis anos que nos conhecemos. Outro dia, ele me perguntou quando foi que me tornei tão exigente. Quando foi que comecei a reclamar. O sucesso tinha subido à cabeça. Mas acho que homens como Sonny começam a fazer essas perguntas quando as coisas do jeito deles começam a azedar. — Não quero acabar me machucando, Sonny.

— Tá bom.

Piso no cigarro. Voltamos para dentro. É o terceiro e último dia de preparação para a MTV. Teremos sessões de fotos para divulgar a premiação, dois ensaios gerais. Em dado momento, câmeras entram no salão de ensaio para me entrevistar.

— Vai ser legal — digo para a equipe de filmagem. — Esta é a Gloria, minha coreógrafa. Trabalhamos juntas… há quantos anos mesmo? Muito tempo. Ela era uma das minhas dançarinas, mas faz as coreografias pra mim agora e consegue ler minha mente. Não sou a melhor das dançarinas. Não sou a Gwen Morris. Confio muito na Gloria. Sempre fico nervosa, já que tem muita coisa que precisa ser feito do jeito certo. Com sorte, não vou cair do cavalo, mas quando for ao ar, a gente vai saber se aconteceu ou não. Valeu pela presença no ensaio, MTV, e a gente se vê na sexta.

Sombras de arranha-céus vão aos poucos cruzando o piso do estúdio. O sol nasce e se põe.

São 30 minutos antes da hora de ter que entrar no palco, uma batida à porta do camarim. Não estou toda vestida, com o zíper do *collant* abandonado perto da cintura. Enrolo uma toalha no corpo enquanto minha assistente, Brianna, abre a porta, uma fresta, suficiente para revelar um olho.

— Tem um minutinho, Amber?

Brianna e eu trocamos um olhar.

— Só um minuto, Bri. Obrigada.

Ela sai. Meus pertences estão espalhados pelo chão: lenços para remover maquiagem, remédio para dormir e analgésicos, uma camiseta velha roubada da casa de Gwen. Enfio a cabeça pela gola e sinto o cheiro dela. Então digo para Wes entrar.

— E aí? — Wes pergunta casualmente, como se apenas um ou dois dias tivessem se passado. É quase assustadora a facilidade com que ele restaura nossa familiaridade.

Me curvo na direção do espelho, espeto um brinco no buraco. Minhas mãos estão tremendo.

— Quanto tempo.

— É mesmo? A gente se viu.

— Ouvi dizer que sua esposa tá grávida. — Dou risada. — Que estranho. Você parece tão novo pra ter filho.

— Tenho vinte e cinco.

— Eu sei sua idade.

Ele se senta na cadeira dobrável perto da arara de roupas. Olhando para ele agora, vejo por que minha versão adolescente era tão apaixonada. Por que sacrifiquei tudo, mas também vejo as mudanças sutis nele: ele perdeu um pouco do brilho agora que o ETA entrou em hiato e ele está se preparando para lançar um álbum solo. Está inquieto, disperso. Há uma tatuagem nova no braço, uma cobra enrolada. Cabelo oleoso, parece que não foi lavado, embora possa ser um efeito proposital. Nossos olhos se encontram e as pupilas dele dilatam.

Ele coça a cabeça.

— Então, você estava com o Max Taylor?

Dou outra risada.

— Saímos uma vez.

— Também ouvi falar do Leo Rivera.

— Não, esse não.

— Nicky Land?

— Um tempo atrás.

— Velho demais pra você?

— É só que eu vivia na estrada.

— Sempre achei que você ia acabar com alguém assim. Alguém que quisesse cuidar de você.

— Não quero alguém para cuidar de mim.

— Não? Parece… — Ele pausa, passa a mão no rosto. — Sei lá.

Mas eu sei. E se eu contasse para ele todas as coisas que sei? Estou com vinte anos e um bebê dele dentro de mim. Estou com dezenove anos, indo atrás dele na escuridão até um monumento iluminado. Estou com doze anos, encolhida nos bastidores, tremendo após ter perdido. Ele diz que eu deveria ter ganhado. E penso, porque sou nova, porque sou desajeitada e crua, que se alguém assim pudesse me amar, isso decidiria alguma coisa sobre mim, de uma vez por todas. Na pedra, enfim estaria: eu sou boa, eu mereço, eu fui escolhida.

Ele se levanta e a cadeira dobrável cai no chão, abandonada.

— Você não lembra? — ele pergunta.

— Claro.

— Será que alguma coisa vai ser parecida com isso algum dia?

— Não. E não deveria. Cada vez tem que ser diferente.

Ele fita meus lábios.

— Eu casei.

— Eu sei. Qual o seu problema?

Ele suspira. Enfim, dá um passo para trás, com as mãos na cabeça.

— Acho que sempre vou ter uma obsessão por você.

Não. Ele é um colecionador. Gosta de coisas cintilantes, distantes.

— Não vá dizer isso quando sua linda esposa estiver sentada a seu lado na plateia. Ela é muito linda, sempre achei. Volte pra lá.

— Pode deixar. Pode me dar um abraço? Como amigo?

— Tá bom.

Então envolvemos os braços ao redor um do outro. Posso facilmente viajar no tempo, se me permitir. Sua boca em meu cabelo, respirando fundo. Me pergunto se ele vai chorar, se vou chorar também. Talvez eu tenha pena dele, talvez eu seja um pouco vitoriosa, mas esses sentimentos são feios — não os quero. Me afasto de seu peito e tiro os braços de sua cintura. Ele solta.

Encosto uma lata de Coca Diet na testa para me refrescar. Sonny me entrega meu iPod e fones de ouvido para eu me distrair do nervosismo. Ouço The Cranberries porque quero me sentir como se tivesse dezesseis anos de novo, colocando a cabeça para fora do carro da Lindsey, rezando por uma vida diferente. A beirada do oceano é visível por trás das dunas, e se eu esticar o braço, o vento é a única coisa que me pressiona.

Uma assistente de produção me entrega meu receptor de ouvido. Sou levada do camarim para o palco, seguida de perto por Dale e Sonny. Na penumbra, vem uma lembrança: três anos atrás, cinco figuras estavam enfileiradas aqui. Eu contemplava da plateia, supondo que sempre estaria sentada naquela posição, assistindo à coreografia sincronizada do ETA de uma posição inferior. Desde então, uma mulher envelheceu dentro de mim, morreu, renasceu.

O cavalo branco é trazido para mim. Parece que ele fez cocô no corredor, mas me lança um olhar astuto, o casco poderoso bate no chão. Passo os dedos em sua fronte, tentando acalmá-lo, reconhecendo o medo carnal desta criatura como o meu próprio medo. O corpo poderoso, já coberto por uma camada de suor, treme de expectativa. Talvez queira correr.

O treinador me ergue.

— Tenho pena dele — digo, dando um tapinha no pescoço do cavalo.

— Ele era cavalo de circo — o treinador diz. — Juro que ele está mais feliz aqui do que com as crianças que enfiavam os dedos no nariz dele.

— Ele precisa de um pasto.

— Não tenho como discordar disso.

O treinador puxa as rédeas e nos puxa para as coxias. O público está quieto. Câmeras se direcionam para o palco. Uma equipe de produção criou um cenário de praia: cantos de aves marinhas, ondas de espuma. Minhas dançarinas se posicionam. Gloria aperta minha mão, e seu corpo envia confiança para o meu.

Sob as pernas, os músculos do cavalo se agitam. "*Você não foi feita para ele*", eu começo. Embora o início seja lento, cada verso aumenta a tensão até que a música fica raivosa. É destruidora. Pulo do cavalo para me juntar às dançarinas para o gancho da música. *"O que eu faço, o que eu faço/ Com toda a dor?"*. Conforme canto, vou me libertando, como se tivesse me movendo em círculos na direção de um instinto primário, algo tão necessário como sexo, comida, água. É a glândula mamária nos seios, uma barriga que cresce. Meu corpo foi feito para isso. Meu corpo foi feito.

O rabo do cavalo desaparece com um abano na escuridão. Na plateia, um operador de câmera gira o equipamento na direção de Wes, que sorri com educação. Gwen está em outro setor, de pé, batendo palmas até as mãos ficarem vermelhas. Na frente de televisores pelo país, crianças pedem mais um minuto antes de irem para a cama, pais reclamam — "ela está sem roupa em rede nacional, pelo amor de deus, desligue isso". E em algum lugar do mundo, talvez até Camila Land esteja assistindo a minha apresentação. Minha mãe, com uma taça de vinho na mesa de cabeceira. Em Oslo, Axel talvez esteja tomando sua xícara de café matinal, se sente na frente da velha televisão e encontre a transmissão do show num canal internacional. Ele verá o cavalo. Eu montada nele.

Mas o que eu *sinto* conforme minha voz ecoa pelo auditório?

Eu me sinto como água, pouco a pouco esculpindo pedra. Eu me sinto como fogo — às vezes o suave tremeluzir de uma vela, às vezes uma chama faminta, voraz. Sinto cada contradição, cada corrente dentro de mim. Quero isto para sempre. Porque quando canto, sinto como se estivesse retornando para a terra, escavando um túnel profundo, e eu lá no fundo. E quero avançar por ele — pés pisoteando, coração explodindo — até ter experimentado tudo, tudo o que há para sentir.

CODA

2004

2004

Nova York

O REPÓRTER DECIDE ENTREVISTAR GWEN E EU separadamente. É minha segunda capa da *Rolling Stone*, a terceira dela. Nossa primeira juntas.

Dale o leva para o Battery Studios, onde estou esparramada no chão, rodeada por cadernos. Estendo o braço para cumprimentá-lo.

— Prazer em conhecê-la, Amber.

— O prazer é meu. Obrigada por vir.

Eu lhe ofereço água, mas ele balança a cabeça. Jogamos conversa fora. Anda fazendo muito calor. Trânsito horrível. Ele clica a caneta. Por fim, seu rosto demonstra desinteresse e sei que ele quer começar. Minha mente dá um salto para frente, como sempre: quão fundo ele quer cavar dentro de mim? Quão fundo, desta vez? Mas ele até parece gentil, talvez um pouco absorto.

Gesticulo para seu gravador.

— Então acho que a gente pode começar…

Seu rosto se contorce, confuso.

— Na verdade, gostaria de fazer algumas perguntas.

Nossos olhares se encontram, e parece que estamos em uma queda de braço. Ele desvia o olhar primeiro; bati o pulso dele na mesa.

— Ah, obrigada. — Estendo a mão e pego uma frutinha da embalagem de plástico na mesa. Suco explode dentro da minha boca, escorre devagar pela garganta, e é o mais doce por ser deliberado. — É só que já sei muito bem o que quero dizer.

Meses depois. Uma menina pega uma revista numa banca de jornal. Ela vê nosso cabelo lambido para trás. Nossa pele úmida. Os tops brancos transparentes e a manchete estrategicamente posicionada: "*AMBER E GWEN:*

MOLHADAS E SELVAGENS". Ela folheia para encontrar a reportagem, que começa: "As princesas pop estão crescendo. Elas querem que você saiba que são tudo, menos perfeitas — na realidade, são muito levadas, mais bruxas do que donzelas. Retire as coroas e pise nelas. Veja Gwen Morris e Amber Young. As duas emergiram quando o *dance-pop* e as bandas de meninos eram o novo *grunge*, mas as preferências mudaram mais uma vez. Elas dizem que estão preparadas para uma nova era, e que irão mostrar ainda mais o corpo desta vez."

Imagino se há algo feio nela que gosta quando apanhamos um pouco. Também imagino que uma parte dela entende. Porque ela sabe que somos mais do que o aço inicial no qual fomos moldadas. Sou o vidro no qual as pessoas pressionam as mãos, mas dentro do tanque, rodopiando de espanto, há outro ser frágil.

Amber Melissa Young (nascida em 3 de julho de 1980) é uma cantora americana, compositora e filantropa. Young se tornou famosa em 1999 na sequência do lançamento de seu primeiro álbum, *Em seu Olhar*, que continha o *single* de estreia *Suor*. Com *Não Perturbe*, seu segundo *single* do segundo álbum, *Amber Young*, atingiu a sétima posição no *Billboard Hot 100* e liderou as paradas em nove países. Depois, Young lançou os álbuns *Honey* (2003), *Vida no Éden* (2006) e *As Nove Musas* (2012). *Honey* vendeu mais de oito milhões de cópias no mundo todo, produziu as músicas de sucesso *Dor* e *Mentindo para mim mesma* e deu a Young sua primeira indicação ao Grammy. O álbum foi certificado multi-platina pela *Recording Industry Association of America* (RIAA). Ela ganhou prêmios e honras, incluindo dois Grammy Awards, um MTV Music Award e dois Billboard Music Awards. Desde 2009, Young também compôs para diversos artistas, incluindo sucessos que alcançaram a primeira posição para Gwen Morris, Lauren Li e Jade Shaw.

Nascimento	Amber Melissa Young 03 de julho de 1980 (45 anos) Montclair, Nova Jersey, EUA
Profissão	Cantora Compositora Empresária Filantropa
Período de atividade	1997-presente
Cônjuge	Axel Holm (c. 2009)
Filhos	1
Prêmios	Lista completa
Carreira musical	
Gêneros	Pop Pop-rock Dance-pop
Instrumentos	Vocais
Gravadoras	Lolli
Website	amberyoung-music.com

Conteúdos [esconder]

VIDA NO ÉDEN

ENCARTE DO ÁLBUM

Estou explodindo de gratidão. Fico muito grata cada vez que faço um novo álbum. Meu nome está na capa, mas há tantas pessoas por trás de mim. Aqui estão só algumas...

Mãe & Greg, por me ouvirem através das paredes durante todos aqueles anos.

Todos da Lolli: Lyle, Pat, Dee, Grace, Tom, Marsha, obrigada por esta carreira e por acreditarem em mim.

Sonny, querido, já se cansou de mim?

Bri, Dale, e minha equipe de segurança, sei que meu cronograma é insano! Vocês são um milagre. Espero que saibam como valorizo vocês.

Minhas dançarinas, minha equipe de maquiagem, minha equipe de estilistas: obrigada por me aguentarem e me fazerem rir!

Minha banda e minha equipe, nada disso seria possível se não fosse por vocês. VOCÊS são a razão do show continuar.

Todos os produtores e engenheiros que tornaram este álbum tão especial e por enxergarem minha visão. Amo aprender com vocês. Axel, Yusuf, Oskar, Omar, Magnus, Nick, Matt, vocês são verdadeiros gênios.

Meus fãs, pelo amor de vocês. Nada é possível sem ele.

Angela, nunca vou esquecer que você foi a primeira a me ver.

Ty, ter você na abertura da minha turnê foi indescritível, um sonho realizado. Vamos viajar pelo mundo de novo em breve, por favor e obrigada. Você me deixa mais divertida, acredite se quiser...

T, sua amizade significa muito para mim. Fico muito feliz por termos nos tornado tão próximas. Obrigada por todos os papos motivacionais.

A, você acabou de perguntar o que estou fazendo. Eu disse que estava escrevendo um livro muito importante, de brincadeira, mas você disse: "Ah, legal", porque acredita mesmo que eu poderia estar fazendo isso. Te amo.

G, pode contar comigo. Sempre. E aí, onde você está agora? Para onde vai depois? Seja onde for, estarei lá. Te amo com todo o meu coração.

AGRADECIMENTOS

Para mim, um livro não termina antes da página de agradecimentos. Talvez seja porque já trabalhei no mercado editorial. Talvez seja porque sei que um livro vai muito além do autor. Então aqui está a galera que deu vida a este livro. Devo meu agradecimento a todo mundo.

Primeiro, para Jamie Carr, minha agente. Obrigada por enxergar algo em mim. Você é a parceira mais brilhante que eu poderia ter a meu lado. Sou muito sortuda. Espero que saiba que Amber é sua também — seu olhar editorial aguçado a fez brilhar, assim como este livro. Para muitos e muitos outros.

Para o Book Group. É uma honra ser uma de seus autores.

Para Jenny Mayer, que levou a turnê da Amber ao mundo. Obrigada por achar tantas casas perfeitas para nós no exterior. E para Heidi Gall da Jenny Meyer Literary.

Para Berni Vann e Dana Spector, pelo apoio, entusiasmo e cuidado.

Para Randi Kramer, minha editora, você foi a colega de trabalho perfeita, sempre de olho. Obrigada por tornar este livro muito melhor e por me incentivar como escritora. Sou muito agradecida.

Para Melissa Cox, minha editora no Reino Unido, e todo o time. Obrigada por todo o amor e animação com *Honey*.

Para Ryan Doherty, diretor editorial, obrigada por nos guiar até o final e por todo o seu apoio.

Para Erin Cahill, gerente de estúdio e designer da minha capa. Obrigada do fundo do coração por todo o seu esforço nesta capa incrível.

Para Faith Tomlin, assistente editorial.

Para Martin Dolan, estagiário editorial.

Para Anne Twomey, diretora criativa.

Para Deb Futter, presidente e editora.

Para Rachel Chou, editora associada.

Para Sandra Moore, assistente de marketing.
Para Anna Belle Hindenlang, assessora de imprensa sênior.
Para Christine Mykityshyn, diretora de relações públicas.
Para Emily Radell, assistente de relações públicas.
Para Jennifer Jackson, diretora executiva de marketing.
Para Jaime Noven, gerente sênior de marketing.
Para Rebecca Ritchey, gerente sênior de mídia social.
Para Yelizaveta Rogulina, estagiária de marketing e arte.
Para Megan Draper, estagiária de relações públicas e marketing.
Para Jane Haxby, preparadora de texto.
Para Marinda Valenti, revisora.
Para Cassie Gutman, leitora de prova.
Para Morgan Mitchell, editora de produção.
Para Vincent Stanley, gerente de produção.
Para Peter Richardson, diretor de fabricação e produção comercial.
Para Michelle McMillian, designer de interiores.
Para Emily Walters, editora-chefe.
Para Elizabeth Hubbard, editora-chefe associada.

Para cada livreiro independente que coloca livros nas mãos de leitores: vocês são essenciais e sou muito grata. Para cada representante de vendas. Para cada bibliotecário. Para cada crítico.

Para Zoe, e se nossas mães não tivessem se conhecido? Todo o meu amor. Para Lydia, mal posso esperar para ler tudo o que você escreve pelo resto da vida. Você é a melhor parceira de escrita e amiga que eu poderia pedir. Para Catalina, por sua leitura prévia e bom gosto impecável. Para Abby e Julie, por sempre estarem por perto. Para todos os meus amigos em cada etapa da vida, amo muito vocês.

Para Julie e Robbie Couch.

Para o meu irmão, Garrett. Te amo demais.

Para meu pai, que leu minhas primeiras histórias e me disse que eu poderia ser escritora um dia.

Para meu avô Tom. Queria que você visse isto.

Para minha mãe. Você sempre me levou à livraria e sempre colocou minha felicidade em primeiro lugar. Eu amo ler porque você ama ler. Fico muito feliz pela capa ser rosa porque me faz pensar em você.

Para Collin. Você segurou minha mão o tempo todo, me disse que eu era capaz, me disse que eu era boa e que tudo ia ficar bem. Sou tão agradecida pela nossa vida juntos. E para nossos gatos, Nimbus e Zelda, que nos proporcionam diversão infinita.

Para o álbum *Honey* de Robyn, que inspirou o título. Para cada escritor, e livro, e música, e filme que já me emocionou.

Para os livros que li para pesquisa que me ajudam a criar e imaginar este universo: *Open Book*, de Jessica Simpson, *How Music Works*, de David Byrne, *Out of Sync*, de Lance Bass, *The Song Machine*, de John Seabrook, *90s Bitch*, de Allison Yarrow, *Paris*, de Paris Hilton e *Britney Spears's Blackout*, de Natasha Lasky.

Enfim, para todas as estrelas pop de quem tive pôsteres na parede do meu quarto.

FARO EDITORIAL

ESTA OBRA FOI IMPRESSA
EM JANEIRO DE 2025